SWALLOWS AND AMAZONS

燕子号与亚马逊号

鸽子邮差

［英］亚瑟·兰塞姆 著 王雪飞 译

山西出版传媒集团 山西人民出版社

图书在版编目（CIP）数据

鸽子邮差 /（英）亚瑟·兰塞姆著；王雪飞译 . -- 太原：山西人民出版社，2021.1

（燕子号与亚马逊号）

ISBN 978-7-203-11579-3

Ⅰ．①鸽… Ⅱ．①亚… ②王… Ⅲ．①儿童小说—长篇小说—英国—现代 Ⅳ．① I561.84

中国版本图书馆 CIP 数据核字 (2020) 第 172243 号

鸽子邮差

著　　者：[英] 亚瑟·兰塞姆
译　　者：王雪飞
责任编辑：傅晓红
复　　审：贺　权
终　　审：秦继华
装帧设计：仙　境

出 版 者：山西出版传媒集团·山西人民出版社
地　　址：太原市建设南路 21 号
邮　　编：030012
发行营销：0351-4922220　4955996　4956039　4922127（传真）
天猫官网：https://sxrmcbs.tmall.com　电话：0351-4922159
E-mail：sxskcb@163.com　发行部
　　　　sxskcb@126.com　总编室
网　　址：www.sxskcb.com

经 销 者：山西出版传媒集团·山西人民出版社
承 印 厂：三河市明华印务有限公司

开　　本：710mm × 1000mm　1/16
印　　张：17.5
字　　数：300 千字
印　　数：1—5000 册
版　　次：2021 年 1 月　第 1 版
印　　次：2021 年 1 月　第 1 次印刷
书　　号：ISBN 978-7-203-11579-3
定　　价：46.00 元

目录 CONTENTS

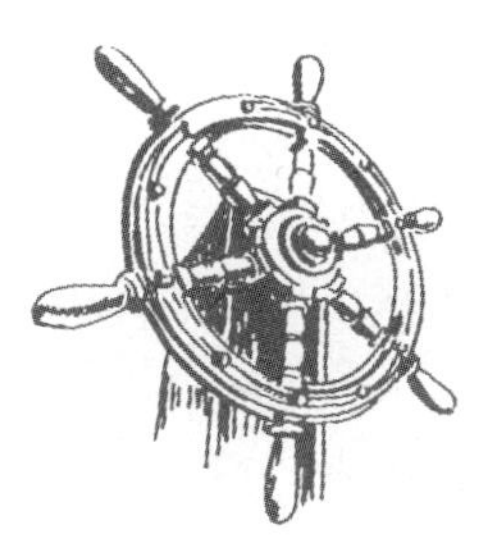

第一章　已经开始

“喂……听着……对……是我……”

罗杰把一块没有咬过也没有吮过的巧克力吞了下去。他和提提一同靠在客运列车车厢的门口。列车已在铁道交叉口上停下，还需要在通往山中的小支线上行驶十英里路程。站台上某个地方正在调换牛奶罐，叮当叮当地响得厉害，起初他们没有听见正在追随列车并且逐一打量着车厢的行李搬运工在喊什么，现在他们听清楚了。

“沃克先生……罗杰·沃克先生……沃克先生……”搬运工顺着列车一个门一个门地走着。

与搬运工还差两个门的时候，罗杰已经跳下了车厢。

“是我，”他说，“我就是罗杰·沃克。”

“你，是吗？”他说，“那就跟我来吧。我们一刻都不能耽误，不过他们的罐儿还需要一两分钟才会搬完呢。嗯？嗯……你的是一只篮子。这里有两只，可是有一只属于前一班车的乘客。我们必须在你的班车继续行驶之前放飞它。请这边走。我们现在得看仔细了。我已经把它放在月台尽头了。”

提提正想走出车门，却被一个正要进来的农妇挡住了。

“喂，宝贝儿，帮我拿一下这只包。”她说。

提提接过来，把它搁在座位上。农妇把一只又一只包裹递上去，然后自己才爬了进来。

“天哪！好热！”她说着，抹了把脸，接着点数起她的包裹来，“这天气足够把人的脑子热糊涂了呢……三……五……还有一只……好嘞，刚好就六只……”

由于农妇的打扰和牛奶罐的碰撞声，提提没有听见搬运工说了什么话，但是她看见他很快就走开了，罗杰在他身旁奔跑。她望着他们姐弟俩自个儿的小手提箱有些迟疑。

“嗨，不会有谁碰它们的。”农妇说。

“非常感谢。”说着，提提跳下车朝罗杰和搬运工追了过去。

“可那是什么呀？”罗杰边问边侧着身子小跑，就为了避让挡道的牛奶罐。

“鸽子。”搬运工说，“找到了。拿上这支铅笔，你得在本子上签字呢。”

罗杰拿起铅笔在搬运工指的位置签上自己的名字。提提早就盯住篮子看了起来，那是一只涂有棕色清漆的柳条篮子，被放在月台上。她阅读起标签来：

罗杰·沃克，
6.5 班次乘客，
斯特里克兰联轨站，
篮子一到手就放飞鸽子，然后把篮子带走。

标签一角有个酷似公章的东西，其实是用蓝铅笔绘制的小骷髅头和交叉腿骨。

“是南希！”提提大叫道，“她已经玩起花样来啦。”

“里面有只活鸽子，”罗杰说，“听一听吧。”

“你的时间不多啦，”搬运工说，“割断那边的绳子，拔出那颗木钉。所有这些小鸽篮都用同样的方式打开。等会儿，最好把它带到顶棚那边，以便在旷野上来个漂亮的放飞。”

“把它放掉？”提提说，“那我们再也捉不到它了呀。”

搬运工笑了起来。

“上个礼拜她们每隔一天就捎来一只，让我为她们放飞，把它们捎过来的人姓布莱凯特。”

“我们正要去和她们住到一块儿。”提提说。

“鸽子到达那儿会比你们早好长时间呢。”

罗杰割断绳子，拔出木钉。

“我能看见它的眼睛呢。”他说。

他们差不多走到月台尽头，站在车站顶棚外面、火车头旁边的空地上。

“让门开着吧，”搬运工说，“捧好篮子……她跑过去了……”

柳条门开了，鸽子那灰色当中闪烁着古铜色的头露出来片刻，粉红色的脚爪抓住门边。篮子突然变轻了，罗杰只觉得是他亲自把鸽子朝空中一抛。它飞到顶棚上方，飞到火车头飘出的蒸汽上方，在房屋顶上盘旋了几圈，又飞到板球场的上空。与此同时，搬运工和提提、罗杰他们一起注视着，火车司机和司炉工也从踏脚板上探着身子观看着。鸽子已经只剩一个盘旋的小灰点了，在耀眼的夏季天空很难看见。这时，它好像拿定了主意，突然转向西北方向，直冲太阳，朝着湖乡那苍翠的群山飞去。

“我还能看见它呢。”提提说。

“我可不能。”罗杰说，“哦，对了，我能……不，它飞掉啦。”

“你们最好快点回去。”搬运工说，他朝火车司机点了点头，后者也朝他还礼，等于是答应等他们上车之后才开动。他们刚上车厢，列车员就吹响了哨子。

“听我说，”罗杰尽量压低声音说，“我们是不是应该给搬运工一点什么东西呀？”

提提早就开始在钱包里掏来掏去了。

“不必啦，”搬运工说，“你们就留着买鸽粮吧。”

“可那不是我们的鸽子呀。”提提说。

“没关系的。”搬运工把他们关在门内，并在火车开动时向他们友好地挥了挥手。

“多谢您了！”他们隔着窗子对他大声说。

“都怎么回事儿呀？”农妇说。这时她早已清点好了所有的包裹，正坐在车厢的角落里，两只手交叉放在大腿上。“鸽子弄丢了？我儿子住在南部，他在鸽子方面可是个行家呢。早在它们还是雏鸽的时候（他就是这么称呼它们的），他就开始放飞啦。他把它们放飞得越来越远，夏天还没过完，他就把它们送到我和他爸爸这儿来了。我们在早晨把它们放到天空，在天黑前它们就飞过了整个英格兰呢。”

“你让它们传送消息吗？”提提问。

“送去来自老家的亲情。”农妇说，“当然，他爸爸把那句话写在一张纸条上，早就往套着鸽腿的环儿上绑好了。”

“哎呀，”罗杰说，“佩吉在来信中说她们为今年准备了比旗语还要好的东西——她说的就是这个意思呀。”

“我们能够过来，这难道不是件好事吗？”提提说，“我们本来有可能只能在学校里等待呢。”

罗杰的身子从窗户中探出去，在风中眯缝起了眼睛。

“我看不见鸽子的影子了。”他说。

“它飞出去的速度那么快，”提提说，“火车根本就追不上它。”

“要飞很远吗？”农妇问。

“是去湖那边一座名叫贝克福德的住宅。”

“是布莱凯特太太家吗？”

“你认识她？”

“对呀，还认识她的女儿，还有她的弟弟特纳先生，他老在外国游荡呢……”

“我们也认得他，”罗杰说，“我们叫他——”他没有继续往下说，把弗林特船长这个别号告诉土著人毫无意义。

“你们以前好像来过，是吧。”农妇说。

“哦，是啊！”提提说，“我们总是待在霍利豪威……至少我妈妈是的……不过，接下来两个礼拜杰克逊太太有客人要过来……布莱凯特太太把我们接到她家里，一直住到那个时候，因为我妈妈不想让布莱基特把百日咳传染给我们。”

“我们是直接从学校来的。”罗杰说。

“嗯，”农妇说，“你们的情况我都了解。两年前特纳先生的船被人闯进去的时候，在湖岛上野营的少年朋友就是你们。去年冬天湖上封冻的时候，你们又来过这里。可是我以为你们一共是四个人呢……”

“五个，算上布莱基特。”提提说，“约翰和苏珊肯定已经到达这里了，他们的学校离这儿不太远。”

“你们和迪克森太太家的那两个也是朋友吧？”

“迪克·卡勒姆和多萝西·卡勒姆，”提提说，“他们要过好多天才会过来呢，因为他们的父亲要批改考卷。”

从南部过来整整旅行了一天，但是最后那几分钟却像几秒钟一样短促。他们早就进入了山乡，那里松散的石头墙壁把田野分隔成一块又一块的，灰色的岩石从枯草中显露出来，紫灰色山冈直指云空。提提和罗杰从车厢这边奔到那边，先从一扇车窗往外看，再从另一扇车窗往外看。

“所有东西都烤干了。”农妇说，“一连几周没下雨，过些天也不会有雨，小河里也没水了，这里的人们绞尽脑汁，不晓得怎样保住家畜的性命。”

“喂，”罗杰说，“这儿有过火灾呢。”

“不止一块地方呢。”农妇说。

火车穿过一段砍伐地带，两边都烧黑了。

“因为引擎冒出的火星吧？”罗杰说。

“是呀！”农妇说，“在没有火车的地方，就有游客开汽车来，带来火柴和烟卷儿，他们就像笨蛋一样没脑子，什么都不顾。所有东西都干透了的时候，只要有一点火星就会烧起来。嗯，到了，那边就是我的农场……”

一座跟霍利豪威没有两样的农舍刚刚映入视野，转眼就不见了。农妇一跃而起，开始清点她的包裹。列车转了个弯，突然慢了下来。

“看到湖啦！”提提和罗杰一起欢叫起来。

越过下方远处一座村庄里那些冒着烟的烟囱，可以望见群山之间的一片潋滟水光。列车终于停住了。

“月台在另一边呢。”罗杰说。

“那边有谁呀？”提提说。

“谁都没有。”罗杰说。

但是等在月台上的人群当中有个红色绒线帽正在上下移动着。过了一会儿，南希·布莱凯特来到了门口。他们与农妇道别之后就带着手提箱挣扎着走下车来。

“你们到啦。”南希说，“你好，纽比太太。嗨，罗杰，你顺利收到鸽子了吧？有没有放飞？我和我妈妈必须在它到家之前就动身呢。她一会儿就到这儿，正在逛商店呢。天哪，我差点来不及过来接你们。你们没把篮子忘掉吧？快，把你们的箱子从行李车上拿下来吧，然后我们还得去趟包裹房。”

他们周围的人似乎同时打开了话匣子，可是，不一会儿，他们的箱子和别的箱子一起出了行李车。南希一边吩咐搬运工留心布莱凯特太太的到来，一边催促他们沿月台往前跑。

“弗林特船长在不在船屋里？”罗杰问。

“他还在南美洲，是吧？”提提说。

“他应该在这里的，可他却不在。”南希说，“他的矿上不太景气，活该，假期开始了还不来。但是，他正在回家的路上，他的一些东西已经托运过来了，不过最重要的还没到，至少昨天没到，或许今天可以到这儿呢。”

她把他们带进了包裹房。

“你们是不是有一只装着活物的箱子或者笼子？”她向柜台里的男子打听了一下。

“兔子吗？”那人问。

“问题是我们也不是很确切地知道。”

“布莱凯特小姐，是吗？”那人边说边在本子的列表中移动手指，“不，小姐，没有你的东西。还没来，除非跟随这趟列车过来。”

“我已经在行李车上看过了。”南希说，“我们明天会非常忙，所以我不可能到湖这边来，不过，货到以后，你可不可以来个电话？”

“行，布莱凯特小姐，我可以照办。”

“可那是什么呀？”罗杰问。

“反正它叫蒂莫西。”南希说。

“又是一只猴子？”罗杰说。

“或者是只鹦鹉？”提提说，“他说他可能再要一只的呀。”

“都不可能。”就在他们回身走向行李时，南希说，“他在电报里说，我们可以在他的房间里把它放开，那就不可能是猴子或者鹦鹉，应该是一种不会造成多大损害、也不攀爬的东西。迪克——”南希把这句话掐断，然后说，“我们已经查阅了博物学书籍，所以我们猜测，这是只犰狳。可是我们也不确定，吉姆舅舅正在回家的路上，我们甚至连他那条船的名字都不知道。不管它是什么，他一定已经提前发出了，要不然他是不会来电报的——喂，我妈来了。”

一辆带有肮脏挡泥板的小型旧汽车已经开进了车站广场。布莱凯特太太个子不比南希高，圆滚滚、矮墩墩的，正在跟搬运工说着话。孩子们走近了的时候，她转过身来。

“你们来啦。”她说，“同伙的最后一批呢。”

“蒂莫西除外，”南希说，“它还没到呢，但是它一到，那边就会马上打电话过来。”

“是呀，那两个……”布莱凯特太太正在打量他们的箱子，“我们会把它们放到车后。除了那些手提箱之外，你们没有别的东西了，是吧？你们的母亲好吗？布莱基特呢？哦，我忘了，你们也是直接从学校过来的，不比约翰和苏珊知道的情况多。”

“我们昨天收到一封信，”提提说，“布莱基特的百日咳只不过是一天咳两次，所以她挺好的，我妈也挺好的，至少她没说她不行。”

“上车吧。”当箱子被捆在行李架上时，布莱凯特太太说，“谢谢你，罗伯特。你到我前头来吧，提提。谁都别坐在我的包裹上，那只篮子里有鸡蛋，纸包里有西红柿。把那扇门拉上，罗杰。从里面往外推一推，看看有没有关好。对，南希……多亏你舅舅没有听见我发动引擎……对了，我没有忘记要把刹车带住呢……”

随着一阵吓人的“哗啦哗啦”和“嘎嗒嘎嗒”声，破旧的小汽车开出火车站大门，冷不丁地向左一拐。

“我们不一定非从湖那头绕过去吧？”罗杰说。

“不一定，”南希说，“要是小索福克勒斯直飞过去的话。”

与布莱凯特太太一起坐在前面的提提左右望了望。“你为什么把那只鸽子称作索福克勒斯？”她问。

“你完全有理由感到好奇呢。”布莱凯特太太说。

“哎呀，妈妈，你的方向盘可得把稳一点哪。”南希说，“你瞧，吉姆舅舅给了咱们一只，还把它叫作荷马，因为它是信鸽。然后，我们有了两只做伴，于是就查阅希腊诗人名录，发现了索福克勒斯和萨福。我说对了吧。唷！妈妈，多亏我抓住了鸡蛋……”

他们的惊险动作刚一开始就差点结束了。

“人啊不该开得那么快。”布莱凯特太太说。她踩刹车踩得太突然了，罗杰和南希在后座上弹了一下，提提的鼻子差点撞上了挡风玻璃。“马路上到处都是危险的开车人……路上实在不容易保证安全。总算没出事，南希，你高兴怎么笑就怎么笑吧。人们太粗心大意了。喂，我要不是在听你们讲话，我就该揿响喇叭呢……”

“你有没有看见他是谁呀？”南希说，“是乔利斯中校。他脱下了帽子……别，别拐弯。他知道你没看见他，还好我对他笑了笑。”

“他带着一把小号干吗？”罗杰问。

“是一支猎号。”提提说。

“不是，”南希说，“那是一种老式马车喇叭。他一直在检阅他那帮救火队员。你没看见他汽车尾部的长柄扫帚吗？”

“正在闹旱灾呢。”布莱凯特太太说，“我们这儿一连几个礼拜没下雨了，山冈上如果失了火，这对每个人都是件倒霉事儿，老乔利斯中校一直在着手安排。所以，一旦着火，全体小伙子们就知道该把汽车开到哪里去帮忙扑灭它。”

“他们鸣响马车喇叭，”南希说，“然后看看他们能够多么迅速地行动起来。每个有汽车的人都在这个队伍里，而且所有的男人——嗨，小心点，妈妈！”

布莱凯特太太刚才不小心跑到路的另一边，又突然转了回来，再次对直向前。他们来到最后一个陡坡，径直开进那个被沃克和布莱凯特两家称作里约的小村子，在坡底转了弯。港湾那里有波光粼粼的水面、码头平台和停泊着的游艇。罗杰和提提曾在冬天见过这块地方，当时结了冰，到处是滑冰的人。随着一阵刺耳的刹车声，布莱凯特太太停下了汽车。车子刚停，南希就出来了。

“快点，你们俩。”她说。提提和罗杰一下车就跟上她，走上一个木制凸式码头。它一看就高出水面很多，使他们倍感惊奇。

“这湖怎么啦？”罗杰说，“它过去差不多接触得到大路呢。”

“天不下雨呀。”南希说着就焦急地朝岛那边眺望，“等一会儿，嗯，这下好了，索福克勒斯到家了。你们就待在这儿等他们过来……”

她已经返身朝码头那头奔跑起来。

“喂，”罗杰望着她的背影喊了起来，“布莱凯特太太转了弯，南希坐进了汽车，她们走掉了。喂！提提，我在叫你哪！她们把咱的行李带走啦！”

可是提提几乎没有听见。远处，夕阳辉映的水面上，她已经看见了那个促使南希赶忙上车的小白点。两年前的时光转眼就再次浮现，那是她初次见到亚马逊号海盗们的小白帆哪。

罗杰摇了摇她的胳膊。

“提提，”他说，“她们走啦——”

提提的手指着那条小船。

“没关系，”她说，“约翰、苏珊和佩吉一定会过来接咱们的。”

第二章　计　划

提提和罗杰站在码头的顶端，望着湖面和对岸的群山，望着他们去年攀登过的干城章嘉峰。那边，有遮住了布莱凯特家房屋的贝克福德岬角，而在岬角与岛屿之间则是亚马逊号小白帆。接着，就在凝目远望之际，他们开始疑惑起来。谁在驾驶它呢？小白帆在风中哗啦哗啦地拍打着。如果这种情况只出现一次，他们是根本不会多想的。可它在一段航程即将结束时却一而再、再而三地在风中拍打起来。

"不可能是约翰，"罗杰说，"甚至也不可能是苏珊。他们是绝不会让它那样抖动的，而且佩吉也跟约翰一样本领高强呢。"

湖上起风了，小船正一路劈风斩浪而来。一艘大型汽船暂时把它遮住了。后来，它又驶到了岛屿背后。之后它再次现身，朝港湾入口驶去。拉长了的风帆不时地抖动，把码头上两个驾船能手吓呆了。

"有个戴红帽子的，"提提说，"一定是佩吉，但不会是她在掌舵。喂，罗杰，应该是迪克森家姐弟。佩吉在中间的坐板上呢，多萝西正在拉主帆索，迪克正在掌舵。我看到他眼镜上的反光啦。欢呼吧！布莱凯特太太一定也留他们住在家里了。"

"可是他们对行船一窍不通啊。"

"他们在湖区学习过呢。你不记得了吗？多萝西给我们发来过一张明信片呢。"

“咱们招招手吧，”提提说，“他们现在能看见咱们呢。”

佩吉·布莱凯特也朝他们招起手来，迪克和多萝西可忙多了。

“他们的表现还不太差，”罗杰说，“对初学者来说。”

小船很快就靠近了。

他们可以看见多萝西两只手控制着主桅索，随时等待佩吉下达命令。他们看得见迪克一脸的诚恳。他们注意到佩吉向他做了个手势。小船转了个弯，迎着风来到他们脚下停住。罗杰跪在码头上把它拽住。

“干得漂亮！”他说，“喂，你们又有了一只鸽子啦。”

“跳到船上来吧。”佩吉说，“靠上码头等一等，我们得把它派出去送个消息。现在几点钟？”

“我的表坏了，”罗杰说，“它老是坏。”

“七点十四分。”迪克说。

佩吉正在一张纸条上草草写着，她把它卷得紧紧的，把酷似捎给他们的篮子的另一只柳条篮打开，捉出一只鸽子。“快，”她说，“你把急件塞到环下面……橡胶环下面。”

鸽子一只脚戴的是金属环，另一只脚戴的是橡胶环。提提手指发抖，生怕出错而让鸽子觉得不舒服，她把小纸卷儿塞了进去。

“去吧。”佩吉刚说完，鸽子在他们头上转了几圈，又在游艇上方盘旋了一会儿，突然就像射箭一样径直朝着远处的岬角飞去。

“解缆。”佩吉说。不一会儿，他们就离开了码头，在一阵顺风的帮助下，尾随鸽子朝湖上驶去。

“我们是等收到你们的消息之后才动身来接你们的。”多萝西说。

“什么消息？”罗杰说。

“索福克勒斯带来的。”多萝西说。

“这一只叫什么名字呢？”提提说。

“萨福。”佩吉说，“你注意看看我们岬角上的旗杆吧。萨福一到那儿，他们就会把旗子升上去的。”

他们刚刚驶离里约港，罗杰就喊了起来：“升旗啦！”湖那边贝克福德岬角的旗杆上有面旗子正在迎风飘扬，远远看起来是黑颜色的。

“真快呀。”佩吉说。

“就跟电报一样快呢。”罗杰说。

“差不多呢，”迪克说，“在这种短距离的情况下。”

“看见苏珊了……她一溜烟就跑掉了。”

“是奔回营地吧。”佩吉说，“他们正在忙着支帐篷。你知道我们正在花园里面宿营——”

“在花园里？”提提说，口气相当忧伤。

“只是在那里住到你妈妈来到霍利豪威为止。到了那里之后，你们才会登上燕子号，我们不可能八个人都挤到亚马逊号船上的。所以野猫岛就派不上用场了。再说，我妈妈是目前唯一的家长，所以她要我们大家留在近点的地方。她说，她正忙着和裱糊匠、泥水匠打交道，如果宿营在远离住所的地方，她就来不及照看我们了。情况是不可能太糟的，我们将自己做饭。喂，你们知道苏珊在绞肉机上制作了一份生日礼物吗？为的是改进牛肉糜压缩饼呢。”

提提顿时兴奋起来，毕竟才两周时间嘛。

“蒂莫西来了吗？”多萝西问。

“还没呢。”提提说。

“我们去包裹房问过了。”罗杰说。

“但愿咱们知道它是什么时候被托运的才好。”佩吉说。

“我能试试掌舵吗？”罗杰说。

“行啊！”迪克说。于是在返航期间，提提和罗杰轮流掌舵，纯粹是想证实他们过去的本事并没有被荒废掉。与此同时，佩吉向他们讲起如何逐步训练鸽子增加飞行路程，多萝西则向他们讲起她和迪克在诺福克湖区受训成为一等水手的事。不久，他们就靠近岬角，足以望见黑旗上的白色骷髅头和大腿骨了。

“听着，”提提说，“在我们宿营花园期间是不能玩海盗游戏的，就连打仗游戏也不行呢。还能玩些什么呢？不能再去北极啦——”

“天气太热。”罗杰说。

佩吉看着他们。“黄金。”她说，“迪克是地质学家，南希让他开始阅读弗林特船长所有的矿业书籍，明天我们要到干城章嘉峰中去找石板瓦匠鲍勃谈一谈。他是个老矿工，我妈妈说他知道咱们该去哪里找矿。”

“在干城章嘉峰吗？”提提说。

“带上蜡烛。”多萝西说。

“离题太远啦！”佩吉叫了起来，“我们要到地面上去呀。”

他们在岬角跟前绕了个大弯，不久就朝亚马逊河口驶去。他们把活动龙骨提起，把风帆降下。佩吉脱掉鞋子，跳出甲板，把小船拉向浅滩。她再次爬上船。他们在河床中间划桨而进，两边是高高的芦苇，比平时高出水面许多，因为干旱期间河水少之又少。

“船库在那边！”罗杰大叫起来。

船库上亚马逊号海盗们的那些褪色头盔虽然急需重新油漆，但还是隐约看得见的。船库过去一点就是贝克福德的灰色老屋，由于搁着油漆的梯子和脚手架而显得怪怪的。房子与河流之间的草坪上只有一顶白色帐篷。

“他们到了！”那是约翰的声音。约翰和苏珊当即来到水边迎接他们，不一会儿，南希绕过屋角朝这里奔来。

“你们好。”约翰和苏珊说。

“你们好。”提提和罗杰说。

“鸽子们表现挺好。”约翰说。

“你们箱子的钥匙在哪里？”苏珊说，“我想把你们在营地上需要的东西拿出来。”

学期结束了，它就像被抹掉了一样。真正的生活再次开始了。

“大大的惊喜，不是吗？”南希说，“我叫我妈妈别让你们知道迪克森家姐弟过来了。他们俩现在都是一等水手啦。等罗杰升级了，当你们的妈妈再次来到霍利豪威，你们再次驾起燕子号时，我们每条船上就有两名一等水手了。可是我们首先有许多事情要做呢。佩吉有没有告诉你们？所幸我们有了迪克，他是公司的地质专家——”

“什么公司？”罗杰问。

“矿业。”南希说。

“半小时后开晚饭！”布莱凯特太太在屋里朝这边喊话，“你们到时做好准备呀。今晚的晚餐是在我的营地，不是在你们的营地。改天我会去你们那里吃晚饭的——尝尝苏珊做的碎肉饼。”

“快点！”南希说。

他们刚好来得及看看自己的帐篷，看看营火——它不在草坪上，而在几码外的灌木中间的小块空地上。

“接下来去看鸽房吧。”南希说。

他们奔过草坪，绕过小屋，来到马厩的院子。

“喂，”佩吉说，“又是那个‘扁帽子’。”

一个头戴褐色软毡帽、身穿灰色宽松法兰绒衣服的瘦高个男子正在花园门外犹豫徘徊。他看见他们八人从屋角拥来，就转身朝大路走去。

“这是第二次了。”南希说，“他昨天来过这里，当我们在为迪克森家姐弟搭帐篷时，他在墙外朝里面张望呢。”

“外来宾客以为门和墙就是让他们瞪大眼睛张望的嘛。”佩吉说，“到了，爬梯子的时候别引起太大的骚动。它们就是从那个门飞进来的。”

他们爬上梯子观看鸽房。它有刷着白石灰的窗台——那是让鸽子站立的；还有钢丝转门——那是让鸽子进来并且把它们留住的。南希站在梯子顶上把人类使用的大门打开，并且向他们展示了钢丝网的内门及其后面的大鸽房。荷马、索福克勒斯和萨福正在享用晚餐、喝水，并且还在议论着下午的飞行呢。

“注意啦，你们必须把衣服换掉。”苏珊说。于是他们被驱赶着穿过庭院，来到一幢被拆得奇形怪状的房屋楼上，在一个塞满各种尘封家具的房间里换上野营服装。

“快呀！”南希在门厅催促道。他们又被驱赶着下楼，走进弗林特船长的书房。

弗林特船长的书房门关闭着，它在他们的记忆中好像是屋里唯一的房间。那里有高高的书架、科学器材架、玻璃门的化学品橱和挂在墙壁上的稀罕物件，有标枪、盾牌、圆头棍和一种大鱼的牙床骨。即使在那里，也有人在房基线上施工呢。有人已经把一只包装箱改成类似兔笼的东西。桌上有一本关于南美博物学的大书，它被翻到了犰狳彩色插图页，旁边是一张纸条，上面有细心的迪克关于这种动物的通常尺寸的记录。毫无疑问，这对于为蒂莫西提前制造适宜的睡笼是一种指南。壁炉架上别着一份电报，仿佛是把他要到来的消息通知他的房间一声似的。电报是一周前从伯南布哥发来的，弗林特船长（南希和佩吉的吉姆舅舅）宣布他正在来此地的路上。

此不下蛋之鹅正启程返乡，
请善待蒂莫西，且把我屋交其使用。

——吉姆

“念念看吧，”南希说，“他又失败了。鹅不下蛋是说他无功而返，而他在说起‘不下蛋’时指的是他没有找到金子。他到那儿去就是为了淘金。”

“你知道，”佩吉说，“有能下金蛋的鹅。唉，这一只可没下蛋呢。”

“他反而是待在家里的好，”南希说，“那样，他就会留在船屋里，我们就可以叫他蒙着眼睛走跳板或者做做能够想到的游戏。问题是，他老是心神不定，总想外出找东西。他为什么不在这儿找呢？假如咱们能够找到哪怕是一小块金子，那他就会留在家里，而不是远走他乡。这对咱们毫无帮助，让咱们的假期白白浪费掉……”

空屋子里响起了敲锣的声音。

他们赶忙走进没铺地毯的餐室，在用泥水匠们的木板和架子搭成的桌子上吃晚饭。布莱凯特太太端上大量的羊肉、青豌豆和马铃薯，每个人都饿坏了，因而没怎么说话。布莱凯特太太自始至终说个不停，墙纸啦，粉刷啦，怎样争取在她弟弟回来之前把房屋整修到位啦，她是多么喜欢沃克和卡勒姆家的孩子来做客啦，她是多么希望在布莱基特的百日咳好了以后能够见到沃克太太和布莱基特啦，在卡勒姆先生阅卷结束之后见到卡勒姆夫妇啦。直到晚饭即将结束时，才提到了严肃的话题。“喂，”布莱凯特太太最后说，“你们多会儿开始勘探呢？”

“我们明天就去看石板瓦匠鲍勃。”南希说。

“你们大家在这里，有事只要应声报出自己的名字，就不会遇到多大麻烦。”她说，“我希望他会把足够的东西告诉你们，让你们忙着寻遍整个山谷。”

“真的有金子吗？”罗杰说。

“石板瓦匠鲍勃会对你们说有的。”她说，“自从我是个小女孩起，他就一直在谈金子呢。”

他们出门来到花园宿营时，天色真的已经很晚了。太阳已经落到干城章嘉峰的山腰了，火红的晚霞已经暗淡，然后又被山背后的浅绿光线取代了。带着星光的夜空笼罩了亚马逊河谷、静静的小河以及草坪上的白色帐篷群。灌木丛中的篝火把黑夜衬托得更黑了。他们坐在一起交谈着，彼此在火光中看着对方的脸。随着火焰的蹿起和熄灭，身边的灌木和树干时隐时现。看上去什么都有可能发生。

“咱们就叫燕子号、亚马逊号和迪克森家矿业公司吧。”南希说。提提突然惊醒了，她知道南希已经谈了好一阵子了，可她并没听到她在说些什么。

“当他得知我们发现了什么的时候，他就再也不会离开了。”南希继续说。

多萝西还没有睡着，这天她坐火车旅行的路程并不太长，她在和提提说着话儿。“这不是挺令人愉快的吗？”她说，“想想他正在回来，而且对这事一无所知。一大失败呀，什么收获都没有，独自回家来了，甚至还提前把他忠实的犰狳托运了。船在北极的黑夜中穿行，弗林特船长正在空荡荡的甲板上走来走去，走来走去，想着失败的遭遇。不料他一到家，金矿恰恰就在他自己的家门口呢。”

提提的目光从营火上移开，想要在黑夜里看看上方某处的山丘轮廓。她不禁打起了哈欠。明天……她的眼睛眨了眨。

灌木缝隙中突然出现了亮光。布莱凯特太太的声音在花园那边响起：“你们所有的人都该睡觉啦。提提和罗杰一定困得快像死猪那样了。”

“好的，妈妈！”南希亮开嗓门回答，“我们明天有好多事要做呢。”她又补充说，“我们明天早上要趁整个地方没被裱画匠和油漆工占据之前就起来。”

“同意。”苏珊说。

她已经把灰烬扒到一起了。手电筒揿亮了。八个探矿者离开营火，朝草坪走去，草坪上的帐篷在黑暗中顿时变得显眼了。每顶帐篷里都点亮了灯，当探矿者使劲钻入睡袋时，帆布上人影乱晃。

不久，那些灯就一一熄灭了。

布莱凯特太太的声音又在草坪上方响起。

“大家都睡下了吧？晚安……睡个好觉吧。”

“晚安。”

提提躺在睡袋里，快活地嗅着青草和帆布的清新气味，她把手伸到帐篷外面感受沾着夜露的小草，它们是如此地接近她啊。

“罗杰，”她悄悄地说，“你能听见吗？”

“能。”罗杰在旁边的帐篷里说。

“昨夜这个时候咱们还在学校里呢。”

“呵，现在不啦。”罗杰说。

第三章　向石板瓦匠鲍勃请教

沃克家的、布莱凯特家的和卡勒姆家的孩子，也就是燕子号船员、亚马逊号船员和迪克森家姐弟，一共八人，差不多爬到了干城章嘉峰的半山腰。他们是从贝克福德划船出发的，但却没能溯流而上多远，因为河里水太少。所以他们把船头拉到卵石滩上，把缆绳系在一棵矮小的榛树上，然后徒步朝前赶路。除了南希以外，个个身背旅行包，里面装的是三明治和保温瓶。佩吉的背包里装着她本人和南希的食物，因为南希的肩膀上不是旅行包，而是鸽篮，里面是荷马、萨福和索福克勒斯。探险队沿着前一年的那条老路，过了娄氏农场，从小山溪附近的亚马逊河转弯而上。山溪通常是自上而下汇入小河，而今年却只剩下可怜的一条细流了。他们走出与去年半路上露营的地方离得很近的树林，开始沿着大车车道朝上走向采石场。“我们其实完全可以把它利用起来。”南希说，“在我们上山去看石板瓦匠鲍勃的时候，没有必要假装谁都没来过的样子。”

作为干城章嘉峰的支脉，鳕鱼断崖高高矗立在他们左侧。他们自从离开亚马逊河以来一直都在缓慢攀登着。

“它就在那儿呢，”走在他们前头的南希指着崖边一处由石南、枯草和欧洲蕨簇拥着的松散石堡说，“那些东西全是从山里面长出来的呢。”

“快点，”佩吉说，“水手们振作起来吧。”

但是苏珊突然停下了。“几点钟啦，约翰？”她说，“早就过了十二点啦。我们如果现在进去，他的午饭就正好吃到一半呢。我们还是先吃饭为好啊。”

“好主意！”罗杰说。

“哦，好吧，”南希说，“每个人都有一点喘气呢。”

背上的旅行包被甩掉了，走累了的勘探者们往路边的石南上一倒就休息起来。南希挣脱了系在肩膀上的鸽篮带子。

“我现在就把它们放了，”她说，“带着它们再走几百码也没什么意思。来吧，罗杰，让我们看着你放飞一只吧。还有你，提提。我来放飞萨福，给你们做个示范。”

她打开篮子，把手伸进去捉住了体态丰满的萨福。不一会儿，她迅速向上一甩，就把它抛向空中。

“快点，罗杰，注意别把它捏得过紧。”

“我捉的是哪一只呀？”

“荷马，带它过去吧。对，提提，抓住索福克勒斯。别等啦，罗杰。”

荷马和索福克勒斯几乎同时被抛上了天。转瞬之间，萨福就和它们聚到了一处，并在勘探者们头上高高盘旋。

“我的飞走啦。”罗杰说。

“那是萨福。”南希说。

“索福克勒斯也飞走了，”佩吉说，“接下来是荷马。”

“不知道哪个先到家呢。”罗杰说。

“咱们可说不准，”南希说，“除非有人留在家里守望鸽房。”

“它们就不能发出某种信号吗？”迪克说。

“尝试教鸽子在窗口拍打翅膀没什么用处。”南希说。

“但是用铃铛怎么样呢？”迪克突然迫不及待地说，“我说，佩吉，鸽子飞回家，推门进屋时钢丝会有怎样的动作呀？”

迪克掏出铅笔和小本子，要不是有多萝西提醒，他都没空把三明治吃下去呢。“应该会有一种工作方式。”当南希再次立起身来，大家把喝空的保温瓶放回背包的时候，他一边很不情愿地放下笔记本，一边说。

“现在他肯定已经吃完饭了吧。”南希说，于是八位未来的探矿者就再次上路了。

后来，就在他们离开主道向左侧那座灰色石堡攀登时，他们看见一个正从山梁上下来的人。

“喂，”约翰说，“刚才有人爬干城章嘉峰呢。”

“他选择了一条滑稽的下山通道。”佩吉说。

不一会儿，他们看见他也在朝那些大石堆走去。

“听着，”南希说，“我想他是不是也要去见石板瓦匠鲍勃。”

“谁会首先到达呢？”罗杰说。

即将遭遇一件很难避免的事情了。目前他们还没有那个陌生人走得远，不过他们正在上坡，而他却在下坡。

“伙计们！”南希突然感叹起来，“你们看到那是谁了吗？”

“又是‘扁帽子’。”佩吉说。

“谁？”提提说。

“你认识的，就是在我们大门外面探头探脑的那个人啊。”

“你们认为他没有窃听到任何秘密吗？”多萝西说。

南希凝视着她。“他不会的。”她刚一开口又停住，“不过另外一次他在墙头上往里看的时候被咱们当场发现了。他可能在那里好久了，而且听到了所有的事情。快点！到时候如果他在场的话，我们就不能向石板瓦匠鲍勃询问金矿的事情了。”

但是，相比之下陌生人似乎更想同他们见上一面。他放慢了速度，驻足张望了片刻，接着就在山坡上坐了下来。

“没关系，”南希说，“跟我来。如果他跟了过来，我们是很容易听见的。”

过了一会儿，他们再也看不见他了。他们上方竖着一块表面斑驳的巨岩，它的两侧是堆积疏松的巨大工事。狭窄的铁轨旁边一条弯弯的明沟里有着又细又浅的水流，恰好有一点空隙让他们站着给一辆四轮小车让道。他们走过一堆整洁的青石板，这些青石板是方圆数英里的房屋屋面材料。南希朝一所摇摇欲坠的窝棚里探头张望了一下。

“不是这里，”她说，“鲍勃一定还在里边呢。”

后来，他们在两面高墙之间绕过一个拐角，见到一条狭窄的铁道线消失在了巨岩中间的一个黑窟窿里。

“分发蜡烛吧，约翰，”南希说，“每人一支。”

约翰把背包从肩膀上甩了下来，并且把它打开，掏出八支崭新的蜡烛——那是南希从厨娘那里骗过来的。

“我们要进去吗？”罗杰将信将疑地望着苏珊说。

“我们大家一起进去。”提提说，“它就像燕子谷的皮特鸭洞穴，只是更大一些。”

“你们的燕子谷洞穴可能是一种古老的工事，”南希说，“吉姆舅舅说过，他认为肯定是的。”

“里面有多深？”迪克从入口处朝黑暗的坑道里打量着。

“几英里吧。”佩吉说，“出口在鳕鱼断崖的另一面，只是另一头并不安全。拿住你的蜡烛。”

“那种拿法不对。”南希说，“采用矿工的拿法，就像这样，夹在两根手指之间。这就对了。掌心向上，手腕弯起，指头朝前，这样你的手就从后面护住它了。拿低一些，这样，蜡烛油就不会溅到你身上了。就像这个样子。”

“最好是先进去，后点亮。”约翰说，因为他已经有两根火柴被风吹灭了。

“我们还是把鞋子脱下放在这里为好。”南希说，“它叫老平巷，但其实并非一直平整，有一些地方咱们还得涉水过去呢。”

“不会有毒蛇吧？”罗杰说。

“里面什么蛇都没有。”

八双鞋子排成一排，留在平巷外面。

“好啦，”南希说，“我先走，每次只够一个人走动。喂，佩吉，你是知道这个地方的另一个人，你还是最后进来，以防万一。”

“万一怎么啦？”罗杰悄悄地发问。

谁都没有回答他。他们一个接一个地走进坑道。蜡烛点起来了。

“大家准备好了吗？”南希喊着问。虽然她才朝山里前进了十二码，她那欢愉的嗓音却听起来怪怪的，嗡嗡作响。

他们在狭窄的坑道里慢慢向前移动，每人有微弱烛光照着。

“呼——呼——呼——”罗杰听着自己发出的声音。

“瞧，”迪克说，“想必他们曾经用火药炸过，你们可以看见他们为了装火药而钻成的洞孔残边。”

“在哪里？”罗杰说，“哦，没错，我看见了。”他的手指顺着岩石上一条滑溜而狭窄的圆槽触摸起来。

“跟着走，”佩吉说，“别掉队。”

“小心溅水！”

前面传来喊声。

“它不过才一英寸深呢。”

那是苏珊的声音。他们快步前进，不一会儿，前头的烛光不见了。潮湿的石壁上的微光显示领头的已经转弯了。

“咱们奔跑吧。”罗杰说。

“不行。”迪克说，但是他尽可能快步地走在狭窄的车轨中间那潮湿而又凹凸不平的地基上，“如果看不见，就不要快跑，你只能在枕木上踮起脚尖。”

多萝西、提提和佩吉紧紧跟随，蜡烛油滴到了她们的手指上。

“嗨，根本没有水溅。”罗杰一边在车轨中间的水坑里扭动脚趾，一边说着。

“干旱的夏天。”迪克说，“或许它曾经有过很深的水。”

“最后看一眼日光吧，”佩吉说，“直线段结束了。”

他们朝后看着。虽然坑道墙壁在黑暗中消失了，但是在他们身后远远的地方，入口就像一张黑纸上的一个针孔。

“我们一定是到了大山的正中。”提提说。

“还差一点儿呢。”佩吉说。

他们转了一个弯，远处针孔般的光线不见了。有一小会儿，他们看见前头有一阵闪光，它转眼又不见了。坑道再次弯曲，而约翰、南希和苏珊早已看不见了。提提迟疑了半秒钟，她看了看身后的佩吉。但是，佩吉紧跟在她的身后，并没有停下的意思。哎呀，要是连佩吉这个害怕雷暴雨的人也毫不在乎，那就肯定安全。提提低头看看手上摇曳的蜡烛，她的手在不在发抖？不管怎样，其他人的蜡烛也在摇曳晃动。

“听。”迪克说。

他们能够隐约听见远处一声一声均匀的撞击声。

“石板瓦匠鲍勃。”佩吉说，“好哇，他在那儿呢。我刚才还有点担心他不在，因为小车被留在洞外呢。”

他们赤脚踩在坚硬的岩石和潮湿的地面上，步子加快了。转了一个弯，又转了一个弯，仍旧看不见领头的人。前面的撞击声变得更响亮了。忽然它停下不响了，接着又成了不同的响声。

“听起来不像是石头呢。”迪克说。

“你读过《地心游记》吗？”多萝西侧过头来问。

“写的是汉斯·斯特克和岩石里喷出热水吧？”提提说。

“写的是柱牙象，”多萝西说，“它们整整一大群呢，踩在地上砰砰作响。”

“快点走啊。”佩吉说。

最后，他们看见前面远远的地方有一群黑影，一闪一闪的蜡烛被拿得很低。

声音越来越大。坑道在一处交叉口上变得稍大了一点，也稍高了一点，其他的坑道从左右两边与它汇合起来。

“现在快到了。”南希说，“不得不等等你们，就怕佩吉万一记不得，错把你们领着一直往前走呢。”

“我都记得清清楚楚的。”佩吉说。

“我们很可能一直走下去呢。”多萝西说。

“恐怕得费上好大工夫去找你们呢。”南希说，“不管怎样，舵把向左，船头向右……”

全体人员现在集结一处，挨个儿从主平巷走进一条通往右边的坑道。它弯弯曲曲的，当他们沿着它走了四十码以后，突然一道明亮的灯光令他们自己的烛光黯然失色，使他们差点看不见东西。

“把蜡烛熄掉，”南希说着就吹灭了自己的蜡烛，“这样可以维持到回去的时候，我们现在用不到它们了。你好，鲍勃，我们带来了一些朋友呢……”

他们来到高大的石室门口。一颗钉在石缝中的长铁钉上挂着矿灯，它那耀眼的光芒让他们看到了一个斜靠在木材上的宽肩膀矮个子老头，木材是他用斧头劈成的。宽阔平整的青石板壁旁边有一架梯子伸向黑暗的上方。

“进来吧，”石板瓦匠鲍勃说，“进来吧，欢迎。我只不过是在做两三根支柱，把一些不牢靠的地方撑起来。我可不想被关在外面。一定不能！嗯，可是南希小姐，没有足够的地方让你们都进来呀，而且也没地方坐——”

“我们不要坐。”南希说，“喂，鲍勃，我妈妈说你对于丘原地带的金子比较懂，我们想知道，如果真的有，该去哪里寻找。”

“金子，”老人避开耀眼的灯光望着她说，“当然有金子咯。这些山里什么东西都有，关键是得有个人知道在哪里。给你们做屋顶的石板，给你们盖学校的石板，还有让你们写字的石笔——虽然你们不像我小时候那样用它写字了。还有铜，让你们做水壶和平底锅，虽然铝锅时兴起来了，滴上一小滴苏打就会浸泡得干干净净，但煮的东西却让我觉得口味怪怪的。你们永远不知道会遇到什么东西。开挖这条坑道的家伙想要的可不是青石板，他们想要的是铜，他们也已经搞到了不少，就是在你们转弯到这儿来的那条平巷过去的矿穴里开采的。就在将近六十年前，当我还是个年轻矿工的时候，他们还在开采铜矿呢。后来，他们再也找不到铜了，于是就放弃了，我自己就到处凿一凿，找到了青石板。石板虽然不是铜，但它是好东西，让我能吃饱肚子，夜里有炉火取暖。只要人们还在起房造屋，用石板瓦盖在顶上挡雨——”

“可你不能拿石板烧火呀。”罗杰差不多是在喃喃自语。

“也不能当饭吃呀，你这个蠢驴。”佩吉说。

罗杰假装没有听见，好像自己没有明白。不管怎样，他没有存心说出来，那不过是悄悄在他脑子里产生的一句玩笑话而已。他身子一闪，爬上一段梯子往那儿一坐。

“对呀，可是金子呢？”南希说。

石板瓦匠鲍勃并不着急。

“铜和石板，”他说，“然后还有黑铅，人们叫它石墨，是用来造铅笔的。他们认为都没有了，但是还是能找到更多的啊，只要有眼光，用心去找。人们在这些丘原上干了五百年的活儿，如今他们放弃了，只有我没放弃。他们大多是傻瓜，丘原上的矿藏总比已经开采的多，这是合乎情理的呀。伊丽莎白女王曾把她的荷兰人派到这里，后来又来了大批的人，挖了又挖。他们全都死掉了，丘原还在这里，留下的不过是伤疤，最好的东西还没被发现呢。抱有这种想法的可不仅仅是我一个人，你们注意……”石板瓦匠鲍勃说，“昨天就有位先生到这儿来问这问那呢……”

听众当中突然出现一阵骚动。

“不会是一个头戴扁帽子的人吧？”南希说，“喂，你没对他讲起金子的事情吧？”

“嗨，我没朝他的帽子看。那是顶普通的帽子，就跟男人们通常戴在头上的一样嘛。”

“可你没对他讲起金子吧？”

“他没有问，”石板瓦匠鲍勃说，“但是从他谈话的方式来看，我能看出他对采矿有一点懂。”

“他一定听到我们订计划了。”佩吉说。

“什么都别告诉他，”南希说，“任何事情都别说。”

石板瓦匠鲍勃打量着她。

“他说他还要进来看的。”他说。

“他刚刚就在外头呢，”南希说，“我们看见他了。不管怎样，要把他打发掉，什么都别告诉他。”

“噢，当然，南希小姐，如果是那样的话……我还从来没有想到……”

“他纯粹是在刺探，”南希说，“我们已经发现他两次啦。”

“嗨，我没跟他讲过金子，这是一个方面。”石板瓦匠鲍勃说，“假如他是那种人，那他在我这里什么都得不到，哪怕问到世界末日都问不出来。”

“现在就说说金子吧。”南希说。

此刻一阵沉默。老矿工怪异地瞧了瞧他的听众们。平巷远处某个地方响起一块小石头掉落的声音。

约翰看看南希。

“等会儿，”她说着，听了听，“不，没事，继续说吧，鲍勃，但是声音别太高。”

“可是没什么说的，南希小姐，”老人说，“只不过是绝大部分人都知道的。”

“我们不知道啊。”南希说。

“我讲不出我不知道的东西呀。”老鲍勃说。

“把你能讲的告诉我们吧。”南希说。

“这个嘛，”说着，老鲍勃眯起眼睛看了看矿灯那耀眼而又嗞嗞作响的火焰，“发现金子的是个年轻的政府工作人员。就在战争爆发之前，他在这里待过一两个礼拜，带着他的锤子、罗盘和地图在丘原上到处查看。他每晚都会下山来和我聊聊天。他常说，在世的人当中再没有别的人更了解老矿啦。不见得如此！我父亲在我之前是个矿工，他父亲在他之前也是个矿工，那时这些丘原上出产整个英国需要的铜。两个礼拜的绝大多数时间他都在山上把旧巷道标注到地图上，后来有一天很晚了，他跑进我的屋里。当时天已经黑了，他还没有吃饭、喝水，他在山上挖呀挖，直到伸手不见五指。他手舞足蹈。'鲍勃，我的老兄，'他说，'我有样东西给你瞧瞧，就瞧瞧这儿吧。'他把牢牢捏在手里的小纸包从口袋里掏了出来。他在灯光底下打开纸包。'瞧它一眼吧，'他说，'告诉我，你有没有见过像它一样的东西？'

"我把它好好看了看。注意，你的外公到非洲找跟那个同样的东西时带上了我。面对金属和这东西，我可是不容易上当受骗的。'有没有见过像它一样的东西？'我说，'我见过，一面是老女王的头像，另一面是与撒旦对峙的圣乔治。'听着，他没有多少，只不过是有一点点粉尘。粉尘和一点针头那么大的东西，可它有它的颜色。

"'我以为你认识它呢，'他说，'我们将给这东西做个化验，然后咱们就发财啦。丘原上的金子……那将是一条令人震惊的消息……'

"'他们今天的震惊可不是一点点呢。'我说。他从丘原上直接来到我的小屋，而且从早晨开始没有见过任何人。我把报纸拿给他，头版头条是战争开始和军官假期中断之类的新闻。'它会过去的。'他说，'可是它将把我带到伦敦去，'他说，'同时我会得到那种黄金的化验报告。'第二天他就坐早班火车走了。他是预备役军人，他再也没有回来过。整件事情就这么多。可是，你如果问我丘原上有没有金子，哎呀，我就说，是的，有。眼见为实嘛，而我是亲眼看见的。"

"对。"南希说，"但是，他是在哪里找到的？"

"啊，听我说，"石板瓦匠鲍勃说，"如果我知道的话，那我可能就自己过去找啦。他也打算告诉我的。他带着他为政府画的地图，上面标着老平巷的编号、入口、塌陷点——注意，是编号，而不是像咱们这样的叫法：灰帽子、石板露头、布朗狗、吉姆森记、吉弗蒂等等。他把他的地图指给我看，可我认不清他的编号、箭头和其他所有的名堂。他打算下次再来的时候带我上去看那个地点，可他始终没有再来——"

"是呀，可它在山谷的哪一边呢？"南希说，"我们只要晓得从哪里开始找起就够啦。”

“不，”老人说，“根本不在这个山谷里。在我们后面，往上好远呢，在断崖的另一边。他告诉我说，在高顶岗子，有人挖到一半就放弃的平巷浅底那里，他发现了那东西——”

南希差点发出痛苦的呻吟。“高顶岗子？”她说，“可它正好就在鳕鱼断崖的另一侧嘛。”

“是呀，”石板瓦匠鲍勃说，“他就是在高顶岗子那儿发现它的。‘靠近一条旧铜矿巷道，’他说，‘那里沿着岩石断层生长着石南，很容易找到的。’他还在他的地图上标注了号码呢。但是，高顶岗子上有许多旧巷道，每条岩石断层都生长着石南。到时候，你很可能就站对了地点，却没见着他已经见着的东西呢。”

“远不远？”约翰问。

“从贝克福德过去有好几英里路，”南希说，“就在这座山的背面。我们要是到那里去勘探是不可能天天晚上回去的。我妈妈还以为金子就在附近呢。”

“不，是在高顶岗子上。”老人说，“我所说的金子——不是指你在山上别的地方碰巧发现的——除了这片丘原上藏有的以外，还没有人知道得更多呢。”

“它要是离家更近一点就好啦。”南希说，“好啦，我想我们应该回去了。”

每个人都能从她的话音里听出失望的情绪。

“假如你们发现了它，”老人说，“我不知道，但我应该让石板们休息一下，每次给我点儿金子。”

“我们目前无法去找它，”南希说，“但还是谢谢你把这事告诉我们。”

“非常感谢！”其他人说。

他们点起蜡烛，说了声“再见”，然后开始沿着坑道走，这次是佩吉在前头走。

多萝西仍在琢磨老人的故事。“想必他带着他的地图去打仗了呢，”她几乎是在自言自语，“后来他被打死了，有人发现了那张地图，几年以后，他们将会猜测它的含义，并且过来看看——哦，我说——”她脚一绊，声音突然变得尖厉起来，“保不定‘扁帽子’拿到了那张地图，所以他就到这儿来了。”

“天哪！”南希说，“他如果有地图，那我们就必须到那儿去。刻不容缓哪。”

她奔了回去。

"听着，鲍勃，"她说，"你可别跟那个探子说这件事呀，他可能会马上去找呢。"

"到了我这儿，他就别想再往前了。"老人说着就转过去继续用斧头削制支柱。

南希在保证蜡烛不灭的前提下快步朝其他人追来。

"是不是全都不行啦？"罗杰问了一句，他的声音在坑道里回响。

"别说话，"南希说，"'扁帽子'可能就在附近，而且躲在暗处偷听呢。"

往外走的路上再也没有说过一句话，他们默默地赶路。他们转过最后一个弯，走进直巷，只见前面远远的有针头那么小的亮光，看样子他们不可能很快让它变大一点了。他们的蜡烛差不多要烧完了，蜡烛油还没冷却就滴到了他们的手指上。走在前头的佩吉索性把自己的蜡烛吹灭，其他人也纷纷效法。他们现在不需要蜡烛了，他们越来越能看见坑道两侧凹凸不平的表面了。他们一下子走出洞口，来到阳光下那一堆堆石块和石板中间。在山体内部的黑暗中待了那么长时间之后，就这样来到亮光之下，他们互相打量着，好像头一回相见似的。

"嘿，不曾有人动过咱们的鞋子呢。"罗杰说。

"注意啦，"苏珊说，"你们可以把脚站到小溪的细流中把尘土冲掉，不要把带着烂泥的脚穿进鞋子里。哦，罗杰，这可不是你的手帕！"

"没事儿，"罗杰把脚弄干了说，"我现在又没得感冒，所以不会擤鼻涕什么的嘛。"

"快走，"南希说，"我们可以迟一点再弄干净。咱们过去看看那个人还在不在那儿。"

"如果在的话，可别盯着他瞧，"约翰说，"直接朝前走，就像没看见一样。"

两分钟后，他们动身离开老矿工的外围工事，在一堆堆毛糙石块中间往外走上通向河谷的轨道。

"他在那里呢。"罗杰悄悄地说。

就在老平巷入口上方的山冈旁边，那个头戴扁毡帽的人还坐在他们先前看到的地方。

"他有一张地图呢。"提提说。

"没准儿就是那张地图。"多萝西说。

“别让他发现我们看见他了。”约翰说。

他们速度均匀地继续前进，终于南希再也忍不住了。

“得有个人系一系鞋带，”她说，“我们必须看看他在干什么。”

提提马上一瘸一拐，还跳了两下，然后停下来把鞋带解开又系上。“他下来了。”她说。

其他人把头朝后转过去，好像在催她快走似的。他们全都看见了，他——一个身穿灰色法兰绒衣服的瘦高男人正在欧洲蕨中间往下方爬着。

“他可能根本没准备到矿里去呢。”苏珊说。

可是，就在这时，他们看见他到达轨道，消失在了那些大石堆中间。

“他进去了。”多萝西说。

“他现在从石板瓦匠鲍勃那里是得不到多少东西的。”南希说。

“如果他没带蜡烛，他的脑袋就会撞上去的。”罗杰说。

“他口袋里可能有呢。”迪克说。

“口袋里没有，”苏珊说，“至少我是这么认为的。”

“听着，”南希说，“我们得去高顶岗子上扎营。”

“妈妈才不让呢，”佩吉说，“她说过，只要她是唯一的土著人，我们就必须在贝克福德宿营。而等其他土著人都来了，大家就要开船到野猫岛去啦。”

“那时就太迟了，”南希说，“我们必须在弗林特船长回家之前找到它。再说，无论如何，咱们可不能让‘扁帽子’抢先到达把它找到。”

“你认为他听到那段故事了吗？”提提说。

“恐怕是听到了，”南希说，“瞧瞧他是从哪里过来的吧，从断崖顶上啊，他是从高顶岗子来的呀。他已经开始查看了，而我们还只不过是在左右徘徊……快点！等到我妈妈知道这事有多么紧急的时候……再说，不管怎样，那也是她本人的主意……快点，看看我们多快可以赶到家里。”

第四章 布莱凯特太太规定条件

只有等到裱画匠和泥水匠收工以后设法跟布莱凯特太太谈话，才会有好的效果。那时，鸽子喂好了，佩吉也在草坪那边的树丛空地上点燃了营火。布莱凯特太太过来分享下午茶兼晚餐，厨师们要露露手艺，展示她们怎样把碎肉饼和罐头里的青豌豆以及她们在菜圃里挖来的马铃薯烧成热菜，端上桌来。与此同时，南希和约翰正在马厩院子里修理一辆旧手推车。除了一只轮子时常掉落，一只把手已经折断以外，它还算得上是一辆够好的手推车。根据迪克的建议，他们把好轮子卸下，这样就发现了另一只轮子的故障，于是手推车就能用了，现在正在石铺场院里被推来推去，为的是证实不会再次散架。这时，布莱凯特太太听到声音，就跑过来看个究竟。

“我们明天就得开始旅行了，”南希口气坚定地说，“我们必须把整个营地搬到高顶岗子上去。”

“可是露丝，我是说南希，你这个野孩子，为什么？我本来以为事情完全定下来了，就在这里宿营，然后出去探寻金矿。你们不是找到了石板瓦匠鲍勃吗？”

“是的。”南希说，“金矿根本不在这儿呢，它在高顶岗子上。另外还有个人正在寻找呢，我们一分钟也不能耽搁。今天夜里搬迁是来不及了，我们明天早上第一件事就是动身出发。”

“不行，”布莱凯特太太说，“完全不可能！虽然沃克太太可能不会太计较，但是还有卡勒姆家呢。”

“那苏珊呢？”南希说，“她会照料他们的呀。不要马上就说‘不行’，过来看看其他人吧。喂！约翰，快去告诉苏珊，我妈妈来了，一切都会好起来的。”

“我从来没这么讲过，”布莱凯特太太说，“别这么对她说呀。”

可是约翰已经走掉了。这是南希和她母亲之间的事儿，他不能掺和进去，不能说他想要搬出布莱凯特太太的花园。他穿过屋子溜走了，途中朝弗林特船长书房门里望了一眼。迪克正坐在那里阅读百科全书中有关黄金的段落；多萝西正坐在桌边，趁机给在学校里不曾有空完成的故事《湖区逃难》匆匆写上几句话；提提正在看着犰狳的插图。

“快点，”约翰说，“快去营地！南希已经开始说服布莱凯特太太，她们马上就要到那儿了。”

看来有必要对布莱凯特太太做大量的说服工作。他们怀着焦急的心情在草坪的营地上注视着，发现南希和她母亲都不急于过来加入他们。她们俩绕过屋角，走进花园，但却没有立刻穿过草坪走向白色帐篷群。相反，她们在那些窗子下面走来走去。花园上方偶尔飘来只言片语。布莱凯特太太一再解释说，虽然她对于六个别人家的孩子在她的花园里安营扎寨没有意见，但她根本不会赞成让他们到数英里之外的丘原上去宿营，在那里他们什么事情都有可能碰到，而她又不能过去帮忙。而南希一逮住机会就欢欢喜喜地大声劝说一番。

“就跟家里一样安全……万一发生地震，也安全得多呢。不管怎样，现在既然知道它就在那里，再到别的任何地方去找就没有多大意思了。你也知道，我们不可能天天晚上回家，不可能从高顶岗子回家嘛。哪怕是动物也受不了这种虐待。我们整天都在路上，根本没有时间待在那儿。再说，我们大家都不在这儿，你可以把贴纸和油漆工作做完，反而更好。对厨娘也有利，我是说，你知道，你老是说苏珊有头脑，靠得住……”

以上是南希的话，可当她停下来换一口气的时候，布莱凯特太太又开了腔：“如果你们都是苏珊，那就好极了。但你们当中只有一个苏珊啊，我担心的是迪克、多特和罗杰他们哪……”

“我？”罗杰说得很轻，但却愤愤不平。

“住口！”提提说，“她们来了。”

布莱凯特太太冷不丁地跨出甬道，从草坪上斜穿走向帐篷。南希紧紧跟在后头，她两眼忽闪忽闪的，好像稳操胜券似的。

“苏珊在哪里？”布莱凯特太太说，“哦，你在这儿呀。”她朝旁边一转就走向营火，苏珊刚从火上端起烧沸的水壶。

“要让我家这个冒失鬼拿出理智来是办不到的。”布莱凯特太太说，“请问，苏珊，你真想到远远的高顶岗子上去宿营，而不是留在这里吗？”

“她当然想去呀。”南希说。

“海盗，把嘴闭上！”布莱凯特太太说，“让苏珊有足够的时间自己回答。”

“待在这里当然是挺好的。”苏珊说。

布莱凯特太太笑了起来：“那你们真的想走吗？”

“只是为了黄金的事。”苏珊说。

“我敢肯定，这里有黄金，跟别的地方的一样多呢。”布莱凯特太太说。

“石板瓦匠鲍勃说是在高顶岗子上，”苏珊说，“他还把我们该找什么告诉了我们——”

“说得好，苏珊。”南希说。

“但是，当然，可能还有别的一些地方。”

南希差点哼出声来。

“要是我弟弟在家就好了。”布莱凯特太太说。

“可问题的关键是要在他回来以前找到金子。”南希说。

“那样就会给他一个惊喜呢。”多萝西说。

“要不然，你们只要等你们的母亲到了这儿以后，由她们亲自决定嘛。”

“那他早就回到这里啦。”南希说。

“而当她们来到这里时，我们就该扬帆起航了。”约翰说。

“而且另外有人已经开始在找它了。”提提说。

“其实不会嘛。”布莱凯特太太说，“喂，苏珊，你就跟我说说看，到时候你妈妈会怎么讲。”

“她会说，只要罗杰按时睡觉就行。”

“她将跟我们讲澳大利亚开采金矿的事情，”提提说，“她甚至还有可能一块儿过去呢。”

“我敢说，她会的。”布莱凯特太太说，“但恰恰因为这样，我可吃不消，整个屋子弄得颠三倒四的。还有，你们怎么样呢？”她把脸转向迪克和多萝西，补充道，“卡勒姆太太会说什么呢？”

“只要我们答应按照苏珊的吩咐去做，她就不会有意见的。”多萝西说。

“你明白这是怎么回事了吧，苏珊，结果全都取决于你呢。”

“它比岛上安全得多。”苏珊说（其他人都万分感激地望着她），“没有夜航和类似的可能，哪怕我们想那样都没有。什么岔子都不会出。”

“但愿路途不那么远才好。”布莱凯特太太说。

“你有部老爷车嘛。”南希说。

“每天的牛奶怎么办？那可不像是在岛上，迪克森太太就在港湾那边。”

“阿特金森农场就靠近高顶岗子，”南希说，“你可以在弗林特船长房间里的地图上看到。它就在褐谷路过去一点。”

“水呢？”

“山溪就在高顶岗子上呢。我们打算在它旁边扎营，那是烧炭人待过的地方。太美啦，肯定会有的。”

“哦，好吧。”布莱凯特太太说，“可是别以为我能够不断上去看你们。你们每天得有一个人跑下山来，让我知道不曾有人摔断脖子、扭伤腿脚什么的。”

“养鸽子是干吗的呀？”南希欢欢喜喜地说。

“可是我有几千件事要做，每个房间还有些工匠，我和厨娘两人都快要跑断腿了，总不能整天在马厩院子里等候一只鸽子的到来吧。”

南希咄咄逼人地望着迪克。

迪克的脸不由自主地红了起来。“我认为它能行，”他说，“我认为我可以让鸽子在回到家里的时候把铃儿弄响。”

“那就解决了。”南希说。

“不，这可不行，”布莱凯特太太说，“得有个人整天注意听铃声啊。”

“铃铛不会一响就停止。”迪克说，“我已经想了个办法，它将一直响，一直响，响到有人过来把它关掉为止。”

已经让步了的布莱凯特太太仿佛捞到了一根救命稻草：“如果你们能够保证每天派鸽子送信回家，让它把铃儿弄响，而且谁都能听到铃声的话——”

“迪克会办到的。”南希说，“那么一连三天，每天一只鸽子，然后我们会有一个人回家把它们都带过来。真棒，妈妈！一天一只鸽子，让土著人离得远远的——当然，我们并不是想与你分开呢，只不过是为了省得你往这边跑啊。”

“那么，要是迪克真能办到，”布莱凯特太太半信半疑地说，“要是你们能在阿特金森农场搞到牛奶，还能找到有好水的地方——”

“她同意啦！”南希喊了起来，“公山羊烧烤！妈妈，但是我还以为你永远不会同意呢。”

“我完全信任你，苏珊。”布莱凯特太太说，“还有你，约翰。”她又加了一句。约翰咧着嘴笑了。虽然她是出于善意，可他知道她不过是顺便说说而已。在牛奶、饮水以及一等水手按时睡觉的问题上，苏珊是会让土著人放心的。

“我们明天头一件事就是动身上路。”南希说。

“不，不，不，”她妈妈说，“你不能那样，还是要先派出探路先锋出去找对地方为好。问清阿特金森农场的牛奶情况——他们周围有那么多的访客过来，可能会把牛奶卖得点滴不剩。问清好的水源——你们该知道溪水究竟怎么样，说不定阿特金森家自己还不够用呢。你们什么都没安排好，就这样我是不能放你们走的。而且迪克还得给鸽子弄个响铃机关，要不然你们是绝对走不成的。”

“好吧，”南希说，“这也不会真的浪费时间。约翰和苏珊会亲自过去查看的，其他人可以做些具体准备。得有个人到里约镇上买些锤子，还要买些手电筒，以及大量的储备物资。”

接下来，大家一边吃饭，一边制订计划，这个夜晚很快就过去了。

“不是所有的矿工营地都有这么好的厨师的。”晚饭过后，布莱凯特太太坐在营火前面说。

“要是加点洋葱切片的话，牛肉糜压缩饼就会好吃得多，”苏珊说，“可是我没有及时想到。”

“我真希望我不是在干件错事呀。”布莱凯特太太最后离开时说。他们在黄昏中陪她走过草坪，然后在花园门口与她道起了晚安。

“你做得完全正确。”南希说。

“关于鸽子的事我是说话算数的。”布莱凯特太太几乎是带着期望的口气说，“假如我同意你们去的话，它们可得把铃儿弄响啊。”

“它们肯定会的。”南希说。

“别坐得太晚才睡觉啊。”

“营火烧完了就睡觉。”

他们反身朝矮树后面那堆营火余烬缓缓走去。

“你真的认为你能够办到吗，迪克？”南希说。

迪克掏出手电筒，并且把它揿亮。“我这就去摸清情况。”他说。

他们悄悄地走进马厩院子。迪克爬上了通向鸽房的梯子，靠在上面用手电筒照着鸽子的登陆点，伸手摸了摸摆动钢丝。鸽房里突然出现一阵拍打声。

“咻……咻……咻……”佩吉和提提嘴里发出安慰鸽子的声音。

“我想能行。”迪克说，“钢丝是各自分开着的，不是吗？我们把每三四根扎在一起就是了。”

“你们在干什么？”布莱凯特太太从楼上窗户处大声问。

“只是清点东西。”南希说，“晚安，妈妈。我们马上就去睡觉啦。”

第五章　探路先锋和留守人员

早在贝克福德醒来之前，营地上的人们就已经折腾开了。南希踮起脚尖从一顶帐篷走向另一顶帐篷，命令都是以耳语方式传达下去的，仿佛灰色老屋在竖着耳朵偷听似的。苏珊在矮树丛中的火堆上把水烧开。佩吉来到路上等候娄氏农场的男孩子把早餐牛奶送来。迪克、多萝西、提提和罗杰醒来发现火堆上冒出的烟正在晨雾中升腾，而苏珊、约翰和南希已经开始吃早餐了，包括热茶、鸡蛋和黄油面包，还有很多的鸡蛋正被煮着。佩吉正在切开黄油面包，做成三明治让探路先锋带在身边。“别出声，”南希压低声音说，“别把屋里人吵醒。念头一转变往往会把事情弄得更糟，你们不能指望土著人说话算数而不反悔——就连我妈妈也一样。我们动身得越快越好，要在她反悔之前就走。喂，佩吉，你是侍候鸽子的好手，你去把它们捉过来，我们把食物拿下去。”

其他人赶紧穿上衣服。

“听着，迪克，”南希说，“所有的事情就靠你啦。就因为你关于鸽子的那番话，她才让咱们去的。她其实巴不得咱们天天夜里留在花园里面歇息呢。我们找到一块宿营地是挺容易的，可是，你如果不能成功地让鸽子们弄响铃铛，事情就不好办了。”

“你知道在里约镇上要买的东西吧，”约翰说，“锤子和新手电筒。”

“还有防风护目镜。”苏珊说，“摩托车风镜也行。总之，你要是去凿石头，就得有点防护啊。”

“第一只鸽子可别早早放回来，”迪克说，“要等到十二点钟以后。”

“你打算把消息传递过去吗？”提提问。

“当然啦，”南希说，“这是难得的机会嘛。”

“我妈妈正在来回忙活，”佩吉提着一篮鸽子走回来说，“厨娘正在烧炉子。你现在不能再等了，罗杰。”

“真见鬼！”南希说，“我们应该快点走。我们前面有万里征途啊。”

他们没敢冒险从马厩院子和大门往外走，而是排成一列纵队穿过林间小道，再翻墙到达大路上。其余的人一直目送他们走得看不见了为止。

这几个探路先锋上路一阵之后，屋里响起了开饭的锣声。当时，佩吉和提提在营地上收拾东西，把地毯和睡袋拿到风口晾一下。罗杰正在她们旁边帮忙，提醒她们完成该做的事情。他们匆匆进屋，只见布莱凯特太太已经在拆掉的餐厅里把装满咸肉和蘑菇的盘子一一摆到临时搭成的桌子上面。

“早上好，”她欢快地说，“其他的人呢？”

“迪克到马厩去了，”多萝西说，“去看电铃了。”

“哦，天哪，”布莱凯特太太说，“他不会真的打算对它采取行动吧？可约翰、苏珊和南希在哪里呀？”

“他们已经出发了。”提提说。

“先锋正在大步前进呢。”多萝西说。

“该不会没有吃早饭吧？”布莱凯特太太说。

“他们已经吃过早饭了。”罗杰说。其实他自己倒是挺饿。

“他们走掉啦？”布莱凯特太太说，“我真得见到南希呀。我一直在琢磨你们要到丘原上宿营的想法，我有一些话要跟她讲呢。”

“她刚才就担心会有这个可能呢。”罗杰说。

布莱凯特太太一下子张大了嘴巴，好久说不出话来。罗杰干干净净地吃完了一叉子的蘑菇和烤面包片，始终不曾注意她在怎么打量他。这时，她忽然哈哈大笑起来。

“是我自己的过失呀，”她说，“我本来应该在半夜爬起来把那个死丫头看住的。其实，我想说的是，咱们为什么不能想想淘金以外的事情呢？你们就不必到那么遥远的地方去啦。”

每个人都面面相觑。南希的判断多么准呐。

“这本来就是您的主意呀，妈妈。”佩吉说。

“这是个糟糕透顶的错误，”布莱凯特太太说，“我做梦都没有想到石板瓦匠鲍勃会把你们打发到荒郊野外去。”

“如果那是有黄金的地方，他也没办法嘛。”提提说。

“哎哟，”布莱凯特太太说，“阿特金森一家很可能在把他们所有的牛奶往市镇上送呢。而且我的确说过，除非那些鸽子把铃儿弄响了，否则你们是不能去的，是吧？”

“它们完全会的。”就在迪克走进来的时候，佩吉说。

“我能不能利用鸽房下面马厩里的电铃，”迪克说，“还有穿过院子的电线？”

布莱凯特太太叹了一口气：“如果我回答说不能的话，估计那就不公平了。没错，你想怎么用都可以。有一点要说明，”她又满怀希望地补充了一句，“它已经失灵多年了。”

早饭以后，佩吉、提提、多萝西和罗杰马上驾船前往里约，留下迪克在那里琢磨如何摆弄电铃。他已经把它拆散开来，摊在报纸上，放在马厩的板凳上。佩吉在弗林特船长的工具柜里为他找出一扎绝缘电线，它几乎是被有意留在那里的。迪克给多萝西开了张购物清单，要四码长的皮线，还要一些薄铜片。“我如果也一道过去，根本就来不及把电铃弄完。”他说。多萝西答应尽力而为。迪克目送他们起航，当时佩吉脱掉鞋子，把亚马逊号小船拖到浅水里。等到她再次跳到船上，多萝西扶起舵柄，把亚马逊号弄出港湾时，他才离开了。这时提提回头看了一眼，只见他快步消失在了屋角。如果需要的东西不能及时买到，那就不是迪克的过错了。

他们靠在里约一个船码头上，把亚马逊号托付给一个友好的船工照看。佩吉花了两便士打电话到火车站询问蒂莫西的情况，但是并没有任何活物到站。多萝西和罗杰动身去给迪克采购东西，其他的人忙着按照布莱凯特太太开的单子购买储备食品。虽然布莱凯特太太在准备清单时以为营地不会超过从家里到贝克福德的距离，但这份清单还是挺好的。就在小船驶过湖面时，罗杰早就把清单浏览了一遍。有的人在写这种清单时总会把巧克力给忘掉，但是，布莱凯特太太毕竟是弗林特船长的姐姐。单子上有巧克力，还有橘子、香蕉、几听沙丁鱼罐头、一大罐葡萄饼。那显然是份好清单，罗杰无可挑剔。另外，还得在药房买些新手电筒，而罗杰帐篷里的那个保温瓶也被打坏了。后来，他们在小五金店买了八把小锤子，在汽车修理部买了八副防风护目镜，最后，提提冲进文具店买了一个大线团。

“这有什么用处？”多萝西问。

“就像昨天那样探洞，”提提说，“一头拴住，另一头拉出，这样就不会走丢了。哪怕有一只蝙蝠撞灭了你的蜡烛，而你又没有更多的火柴了，你都可以摸着走出去呢。”

四个人都有包裹要拿，而背包里面塞满了罐头，背在背上走回船码头时又沉重又不舒服。他们把各自的重负卸在码头上，再搬到亚马逊号船上，开始返航回家。

迪克正在努力工作，上午一晃就过去了，速度快得惊人。在他看来，旧电铃没有问题，只不过积了灰尘，生了锈。但是，他还是花了很长时间清洗每个部件，给响铃和端子分别去除铁锈和铜锈，把夹住电线的表面锉一锉，将新的电线准备好，把他认为不牢靠的旧电线更换掉。现在，他开始重新组装起来。他蛮有把握地想出了一种办法，能把鸽门的摆动钢丝变成电铃按钮，但他如果没有一个用来发声的铃儿，那就起不到多大作用。他用螺丝刀把蜂鸣器安装到位，一直把它调整到蜂鸣器的小锤不怎么能触碰铃儿为止。但是，它会不会振动呢？他端详了一番，把袖珍手电筒里的干电池取出来。他拿起绝缘电线的两个短头，一头接电池，一头接端子。他屏住呼吸，与另一头连接。它会不会振动呢？电线刚一碰上就冒起微小的火花，蜂鸣器振动发声了……

“丁零零零……”

此刻，采购小组刚把货物搬上了岸，并且倒在营地贮藏间里，听到铃声赶忙奔进院子。

“丁零零零……”

“哦，干得好啊，迪克。它果然有效。”多萝西叫了起来。

“好啊！”提提说，“可你肯定响声足够大吗？”电铃当然是在正常工作，但是那种微弱模糊的响声会不会传进忙碌的土著人的耳朵里去呢?

“它将会响得比这更大声。”迪克说。

“正常的喧闹声嘛，应该是。”佩吉说。

“好哇！”罗杰大喊一声，接着停了一会儿，把新买的护目镜掏出来戴在脸上，龇牙咧嘴地朝提提怪笑了一下，就冲进屋向布莱凯特太太报告好消息去了。

不一会儿，他神情镇定地走了回来。

“她说什么了？”佩吉问。

“她说她喜欢护目镜。”罗杰说。

“哦，是吗？”提提说，“可铃儿的事呢？”

“她说，‘干得漂亮，迪克。’然后她说，‘迪克很聪明，让旧东西重新工作起来了，但问题并不在于迪克能不能把它弄响。关键是，他能不能让鸽子把它弄响。’”

“你能的，是吧，迪克？”多萝西说。

“我没有绝对的把握，”迪克说，“要等试了以后才能肯定。皮线你买了吗?还有薄铜片怎样了？必须要很有弹性。”

多萝西把她的包裹递了过去，就在迪克检验那一捆皮线，并且用手拭摸薄铜片的时候，其他人都焦急地注视着他的一举一动。

“行吗？”提提说。

“摸上去还行。”迪克说。

“你现在要把它用上去吗？”

“首先我得看看鸽子飞回家来会发生什么情况。”迪克说，“铃声会不会响完全取决于它们会把钢丝往上抬多高。”

屋里传来了开饭的锣声。

“开饭啰！”罗杰说。

“天哪，”佩吉说，“午饭已经做好了呢。”

“我什么都不想吃。”迪克说。

“可你必须吃呀。”多萝西说。

“现在第一只鸽子随时都可能飞过来，我必须看到它是怎么进去的。”

“那行，”佩吉说，“我们会把你的那份饭带过来的。”

布莱凯特太太似乎并不是太在意。多萝西给迪克带上了一盘冷牛肉加土豆和花菜，还有一杯海盗们喝的格洛格酒——土著人由于不怎么明白而把它叫作柠檬汁。

“他想要那个有关矿业方面的红皮书呢。”她回到屋里时说。

“他在哪里？”布莱凯特太太问。

“坐在鸽房旁边的梯子上。”多萝西说，“鸽子没回来，他什么事情也不能做。他还说，南希吩咐过他，要他尽可能把金子方面的知识通通挖出来。”

“哎哟，”布莱凯特太太说，“但愿他不介意这么卖力。”

“他就爱这样。”多萝西说着，就到弗林特船长的书房去寻找《菲利普斯论金属》，然后把它拿给了坐在院子台阶上的小教授。

她走回来的时候，恰好听见布莱凯特太太在说：“那样挺好的，佩吉，可你忘记了一件事情。蒂莫西怎么样啦？谁来照料它呢？假如这个小东西来了，而你们都去了高顶岗子，叫我怎么办呢？你们甚至没把夜里装它的箱子做完呢。”

“我们今天下午就把它做出来。”佩吉说。

第六章　来自荒野的消息

提提和迪克分别在鸽房外面和里面等候第一只飞回的鸽子。迪克发现他很难去想金子的事情，他从来没有同时思考过两件事情。他把《菲利普斯论金属》一书搁到旁边，又朝鸽房的正门看了一眼。它是长方形，带有一块关住任意半边的滑板。当滑板被推向右边时，鸽子就可以自由进去；当滑板被推向左边时，它就敞开着，同时有一排钢丝悬吊在一根横杠上。门槛上的一根木条阻止它们向上摆动，但是进来的鸽子可以把它们朝里推，一旦鸽子进到里面，钢丝就会落回原处。迪克小心翼翼地伸出一个指头，把鸽子朝里推入的两三根摆动式细钢丝向上抬了抬，它们非常轻巧。一切都取决于鸽子本身的力气和迫切程度。它们是直接朝钢丝一撞就进去呢，还是怯生生地试探片刻，而且碰到任何额外阻力就会彻底打消进去的念头？提提在鸽房外面的台阶（从老马厩院子外面通向上面的陡峭木质踏步）上，时刻准备在第一只鸽子飞进来时给迪克发出警示。她可以从那里望见低矮的附属建筑以及这些建筑外面的灌木和小树林，一直看向河对岸的群山，再远还能看到干城章嘉峰那或蓝或紫或棕色的庞大山体，直指夏季明亮耀眼的天空。就在那里某个位置上，约翰、苏珊和南希这些探路先锋正代表着全队进行探索呢。主屋里传来正在施工的油漆工和泥水匠们搬动梯子和家具的响声，中间还夹杂着口哨声和笑声。但是，锤子和锯子的响声不是来自屋里，而是来自花园的营地，佩吉和罗杰正在那儿打造蒂莫西的睡笼。多萝西不时跑进院子，到鸽房下面的旧马厩里取些钉子和螺丝，弗林特船长在那儿有个木工台。

没等提提看见，鸽子荷马就飞进了院子。她由于盯着天空太久而两眼发花，几乎看不见什么。她正努力看见一个越来越近、越来越大的黑影最终变成一只鸽子呢。可她始终不曾看见荷马是如何飞过来的。翅膀突然啪啪作响，荷马早就飞进了院子，它迟疑不决地从屋顶飞向棚顶，可能是因为看见坐在台阶上的提提而觉得困惑不解。

“迪克。”提提轻轻地叫了一声。

没有回答。

鸽子从院子上空飞向鸽房。

“迪克，”提提不顾一切地喊道，“它到这里啦！”

她听见一句轻轻的耳语说：“快去告诉佩吉。”

紧接着，荷马出现在了狭窄的架子上，双翅展开又收拢，从早已抬起让它通过的摆动式钢丝下方进到了鸽房里。

提提滑下台阶，绕过屋角，朝绿色草坪上的营地奔去。

“佩吉，”她嚷开了，“有只鸽子已经回家了！”

一把锯子在制作犰狳房门时锯到一半就停在了木板中间。罗杰丢下了手里的锤子。

“迪克看了觉得还行吧？”多萝西问。

“会有消息的。”佩吉说。

“他们可能想叫我们马上就过去吧？”罗杰说。

他们四个人都朝马厩院子奔去。佩吉一马当先地赶到鸽房的台阶上，其他人紧紧跟随而来。

“现在必须安静，”她说，“别一块儿朝里闯。有的时候可不容易捉到它们呢。迪克呢？”

“在鸽房里面。”提提说。

佩吉非常小心地把门打开，身子一闪就进到了里面。其他人等在台阶上。

荷马正在鸽房里面品尝正餐，同时还用一只红眼睛打量着迪克。迪克还在盯着鸽子刚才顶过的摆动式钢丝出神。

“应该会比较容易的，”他说，“只要我们能够肯定在钢丝被顶起时会有很好的接触就成啦——”

“嗯，那是什么？”佩吉说，“你没把它捉住吗？”

“还没有呢，”迪克说，“可它带来了一条消息，就在左脚上。”

“咕……咕……”佩吉低声叫着，还轻轻打起呼唤鸽子的口哨，“咻……咻……咻……咻……咻……”

荷马喝了一口水。佩吉一把抓住它，从它左腿的橡胶环下面取到一个小纸卷儿，接着把它放开。就在佩吉仔细打开纸卷的同时，荷马在饮水槽边安顿了下来。

“我们能进来吗？”提提靠在外边说。

“一起进来吧，”佩吉说，“现在可以了。”

其他几人都挤进了鸽房。佩吉把卷曲起皱的纸条打开来看的时候，它又自动卷了起来。佩吉终于大声念了起来：

阿特金森农场无货可供，且被顽敌占据。

签署的是一只骷髅，特别的狰狞。

“张帆索和束帆索搅到一起啦，”佩吉用南希的表达方式说，“简直糟糕透了！除它以外唯一的农场就在山谷底部。为了牛奶，得走好长的路呢。”

“哦，我说——”罗杰说。

“咱们是不是得放弃呀？”多萝西说。

“南希会想出好法子的。”提提说。

“得啦，”佩吉说，“咱们还是把自己分内的事做完吧。不管去不去，我们都需要把蒂莫西的睡笼做出来。”

“咦？”布莱凯特太太说，因为她听见了马厩院子里的忙碌嘈杂，就在他们走下鸽房时从后门探出头来。

“我们收到他们的消息啦。”提提说。

“我们不能从阿特金森农场得到牛奶啦。”佩吉说。

“我早就担心你们是不可能弄到牛奶的呀。”布莱凯特太太说，可她看上去倒是没有特别失望，“另外，鸽子有没有把铃儿弄响？”

“我想下一只鸽子会的。”迪克说。

“即使能响，可能也无济于事呢。”多萝西说。

“你要不要我去守候？”提提说。

“不要，现在还行。”迪克说，“我已经看到它们是怎样进去的了，我只需要为它们做个电铃按钮。”

“快点，提提，”佩吉说，“有点油漆活儿要完成呢。”

不管鸽子带来的消息是多么不容乐观，迪克一心要让鸽子弄响电铃，他现在已经确切知道自己该怎么做了。荷马刚才以鼓舞人心的方式穿越了那些摆动式钢丝，这方面不会有任何困难。眼下他必须做个小小的启动装置，鸽子一推，就能将钢丝网罩移开，让两只铜片产生足够的弹性夹力，并且持续到有人过来把它放开为止。经过两三次虚拟启动之后，他借助于某种硬钢丝、一只软木塞、一块废铅和多萝西从里约买来的铜片——他从那个没有戒心的厨娘那里借来剪刀，把铜片剪开，从而做成了启动装置。他尽了最大的努力，为第二只鸽子的到来做好了准备，而等他把鸽子电铃按钮制作好了，并且接通马厩院子的旧电线时，整个下午的时间都没有了，工匠们已经动身回家去了。

奇怪，第二只鸽子没有过来——虽然这是好事，他可能还来得及到另一端去把铃身装上呢。

院子里突然有了叫喊声。

“喂！”

“你怎么样啦？”

“另一只鸽子来了没有？”

他们干完了木工活儿，正在阶梯下面。迪克朝下看去，勉强瞅见已经完工的犰狳睡笼，它的门板上刷有蒂莫西的名字，正处于时开时关状态。眼下连一秒钟也不能耽误了。

“快完工了。”说着，他赶紧走下阶梯，捡起铃铛和一捆皮线，冲进屋子。好在电铃的电池紧靠着厨房门，他剩下的皮线已经不太多了。他手指哆嗦地把铃儿接上，并且摆放在过道里的一把椅子上。这样总比没有要好。现在算是就绪了，可他曾在马厩里见过一只生锈废弃的茶盘。在所有的一切达到他的预期之前，也该把它利用起来才是。

“没有更多的消息吗？”这是布莱凯特太太在院子里说话，“在这以前，他们肯定已经放飞了另一只鸽子。工匠们都走了，整个地方现在都是咱们的了，这难道不是一种福分吗？哟，我得说，你们做了一只非常漂亮的睡笼，还有皮革门铰链……佩吉，你这个讨厌的孩子，你没有从你的蓝皮带上切几段下来吧？”

迪克已经开始穿过院子，或许还来得及把那只茶盘修一修呢。

“皮带太长啦。”佩吉说。

布莱凯特太太无可奈何地摆了摆手，转而望着罗杰，他刚才是替代提提坐在梯子上的，他还发现在向空中搜寻鸽子时护目镜是非常管用的。就在布莱凯特太太要对罗杰讲点什么时，他突然叫喊起来：“它来啦！”他差点从梯子上摔下去，于是赶忙摘下眼镜，以便在鸽子朝院子俯冲时看得更清楚些。

“别吓着它。”佩吉说。

但是索福克勒斯仅仅是在片刻之间受了点惊吓，它朝鸽房飞去，先在横木上稍作等待，朝院子里的人群俯视了一下，然后就闯了进去，仿佛摆动式钢丝并不存在似的。

“丁零零零……”

就在鸽子从空中飞下的时候，迪克一下子就停住了，他不紧不慢地露出了幸福的笑容。这事已经做成了，索福克勒斯把铃儿弄响了。

“丁零零零……”

“干得漂亮，迪克！”“怎么样啊，妈妈？”“他做成啦！”大家一下子打开了话匣子。

“嗨，迪克，我得说，你好聪明啊！”布莱凯特太太说。

“它会持续响，直到你去鸽房取下纸条，关掉按钮为止。”迪克望着随意搁在椅子上不停抖动的铃儿说。

“可是你认为我们会听见吗？”布莱凯特太太说，“我们都在到处吵吵闹闹地忙着别的事情啊。”

“它的声音会比现在这样还要高很多。”迪克说。

“这样我们就可以走了吧。”罗杰急不可耐地说。

“他们如果搞不到牛奶就不能走——”

“快，迪克，”佩吉说，“快关掉电铃，我这就去把索福克勒斯捉住。”

不一会儿，她就读起了第二封来信：

回家路上腿脚无力，饥肠辘辘，嗓子冒烟。请把水烧开。

“看来他们也没有找到好水源呢。”布莱凯特太太说。

“这只不过是南希故意制造惊喜。”佩吉说，“快，咱们快点为他们把茶水准备好。”

“我能借用一下梯凳吗？”迪克抬头看着过道上方一根位置极好的横梁说。

“你看中什么都行。”布莱凯特太太说着就跟其他人朝花园的营地走去，只有罗杰留下来给迪克当助手。他兴趣上来了，因为铃儿真的见效了。

旧茶盘很大，你只要碰一下，它就会很响。迪克用锤子和钉子在它中间打了个洞，又把铃儿装到那里。他又打了两个孔，孔都很大，接着，他在罗杰的协助下，把两颗螺丝塞进去，装到了过道的横梁上，故意没有拧紧，让茶盘可以出声。然后，他再次把电铃接好，把梯凳放回泥水匠当时使用的大厅中，还把工具放回到了木工台。

“我来试一下，”迪克说，“他们到处都会听到的。”

“咱不试了吧，”罗杰说，“留到没人想它的时候才好。另一只鸽子还没有过来嘛。”

他们来到营火前，重新与其他人会合了。多萝西看着迪克。

“完成了吗？”她说。

“你就等着吧。”罗杰说着，笑咧了嘴。

林子里出现了树枝折断的响声，那是干树叶上面的脚步声。

“他们来了！”提提大喊起来，不一会儿探路先锋们就拖着疲惫的脚步走进了营地。

“情况怎么样？”罗杰说，“你们不会是把金子找到了吧？”

“茶烧得怎么样啦？”南希说，“我们的嗓子和舌头都干了，皮肤上都沾满了灰尘。”

“水烧开了。”佩吉说，“给，苏珊，你们最好自己放茶叶。”

“快，趁我们还没有昏倒。”南希说。

“不过，一定要跟我们讲讲那儿的情况。”多萝西说。

“大戈壁不在那里，”南希说，“到处没有一滴水，我们本来打算扎营的老矿坑旁边的溪流干了。而且看见里面有一头死掉的绵羊，至少就死在原地。头顶上那些秃鹫啊——”

“是一只游隼。”约翰注意到迪克那渴望的眼神，于是说。

“还有阿特金森农场呢？”布莱凯特太太说。

“属于‘扁帽子’啦？”多萝西说。

“是的，”南希说，“干得好哇，佩吉。哎哟，我差点忘了是滚烫的开水呢……我也没用嘴把它吹凉。”

“属于‘扁帽子’啦。”她继续说，“他在阿特金森农场赁下了几间房子，所以他一定会发现我们正在做的每件事情。我们务必离他远远的。听着，我们还知道他正在勘探呢，阿特金森先生家的窗台上就有一份《矿产世界》。”

“那是上周的杂志，”约翰说，“我看到了日期。”

“再舀一点牛奶进来吧，”南希说，“那样我才能够喝下。”

“可你继续往下讲呀，”多萝西说，“你们在沙漠里干什么了？”

“走啊走啊。”苏珊说。

“勒紧了裤带，走起来摇摇晃晃。”南希说，“没有水向营地提供，高顶岗子上没有，就连高顶岗子附近也没有。亚马逊河上游本身也只不过是条溪流呀。”

“没有关系。”布莱凯特太太说，“上去一趟是值得的，哪怕只是确切查明一下，知道那个计划并不可行也好。”

“不可行，”南希嚷道，茶水溅出了一些，“不可行！但是，你没听说‘扁帽子’是个真正的采矿老手，而且住在阿特金森农场吗？我们不能让他把高顶岗子独占了。想想，如果‘扁帽子’找到了金子，吉姆舅舅会多么懊丧……我们当然要去的。鸽子怎么样？”

“我们收到了你们的两条消息。”提提说。

“荷马和索福克勒斯回来了。”多萝西说，“迪克已经把铃儿搞好了。荷马回来的时候还没搞完，但是索福克勒斯把它弄出的响声可大啦。”

“不是太响的。”布莱凯特太太说。

“可是萨福呢？”南希说，“它是我们放飞的第二只，比索福克勒斯早多了。”

“它一定是半路上走丢了。”提提说。

就在这时，房屋里传来长时间尖厉激越的铃声和破陶罐坠落的咣当声。

“丁零零零……”

“这怎么样啊？”罗杰说。他们立起身来。

“摔下来的到底是什么？”布莱凯特太太说。

南希望着迪克。

“是萨福回家来了。”他说。

“丁零零零……”

探路先锋不顾疲劳，和留守人员匆匆穿过了草坪。铃声越来越响。他们转身进了院子。厨娘捂着耳朵站在厨房门口。

“丁零零零……”

“它在哪里？！”南希声嘶力竭地问。

“在过道里！”罗杰说。

就在他们往里走的时候，噪声震耳欲聋。在他们的头顶上，铃儿发着呼呼飞转的声音，而那个大茶盘响起来就像一块共鸣板。过道里面是一堆摔碎的盘子。

“多亏不是最好的餐具！”厨娘说，“那么大的响声，而我当时正好在往餐具室走呢……”

“天哪！”南希说，“伙计们哪！”

“丁零零零……”

“声音不是够大的吗？”说着，佩吉紧紧跟随迪克朝通向鸽房的台阶奔了过去。

铃声突然中断了，迪克从鸽房里面把它关上了。佩吉在把磨磨蹭蹭的萨福捉住之后，拿着纸片走了下来。她的脸上显现着愁容。

“把它念出来吧。”提提说。

“其实它是第二封信呢。”约翰说着，心里没底地看看布莱凯特太太。

佩吉开口就念，同时南希的眼睛忽闪忽闪地盯着她。她念道：

水井干枯。白骨散落荒原。生命不能存活。

“好啦，那就结了呗。”布莱凯特太太说。

“才不呢，”南希说，“我们是在动身去泰森太太家之前发出的。她说他们的抽水泵还行，我们还可以得到所需要的牛奶。只是她想要为在哪儿扎营的事首先与你见个面。她正在为火灾非常揪心呢。我们答应说你明天会过去和她谈谈的。”

“可是泰森太太就在山谷里面，”布莱凯特太太说，“你们还是有可能住在这里的呀。”

“哦，妈妈，怎么可能啊？”南希说，“泰森农场比这儿近得多嘛，而不像是在鳕鱼断崖另一边——”

“噢，天哪，噢，天哪……”布莱凯特太太说。

“那些锤子怎么样了？”南希说。

“我们买到了。”提提说。

“还买了漂亮的防护眼镜呢。”说着，罗杰就把他那副眼镜戴起来给她看。

“天啊，”南希说，“你们有没有给我买这么一副？”

“我们有大量存货呢。”罗杰说。

“好老妈。”南希说着，就给了她妈妈一个有力而带着灰尘的拥抱。

“我们还做完了蒂莫西的睡笼呢。”佩吉说。

“太好了！”南希说，“早上第一件事就是出发。但愿我的嗓子不会干得喊不出声来呢。”

“可是南希——”

“来吧，妈妈，”南希说，“茶凉了，正好喝呢。”

“那种陶罐响声怎么办？”布莱凯特太太说，“假如你们在鸽子回家的时候吓得厨娘每天摔掉一托盘的东西，那么到了周末咱们就剩不下一只盘子和杯子啦。”

“我们掏出自己的零用钱来制止这种情况吧。”南希说。

“我们大家来捐款吧，”提提说，“再没有比这更好的方法了。”

第七章　迁往泰森农场

早上他们在河里洗了澡。

“这是最后的机会了。”约翰说。

“只是要有个人过来把鸽子带回，”南希说，“这个人得每四天来一次。”

“可怜的人啊。”罗杰说。

“一头单峰骆驼就够了，”南希说，“而我们有两头呢。”

“单峰骆驼？”罗杰说。

“脚踏车呀。”南希说，“快点，我把你驮过河再回来。”

虽然这是最后的机会，但是谁都没有把它充分利用起来。南希、约翰和苏珊一再回忆，一再相互提醒，以免遗忘了什么；迪克想把百科全书中关于黄金的文字最后看一遍；佩吉想查问蒂莫西是否在夜间到达，因而正在给火车站打电话；多萝西有点担心，生怕她和迪克不能像更有经验的探险者们那样把他们自己的帐篷整整齐齐地打包；提提望着群山，想起即将面临的长征，巴不得已经上路了；罗杰得到确切的承诺，可以带上一只油壶去把脚踏车检查一遍，看看车胎的气足不足。就连在早晨的阳光下面单纯泡泡澡，大家好像都没有别的心思一样——其实这是不可能的。

早饭过后才十分钟，营地已经是一片凌乱。帐篷正在被卷起，帐篷桩子正在被装进袋子，帐篷绳也被束成整齐的绳圈，以便堆存。苏珊正用从河里打来的一壶又一壶的水浇灭灌木丛中的营火。

“天哪！”南希看了看草坪，到处是帐篷桩子拔掉之后留下的疤痕，于是说，“好在姑奶奶没有过来看到这种样子啊。”

“比上次雏菊的遭遇惨得多呢。”罗杰说。

“没关系，”布莱凯特太太说，“等我们把房子整修到位的时候，它就自动修复啦。不过，玛利亚阿姨现在看不见它或许是件好事。”

他们本来希望立刻就动身的，但拆除营帐不过算是准备动身的前奏而已。有上百件事情要做呢。虽然手推车和脚踏车正一起等候在马厩院子里，但是不一会儿就会发现勘探队的行李多得没法装运，越来越多的东西放到了等待装运的杂物堆上。上面带有斜顶，正面带有钢丝网，用来装鸽子的大木笼已经搬上手推车，还从大捆登山绳中抽出来一段把它们绑牢了。一袋袋给鸽子喂食的蜱豆、玉米和豌豆被放在木笼下面。一箱箱罐头食品也和鸽笼放在一起。大堆的行李碰都没有碰到，手推车看起来已经再也装不了更多东西了。每过一会儿屋里就出来一个工匠向布莱凯特太太问这问那。布莱凯特太太正在跟苏珊核对一份清单，同时，不仅要回答工匠的提问，还得回答探矿者们的提问。

“我们的睡袋呢？”

“帐篷要不要放在手推车上？”

“我们能把烧饭的东西拴在脚踏车上吗？”

“提提，你那打地铺的防潮布呢？哦，提提在哪里呀？”

“她和迪克在弗林特船长的房间里。”

“佩吉的枕头在哪里？”

“听着，”布莱凯特太太说，“别一下子七嘴八舌的。你们不该把任何不需要的东西带上。我要在你们动手打开包裹之前去见泰森太太的，而且我会尽量用老爷车多带上些行李的。”

南希稍稍犹豫了一下，然后就拿定了主意。

“那样的话，事情就容易得多了。”她说，“说到底，我们还是可以全部自己拿上的，不过那就意味着要跑两趟呢，而我们的时间可耽误不起。这次不同于去北极，或者爬干城章嘉峰之类的，这是件正经事，玩不得一点虚头啊。我们得在弗林特船长回来之前找到金子，而他已经动身上路了。”

他们把老旧汽车推到院子里，等到把吃的和睡的东西装上去以后，事情变得稍许有些眉目了，虽然还剩不少东西需要用脚踏车来运送。眼看上午已经过去三分之一了，很明显，不等午饭以后是不可能出发的。

南希冲到弗林特船长的房间，发现迪克正把百科全书的片段往自己的本子上抄写。

“喂，迪克——”她刚开口就突然不说了。

“干得好，提提，”她说，“这样一来挺漂亮的。”

提提认为，不等蒂莫西到来就一走了之，未免有一种仓皇出逃的样子。于是迅速做了一些万寿菊的花环，还用红蓝铅笔在一只旧鞋盒盖子上写了“欢迎回家”这几个字，再把字剪下来串到棉花上，与花环一起挂在犰狳睡笼的正门上。

“喂，迪克，”南希把她舅舅房间里的书架浏览了一遍说，“除了锤子以外，我们还需要别的什么东西吗？”

“我正在考虑呢。”迪克说，“假如真的找到了金子，我们就得把它碾碎，再淘洗，所以我们要有一只碾磨。这儿倒是有一只的，可它沉得要命。”

他们望着一只大铁研钵和一根研杵，它的手柄上裹着布片。南希先提起研杵，然后又掂量了下研钵。

“够沉呢，”她说，“但是我们肯定需要它们。”

它们被拿到了院子里，并被塞到小推车上两只箱子中间。

“天哪！”罗杰看了它们就说，“也带些镐头过去吧？”

“借吧。”南希说，“但是我敢打赌，带着研钵的，除了我们之外没有别人。”

等到厨娘叫他们到拆除的餐室吃冷羊肉和沙拉时，事情大有转机，更有希望了。

“咱们已经基本就绪啦。”佩吉说。

“我觉得那样挺好。”布莱凯特太太说。

他们吃完了冷米布丁和香蕉，并且确认没有什么被遗忘的，紧接着，多萝西奔进屋里把考察队动身的事情告诉了布莱凯特太太。

第一个推车的是约翰，他把小车推上了大路。提提和多萝西抓起绳头帮着拉车。南希和佩吉各推一辆装载沉重的脚踏车。苏珊仍在把部分行李捆紧。迪克奔回书房去拿弗林特船长的那本《菲利普斯论金属》，他把那本红封皮的书带在了身边。

“我会细心保管好的。”他对布莱凯特太太说。

“没关系，”她说，“只要你让它保持干燥……其实看样子要到明年才会有雨下来呢。”她看看尘土飞扬的道路，又看看晴日朗照的天空，于是又加了一句。

“等一会儿，”南希说，“谁能过来帮我扶一下我的骆驼？我忘了带上蓝念珠了。”

她把脚踏车往苏珊手上一交就走了。他们听见她在掀掉地毯的楼梯上奔走。不一会儿，她拿着两串蓝玻璃小珠子项链又出来了，往两部脚踏车的灯架上一挂。

“东方的每头骆驼都戴的呀，”她说，“为了辟邪呢，咱们的骆驼格外需要防止被弄瞎眼睛啊。”

“我们怎么把它们往山上推呀？”罗杰望着驮了所有篮子和包袱的骆驼式脚踏车问。

“你们来拉嘛。”南希说，“人们总是用一头毛驴拉大篷车的啊。”

就在最后一分钟，佩吉把她的“骆驼”往墙上一靠，奔到鸽房去拿大麻籽和草芦籽罐，那是给乖鸽子的一点小小犒赏。

他们出发了。

“现在，苏珊，”布莱凯特太太说，“我就指望你照顾他们啦……还有，南希，我会尽快过去的。别催促泰森太太呀，等我见到她并且听取她的看法以后再说。她有可能会说她压根儿就不想收留你们呢——”

“好吧，妈妈……我们答应了。”

“关于那个电铃，”迪克说，“你肯定知道在抓住鸽子以后怎样把它关掉吧？注意，如果不关掉，它就会一直响到电池用完为止——”

“而且一直响到我们发疯。”布莱凯特太太说，“哦，懂了，我不会忘记的。把铅摆件拉下来，把滑门推过去，直到第二天午饭时间。然后再把它拉回来，耳朵堵着棉球等下一只鸽子弄响电铃——”

“其实你不需要棉球，”迪克说，“但是，你当然可以用一块布或者别的什么东西捂住铃儿——”

“没关系，”布莱凯特太太说，“我只不过是开开玩笑，我会用心听着的。”

“再见，妈妈。再见，再见……”

大篷车队顺着大路走去。当他们来到冷杉遮没的贝克福德大门的拐弯处时，他们回头望了最后一眼，只见布莱凯特太太和厨娘正在挥动手帕，她们在最后一分钟奔出来目送着他们。转眼之间，他们就看不见她们了。“燕子号、亚马逊号和迪克森家矿业公司”一行人像模像样地上路了。

“我都没法相信咱们真的出发了。”提提说。

“要不是有苏珊，咱们就走不成啊。”南希说，“苏珊和迪克……还有鸽子。”她看看荷马、索福克勒斯和萨福以后又加了一句——无论手推车如何摇晃颠簸，它们都稳稳地栖息在大笼子的横杆上。

起初半英里路走起来倒还容易，但是当他们到达湖顶头转弯上桥的路段时，情况变得艰难起来。他们来到靠近干涸小河的谷地时，自己脚下的路又狭窄又崎岖。这条路时而几乎紧靠河岸，时而又突然偏离，感觉快要攀上一块隆起的巨岩了，其实不过是陡然下降，转向另一边，直至再次与小河碰面为止。平地上的小车，在约翰的推动下，在苏珊的帮助下，在前面的多萝西和提提的拽拉下，好像很轻便，但一旦遇到上坡时就像一台蒸汽压路机那样沉重，而在开始下坡时又很容易失去控制。脚踏车的情况也是一样——充当毛驴的迪克和罗杰刚刚停止在前头的拉动，就赶忙着手在后面拖住，不让它一路冲下。

虽然佩吉的“铁骆驼”头上戴着辟邪的蓝念珠，但还是被扎破了前胎。大家都乐不可支，只有约翰和南希除外，因为他们不得不帮着修理。乐就乐在有休息片刻的理由，可以分到一份巧克力吃，还可以把沾满尘土的脚伸到布满卵石的河床中间的浅水坑里拍打几下。

轮胎补好了，他们继续前进。谷地变窄了，陡坡上的树林一直延伸到路左面，他们来到前年提提和烧炭的那帮人一同走下的地方。她曾经跨坐在倒地的树根部位，被三匹马拉着回家的地方，就是那里。

“咱们上去看看棚屋还在不在吧。”罗杰说。

“不在了，”南希说，“至少没有烧炭人了。他们在好几英里以外的湖下游呢。”

路右面是河流，远方一侧那座满是岩石和蕨丛的山冈拔地而起，直插云天。

“格林班克斯。”南希说，“我们昨天到过那里。高顶岗子底部一直延伸到格林班克斯附近。”

“难道我们不可以直接过河，爬上高顶岗子吗？”罗杰说。

“必须先去泰森农场。”佩吉说，“注意，车子需要从后面拖一拖。这个畜生要溜走了。”

过了格林班克斯，谷地稍稍开阔起来，左侧有显得枯黄的田野，几头牛正在甩动尾巴驱赶苍蝇。在他们右侧，山坡上长满了树木，一直蔓延到河边。

“还有多远？”罗杰说。

“你们昨天没来是件好事。”苏珊说，“这儿我们走过两趟，而且还不止呢，除了上高顶岗子探路，还找过水源。”

现在他们攀爬不停，快到谷地终点了。河那边有瀑布，虽然难得有多少水流下来。在他们的前头，树丛似乎从一边伸向另一边，形成一道掩住谷地的绿色屏障。

“我们快到那里了，”约翰说，“挺住，提提。阿特金森农场就在顶上，有条路穿过那片树林。泰森农场就在树林这一边，就在底部。”

“拉起来这么重啊。”罗杰说。

“让我们唱支‘起锚歌’吧。”约翰说。提提虽然上气不接下气，但还是起头唱起《磨蹭的约翰尼》，其余的人一起亮起歌喉，在路上踏起步子，觉得手推车和“单峰骆驼”突然变轻了。

他们叫我磨蹭的约翰尼，
拉呀，小伙子们，拽着往前奔。
都说我磨蹭为了钱，
那就磨蹭吧，小伙子们，一起来磨蹭。

首先我把妈妈来磨蹭，
拉呀，小伙子们，拽着往前奔。
再把姐姐哥哥来磨蹭，
那就磨蹭吧，小伙子们，一起来磨蹭。

接着我把外婆来磨蹭，
拉呀，小伙子们，拽着往前奔。
我把精明的她搁到一边，
那就磨蹭吧，小伙子们，一起来磨蹭。

一根绳、一杆梁，外加一架爬坡梯，
拉呀，小伙子们，拽着往前奔。
我要把你们都团结起来，
那就磨蹭吧，小伙子们，一起来磨蹭。

后来，他们试唱《我们和一个人、两个人来割草》，但是当唱到“九十九个人和一百个人”的时候，他们就唱不下去了，于是再次唱起《磨蹭的约翰尼》。就在唱完第二遍时，提提意识到合唱音量有些减弱。南希已经停住不唱了，接着是约翰，现在是苏珊……她本人也不唱了。他们正在看什么呀？是在看河对岸树林下面的那些烟囱，还有一个房顶吗？

第八章　高顶岗子

“我们到了。”南希说，“那就是泰森的家。”

路右边伸出去一条窄窄的小道，在一座小石拱桥旁边穿越几乎干涸的河床，直到进入一所白墙农舍的鹅卵石庭院为止。院子一侧是主屋，它有一些低矮窗户和爬满铁线莲的门廊。还有一台旧抽水泵，它配有一个浅浅的饮水槽。院子另一侧是一堵砌得松松的石墙，它有一扇从果园里关上的大门。果园和房屋后面是一片植有橡树、白桦和榛树的林子，中间偶尔可见一两棵参天巨松。树林朝上的某个地方就是高顶岗子，还有很久以前老矿工们留下的巷道，以及他们曾经要找的贵金属。

手推车“嘎啦嘎啦”地过了桥，正在庭院的坚硬卵石上滚动而行。跟随而来的脚踏车则要安静一些，不过罗杰觉得应当奔跑着结束这趟行程，而且他这个拉车的毛驴，应当用得意的高声驴叫来宣告大篷车队的到来才算是唯一正确的做法。

就在南希把脚踏车往果园墙壁上靠的时候，泰森太太走出了门廊。她的手臂沾着白白的面粉，一直到胳膊肘儿那里，因为她正忙着烤面点。看到庭院里全是带着大车小车的勘探者，她并没有显得多么高兴。

“你们来啦，”她说，“布莱凯特太太在哪里？天哪，你们这么多人哪，昨天不过才三个人嘛。我不晓得该把你们大家安排在哪儿。”

“我妈妈正在来这儿的路上。”

“我关于火灾的那些话你告诉过她了吧，”泰森太太说，“我还说过树林里没有水，山溪都流干了。”

“每件事都告诉她了。”南希说，“晓得了。在没有水的地方点火是不好的。我们要等我妈妈到了以后才会把帐篷和别的东西解开。哦，你好啊，罗宾……”库房后面出来一个手拿绑着柴枝的长杆子的青年，他把这根长杆子与另外六根并排靠在库房墙壁上。

“那是泰森太太的儿子罗宾·泰森。”佩吉向多萝西解释说。

“有更多的灭火扫帚啦。”罗杰说。

“我们可能需要它们呢。”罗宾说。

“你们有没有加入乔利斯中校的志愿队呀？”南希说。

“对我没什么用处，”泰森太太说，“如果失火，我们又怎么让他们知道呢？这儿如果什么东西着了火，我们就得自己去救。没等我们把火警报到正在湖那头的中校那儿，谷地除了灰烬和残烟以外，就所剩无几了。”

“如果失火，我们大家都会帮忙的。”南希说。

“只要你们不生火，我会非常高兴的。”泰森太太说。

“我们才不呢。”罗杰愤愤不平地说。

“如果我有把握的话。”泰森太太说。她抬头望着农场后面高大的树林上方的蓝天。“一点都不像有雨要下的样子，”她说，“现在地上已经开裂好几个星期了。哎哟，”她又说，“我有烘烤的事儿要料理呢……而且布莱凯特太太要来。”

“她还不会到，”南希说，“至少我认为不会……油漆工和裱画匠没走，她就不会动身。我们要到高顶岗子上看看，能不能暂时把我们的东西留在这儿呀？”

“今天车子就别动了，”泰森太太说，“你们的东西又得搬到仓库墙外的路上了。”

“你们需要让鸽子避开阳光，”罗宾·泰森说，“最好把它们推到仓库里吧。”

“非常感谢。”提提说，因为她想把防潮布拉出一段盖在笼子上给鸽子遮阴呢。

“通通丢下，”南希说，“轻装上路。爬到顶上还是有点吃力的。”

手推车被推进了库房，鸽子就在车上。脚踏车斜靠在果园的墙边上。从肩上卸下来的旅行背包都堆在了一起。

“不需要带任何东西，”佩吉说，“只是冲到上面的松树林那里去瞟一眼采金场。”

“罗盘。”约翰说着就从他的旅行背包外袋里掏出了一只。

“我们最好带上望远镜。”提提说。

“我们很可能需要呢。”南希说着，早已走出庭院，打开了通向树林子的大门。

其他人一拥而出。

“后面随便哪一个把门关上。”南希说。

“是，遵命，长官。”罗杰说。

在骄阳底下沿着山谷道路走了很长时间之后终于进入了树荫，真是快活啊。那里的空气中似乎少了些灰尘，有一种树脂的气味，它来自东一棵西一棵身高干粗的松树，这些松树傲立于一丛丛低矮的榛树、花楸树和小橡树之间。一条小道穿过树林，蜿蜒向上，一看就知道它已基本被废弃不用了。随处可见拼贴的石块，石块上覆盖着干死的苔藓。随处可见一堆堆去年积留的枯叶。小道很窄，车子没法通过，它可能曾被用作小型雪橇的滑道，以便把欧洲蕨从岗子上运下来。

“宽度够让手推车过去吗？”佩吉问苏珊，“没有多少空隙呢。”

“我们不把它带上去。”苏珊说。

“除非下雨，溪水满起来了。”南希扭过头来说。

“溪流究竟在哪里呀？”提提说，她想起了去年她和罗杰一块儿发现燕子谷和后来被称为皮特鸭洞的那个洞穴时见到过的那条讨人喜爱的小溪。但是，在这片树林里却没有淙淙而下的流水。

“直接跨过去吧。”约翰说，没过多久，小道上横着的一条扁石路和旁边的一条深深沟槽表明那里曾经有过溪流。

“垫脚石。”说着，罗杰高高兴兴地走了过去，踏上那些大石头——山溪流动时，由于它们的存在，要从这里过去的人就不必湿脚了。

“还是没水。”多萝西说。

向上通去的林间小道很陡，时而远离小溪，时而靠近小溪，时而弯向一边，时而又拐了回来，形成一个大大的“之”字，就为了让攀登变得容易一点。但在这干旱的八月份，它不是溪流，而是水源干枯的河床。考察队攀登了很长时间才碰上了一滴水，后来他们在过去曾是瀑布的下方看见了一方小小的水塘。

“水！水！”罗杰大叫起来。

“我们不可以在这儿扎营吗？”佩吉说。

“不行，”约翰说，“这只不过相当于一个鸟池。”

“它不流动，”苏珊说，“或者说几乎不流动，而且不够用来洗刷和煮饭。”

树林远处传来鲣鸟叽叽喳喳的叫声，这时提提拨开榛树想走近看看。

他们继续向上攀登。

“还有多远？”罗杰说。大家越往前走，他的啰唆劲儿也越小了。

“可能还有一百英里左右吧。”提提说。

“挺住，罗杰。”佩吉说，“我们正在接近山顶呢。”

约翰和南希快步走在前头，就连苏珊也比以前走得更快了。迪克手拿锤子，眼睛盯着地面，顽强地跟在她后面攀登着。

“跟我们讲讲高顶岗子究竟是什么样子吧。”多萝西说。

“再过一两分钟你就能看到啦。”佩吉说，“我在好多年前去过那里。”

“提提，”多萝西悄悄地说，“那个‘扁帽子’，他真的也在探矿吗？还是南希为了鼓舞人心才这么想的？”

“如果他懂金子，”提提气喘吁吁地说，“那他肯定是在探矿。任何人都会的呀——”

“可如果他不懂呢？”多萝西说。

“走快点！”

“我们快着呢。”罗杰冷冷地说。

突然小道一分为二，其中一条向左岔开，穿入灌木丛中，另一条继续直行。树林变得稀疏起来。在他们面前，一块石南覆盖的又宽又陡的岩石下面是一丛黑莓。南希、约翰和苏珊已经到了上面，迪克手拿锤子，紧靠他们的下方。

“快跟上。”佩吉说。其余的勘探者气喘吁吁地快步朝她追去，攀爬了好一阵之后，心都在胸腔里怦怦直跳。他们避开黑莓丛，冲上绿色的溪谷，不一会儿，他们就在巨岩顶上展望起高顶岗子那片荒芜起伏的沼泽地来。

“嗯，你们觉得它怎么样啊？”南希手臂一挥说。仿佛她亲自变了个戏法，整个高顶岗子就呈现在了眼前似的。

起初，提提实在说不出话来。从山谷开始的长久攀登之后，又朝巨岩来了一次最后的冲刺，让她一下子上气不接下气了。她两眼直冒金星，尽管如此，她心里还是明白，在她眼前的是克朗代克，是阿拉斯加，远远胜过大家在贝克福德营地上谈论采金场的时候她所梦想到的一切情景。高耸在前的就是干城章嘉峰的庞大山体，它朝刚刚离开的谷地伸出一条巨臂，遮住了整个贝克福德乡野和绵延到湖顶头的群山。一长溜山脉从他们前年攀登过的山峰开始，一直向南绵延开去。被群山围在半圈当中的是一片开阔的台地，其间沟壑纵横，还有条条岩埂在漫无边际的石南、蕨丛和被剪得短短的枯草中间高高隆起。台地左前方是向下延展的坡面，有一条白色缎带般的道路从中穿过。勘探者们身后就是泰森农场的树林以及他们先前攀爬而出的亚马逊深谷。

“那条天然道路是怎么回事呀？”提提刚一缓过气来就问。

“它是通往褐谷的，”南希回过头来说，“我们朝泰森农场走的就是同一条路啊。”

罗杰回头顺着高顶岗子边缘平滑陡峭的岩面朝下望去。

“对滑坡运动员来说，这是块多么好的地方啊！”他说。

“一下滑到黑莓丛中呢。”提提说。

“我会自己停住的。”罗杰说。

“别，”苏珊赶忙说道，“谁准许你中邪啊？泰森太太可不像玛丽·斯旺森。”

“哎呀，如果我不能往下滑，”罗杰说，“是不是该轮到我用用望远镜了？”

“就让他用用望远镜吧。”苏珊说。

“拿过去吧，”约翰说，“一次用两分钟。人人都想看一看呢。”

“老巷道在哪里？”迪克问。

“到处都有。”南希说，“你看见鳕鱼断崖了吧？从干城章嘉峰下来的山包。我们去看石板瓦匠鲍勃时就是从它内部走的。我们走过的坑道应该通到这一侧，但是出口处再也不安全了。山梁底部，也就是高顶岗子开始的地方，那里还有很多巷道。在整个高顶岗子，所有的谷地和高地几乎都有一条巷道。你知道，其实只有一个洞和一堆胡乱拼凑的东西。你可以从这里看见一个，还有那里，那些岩石底下的那个黑黑的斑点——”

“让我们马上开始勘探吧。”

“喂，南希船长，”苏珊说，“我们实在不能这么做。布莱凯特太太正要过来呢，而我们还要搭帐篷，还要做饭。我们好像应该下山才对呀。”

“那就作为明天的首要任务吧。”南希说。

“敌人在哪里？”提提说。

“‘扁帽子’吗？他住在另一家农场。其实就是我们应当订购牛奶的地方，就是路的另一边，在它朝树林拐弯之处的下方。你几乎很难从这里看到它，当然我巴不得你能看到，眼下他可能就在那里呢。”

“不，他不在，”罗杰急忙说，“我正在看着他呢。请别出声。”

罗杰伏在地上，胳膊肘儿插入泥土，双手稳住望远镜。他的一只脚正悬在那里踢呀踢的，意思是“住口，大家别出声”，但是谁都不懂这种暗号，因为这只是罗杰本人刚刚发明的。

但是，每个人都能看见望远镜正指向哪里。

“卧倒！”约翰突然说，燕子号其他船员立刻往地上一趴。

“卧倒！”南希说。她和多萝西、佩吉一同趴下了。

“趴下！趴下！”多萝西说，“喂，迪克！”

迪克转身一看，只剩他一个还站着。他这才明白，于是在多萝西身边匍匐下来。

“肯定是他吧？”约翰说。

“把望远镜给我们吧。”南希说，“是他也没事儿嘛。”

大约一英里开外，一个灰色的身影坐在一块岩石上。

“他背对着咱们呢，”南希说，“还真幸运。注意，他要是转过身来，就一定会看见咱们，我们必须隐蔽。退下，佩吉，匍匐后退，你知道的。快，蜿蜒而下。别在意弄脏你的上衣，多特。当你在勘探的时候，总是会弄脏的——样样东西都是干燥的，掸一掸就没啦。干得好，约翰。”

约翰以前练习过蛇式反向匍匐，刚一瞅见远处那个坐着的人影，他就贴着地面后移了。他已经滑过了岩面边缘，正舒舒服服地趴在那里，既可以张望，又可以随时下降几英寸，彻底隐匿不见。又过了两分钟，全体队员都隐蔽起来了，有的像约翰那样趴在陡峭的岩面上边，还有的缩进了狭窄的溪谷——高顶岗子通下来的老路就是从这里进入树林的。

“他在干什么呀？”罗杰说。

“只是在休息。”苏珊说。

“无论如何，卧倒是最安全的。”南希说，“可他并不仅仅是在休息。看吧，看吧。他有一张地图呢。”

“那可能不过是份报纸嘛。”

“不会吧。”约翰说。

他们甚至不用望远镜就能看见高顶岗子中间那个孤单男子手拿着一张白纸之类的东西。现在那人站了起来，眼睛还看着手上的那张白纸，然后抬头望着群山。

“他正在看罗盘呢。”南希差点喊出声来，“你们现在不相信吧？继续看吧，拿起望远镜看吧。天啊，他正是在探矿！”

他们一个接一个地用望远镜来看，首先看出那人确实就是“扁帽子”，其次，他把一件东西放在岩石上，并且总是一会儿看地图，一会儿看群山，然后再看岩石上那个东西，然后又看群山。

“嗯？”南希说。

“看来很像是那么回事儿。”约翰说。

“哎呀，”提提差不多是带着呻吟的口气说，“你还认为他没有石板瓦匠鲍勃说的那份地图呢。”

南希沉吟了片刻。

“不，”她最后说，“他如果有的话，就不会这么大费周折啦，他早就该把金子挖出来啦。他来到这儿至少有三天了，我们看见他去找石板瓦匠鲍勃那天，就是从山梁另一侧往下走的。”

“他已经转身了。”多萝西轻声轻气地说。

“扁帽子”已经把刚才查看的地图（或者类似的什么东西）折叠起来。他拿起刚才放在岩石上的东西，放进口袋，然后站着朝干城章嘉峰望了一会儿，转身走上起伏不平的地面。

“他在往这里走呢。”罗杰说。

“他看见咱们了。”多萝西悄悄地说。

“大家要绝对安静。”南希说。

远处的人影移动极快，时而越过裸露的岩石，时而走进没过膝盖的蕨丛，时而穿行在石南丛中的羊肠小道上。

“他没有发觉任何情况。”约翰说。

“他是在下山往褐谷路上走呢。”南希说。

“要回阿特金森农场去吧。”佩吉说。

他们一直注视着他踏上那条路，并且随路左拐，然后在道路伸向树林的地方消失不见了。

“咱们跟踪侦察吧。”提提说。

“我们不能，”苏珊说，“布莱凯特太太会在我们下山之前到达泰森农场的。”

“他是个幸运的人，”南希说，“就把他的大本营扎在当地……但愿小溪里有一点水才好……你们应该去看看我打算扎营的地点……”

“在哪里？”提提说。

“在这儿呢，”南希说，“紧靠高顶岗子，甚至比阿特金森农场还要好呢。过来看一看吧。”

她迅速走下岩石，避开底部的黑莓丛，一路闯入灌木丛中。

第九章　两种营地

在距离他们刚才从顶部注视对手的那块陡峭岩石仅仅二三码远的地方，南希在其他人的跟随之下走出树丛，来到一块圆形空地上。

“多么美好的地方啊！”提提说。

“的确是好，”南希说，“这就是我当时所考虑的地方，靠近高顶岗子，也靠近阿特金森农场，去哪都不浪费时间，并且要不是因为这场旱灾，那就不会有任何死羊，溪水也会是满满的，你们在那边看见的曾经是瀑布的水坑，就会是足够一群河马洗澡的大水池啦——”

“一头牲口都没有啊。”迪克带着怀疑的口吻说。

“不管怎样，两三只小的还是有的。”南希说。

约翰和苏珊前天见过这块地方，佩吉很早以前见过，迪克、多萝西、提提和罗杰是头一回见到它。它是一块圆形平台，一看就知道是故意平整成这样的。它的一侧是从下面垒起来的，另一侧是把山体陡坡的土石铲除平整而形成的。场地上连一棵树也不生长，不过，树篱笆却把它围在中间，因此路过这里的人们哪怕近在咫尺都不知道它的存在。在它的边缘有一些矮小灌木，以及毛地黄叶子中间隐约可见的一些老树根茬，但是整片平台大部分都是光秃秃的，只有偶尔散落的枯枝败叶、苔藓和稀薄的草皮。它的一侧初看起来像是一堆不太整齐的松木杆子。

“这里以前有人扎过营呢，”多萝西说，“可能是野蛮部落的人。”

“最好的野蛮人。”提提急切地说，“他们可能是我们认识的那帮人呢。”

罗杰正在打量受过日晒雨淋并且长满青苔的松木杆子："我敢打赌，从前这就像我在里面睡过一觉的那种棚屋。不晓得他们在里面是不是也碰到过蝰蛇。"

迪克和多萝西带着迷惑不解的表情看着他们。

"这是一个烧炭人的窑场。"南希说。

"你知道，"佩吉说，"就是他们堆放树木，并且盖起来慢慢烧成木炭的地方。这些松木杆子是他们住的棚屋留下来的。"

"我们所知道的是比利一家，"罗杰说，"小比利大约一百岁，老比利是他的父亲，甚至辈分更高。"

"简直没有比他们更友好的野蛮人了。"提提说，"他们有可能是特地为咱们留下了这么一块地方。"

"其实，他们没有。"苏珊说，"这里好多年没有人烧炭了，看看那些木杆上的苔藓吧。"

"我知道他们没有，"提提说，"不过很有这种可能嘛，看看小比利为罗杰做的丁字拐棍吧。我的意思是说，它是一块这么可爱的地方，你很可能以为是他们给咱们的一份礼物呢。"

"与世隔绝。"多萝西说。

"喂！南希！"

约翰的声音来自他们上方。他们抬起头来，只见约翰正骑坐在一棵老水曲柳的一根枝丫上，它比其他生长于空地边缘的所有树木都高出许多。

"我在这儿可以看见阿特金森农场，"他大声告诉下面，"我能看到花园、那些蜂箱，还有门——'扁帽子'刚刚进去的那一扇门——我朝另外一边还能看见褐谷路的绝大部分呢。"

"天哪，"南希说，"多棒的地方啊！还有为我们准备好的瞭望哨所呢。"

"而且还有让我们搭帐篷的空间呢。"提提说。

"而且不会有失火的危险。"佩吉说。

"不管怎样，就让咱们在这儿扎营吧。"罗杰说。

"我们绝对找不到更好的地方啦。"提提说。

"不行，"苏珊说，"如果只是每天从山谷那边取牛奶的话，我们完全可以办到。但是，我们根本不能运来一滴水。"

“我们可以不洗嘛。”罗杰说，“我是指不必要的洗刷。”他碰巧遇到苏珊的目光时就补充了一句。

“无论如何，”苏珊说，“我们必须在泰森太太允许的地方扎营。”

“烧炭人在这里的时候，”南希说，“不可能有这样的年份。哦，旱灾真讨厌。嗨，你知道我为什么想到这里来。每天不得不从泰森农场往上爬，这对我们来说艰巨得多啊——”

“夜里还得回去。”佩吉说。

“而且‘扁帽子’住在阿特金森家，就在我们的采金场边上呢……”

约翰从树上下来了。

“我要上去，”南希说，“不会超过一分钟——”

“哦，走吧，南希，”苏珊说，“我们应该下山去农场啦。车上有行李包要打开，还有脚踏车，然后就是布莱凯特太太带给我们的所有东西。再说，我们会去别的好地方扎营——”

“不会像这个。”罗杰说。

“可能会去一个什么样的营地呀。”提提说。

“可能会。”多萝西随声附和着。

“‘可能会’，”南希说，“这倒可以成为营地的名称呢。哎呀，没办法。动身往下走吧，去把咱们的帐篷拿上来，咱们要提前吃早饭，不等‘扁帽子’打完哈欠，揉完没有睡醒的眼睛，咱们就赶到这里。”

“往哪里走？”罗杰说。

“从这儿穿过去。”南希说。

枝条缠绕的树篱笆簇拥着的一条旧车道从窑场空地连到他们爬出谷地的那条通道。苏珊和约翰刚一走回到通道上，就开始用均匀的速度小跑下山。

“走快点。”南希说着就快步跟上他们。

旧车道在树林里忽左忽右，弯弯曲曲。

为了看看高顶岗子的采金场，他们曾把行李留在农场，一身轻装地进行了长时间的攀登。眼下，他们不是向上攀登，而是快步下山，但却好像路途更长了。现在，他们每走下一步，就离他们要探索的原野更远。每走一步，就意味着每天要把更多时间浪费在开始和结束上。见到了他们的对手，这对他们大家来说，事情已经起了变化，他们已经看见他带着地图坐在采金场中间。即使在南希的心中，也曾有过怀疑，认为“扁帽子”可能不过是个不速之客而已，不过是一时好奇才促使他去找石板瓦匠鲍勃的。阿特金森农场可能是被某个对探矿毫无兴趣的人挑选为投宿之地了。但是眼下还存在什么疑云？他们已经亲耳听到了石板瓦匠鲍勃的说法，已经亲眼看见“扁帽子”一直等到他们走掉以后才进入坑道去跟老人谈话。而现在他们每个人都已经看见，他就在他们希望搜寻的野地上对着地图磨磨蹭蹭了。

“这将是一场关于谁先发现它的竞赛。”多萝西说。

“的确是这么回事。”提提说，她朝前小跑了几步之后才说完了要说的话，“因为住在那儿，他就有了一种惊人的开端。”

他们在弯弯曲曲的小道上跑了好久，过了一个又一个灌木丛，又走了一段短短的下坡路，遇到急弯就稍许减慢速度，小心翼翼，以免在干了的苔藓上滑倒。每当他们走近山溪，它那一片干涸的床底就会使他们想到可能搭建帐篷的绝佳营地，仿佛看见从石头到石头，从瀑布到长满蕨丛的水塘，再从水塘到瀑布，一路上水花飞溅的迷人景象。

“干旱真讨厌。”罗杰说。

“你可以看出，这里曾经有过充足的水源。”迪克说，“看看吧，即使没有一滴水朝小溪流下来，蕨丛还是这么绿油油的呀。”

“我们绝对不会有一个那么好的营地。”多萝西说。

“早上就去爬山将是件非常可怕的事情啊！”佩吉说。

他们继续向前小跑。

“那么中午回营地吃饭怎么样呢？”罗杰说。

“我们必须把午饭带在身边，”佩吉说，“我和苏珊得同时把早饭和午饭做好呢。”

一声尖厉的口哨声从下方的树林传来。

“那是大副的口哨声。”提提说。

“来啦，来啦！”他们喊道。

他们发现其他人正等在靠近底部的地方，三个人紧紧靠在一块儿，刚进行过一次争论，约翰正在进行最后归纳。

“喂，南希，苏珊说得对，在没有一滴水的位置上扎营不是个好主意，哪怕咱们没有做过保证也不行。”

“而且我们也有可能在这下面找到真正的好地方啊。”苏珊说。

他们一回到农场里面，就发现布莱凯特太太已经来过了。已经有人在地上摊了一块防水油布，油布上是一大堆被褥和帐篷卷儿。

泰森太太正在打量着他们。不管怎样，这次她似乎更加乐意见到他们。或许布莱凯特太太已经对她说过，他们是做事小心的一大帮人，不会给丘原带来火灾。

“啊，你们来啦。”她说，“布莱凯特太太没有等你们，她说她有许多事情要做，所以她来了又走了。不过，我有块好地方让你们扎营。就在这儿的果园里，紧靠主屋，所以，你们需要什么东西就方便啦。我们已经把老母猪撵出去了，这样它就不会在夜里跑来破坏你们的帐篷了。你们还能在院子那边的抽水泵打到好水，虽然现在是旱季，水还是很充足的。你们在这里就像在自己家里，甚至更好些，那边还有工匠上上下下地贴墙纸、刷油漆。我猜想，你们可能马上就要搭帐篷了吧。布莱凯特太太倒是说过，你们随时都会生火。我是不赞成动火的，但是桥旁边的卵石滩上有块地方不怕着火。眼下天干物燥，你们根本就不晓得。你们夜里就在房子附近，所以，你们如果想要什么东西，只需喊一声，我就听见了……”

她态度友善，像倒豆子似的说了一大通，让他们觉得像是到了自己家里。但是每听她多说一句，他们的兴致就会低落一下。

要在屋里主人听得见的地方搭建营帐——无论他们多么友好……要从农场的抽水泵取水，而不是从湖里或者小溪里取水……要把帐篷搭在有着成排苹果树和李子树的果园中，而不是搭在树林、丘原或者普通的田野上……哎呀，泰森太太说得蛮有道理，他们可能会觉得和在贝克福德的花园里一样呢。

或许迪克和多萝西对此没有什么感觉，因为他们这对可怜的姐弟基本不知道野外宿营是怎么回事呢。但是，罗杰和提提互相看了看，然后又看看约翰、南希、苏珊和佩吉，期待哥哥姐姐们对此有些说法。他们一定会找到某种出路的。

但是没有。船长和大副们自己聚到了一起，不了解的人很容易以为他们非常高兴。他们跟随泰森太太走进果园，而且在她带他们看了墙根那块可以搭起帐篷的空地时，还说了声“谢谢您”，乍一听好像是发自肺腑的呢。

“跑了那么多路，你们可能累了吧？”泰森太太说，“你们一搭好帐篷，我就把晚饭做好，给你们送到客厅。每天早上八点吃早饭……你们的晚饭是六点半。”

“但是我们宁愿自己做饭呢。”苏珊说，可泰森太太就是听不进去。

“我现在已经摆好了餐桌，”她说，“水壶也放在火上烧着。所以，用一种通俗的说法，你们什么时候准备就绪，我都有现成的。”

这还真没办法了。泰森太太一片诚心好意，就连南希都不能对她说个不字。

“我还对你们的母亲讲了，我每天都会为你们做三明治，还会给你们几瓶茶水，随你们带到哪儿去野餐。噢，噢，”她突然不说了，“我得走了。你们可以在沿墙根的任何位置搭帐篷。”

她返回了农舍。

探矿者们不声不响，一直等她走开为止。

“公山羊烧烤！”南希船长说，“这事还真不好办呢。”

第十章　勘　探

“真可怕。”这是南希对新营地的说法，它由靠果园墙根的地方搭起的一排帐篷组成，还有使用方便的抽水泵，农舍里一天三顿都能现成供应。毕竟比家里的花园更加靠近高顶岗子，从贝克福德过来的话，勘探几乎是不可能的。从泰森太太的果园动身的话，还是可以做点事情的。他们都很清楚，当初搬出来就曾是一件几乎不可能获准的事情啊。他们大家都累坏了，等到把帐篷搭了起来，分好各人的睡铺，在小河所剩不多的浅水里浸泡了一下，在农舍里吃完了下午茶（或称晚餐）以后，他们已经倾向于认为这样还算好，再换到别的地方说不定会糟糕得多。他们对于苹果那不规则的隆起、提前干瘪、掉落在地已经渐渐习惯了，于是这一觉也睡得不赖。到了早晨，就连南希都喜欢在这个陌生地方醒来了。虽然泰森太太叫他们吃早饭的方式显得有些特别，好像文明正在近旁，并且正轻轻推着勘探者的胳膊肘儿。而且，农场院子里的水泵当然也算是一种文明，但是一等水手迪克和罗杰并不会因此而不喜欢用水泵抽来的凉水往彼此的头上浇。

就在即将向采金场出发时，麻烦开始了。

泰森太太把粥、蛋和咸肉拿给他们当早饭，但是，客厅角落里的落地大钟始终嘀嗒嘀嗒响个不停，提醒着他们一刻都不能耽误。

“快点，罗杰！”约翰说。

“加油干呐！”南希说，“天啊，我们已经看见他在现场了，我们不是不知道他在那儿。天亮都好几个小时了，就在我们坐着吃吃喝喝的同时，‘扁帽子’

很可能正在寻找那块地方，并且竖立采矿界标呢。”

于是，没等泰森太太来得及把他们要带出去的三明治和几瓶茶水准备就绪，全体考察队员就在农场院子里准备好等着要动身了。

“要是我们自己做饭多好啊！”苏珊说。但泰森太太不想让他们做的事情恰恰就是做饭。她宁可为他们做饭，并且照直把这句心里话说了出来，毕竟她本来就很可能告诉布莱凯特太太说，她还巴不得他们留在家里甭过来呢。他们焦急万分地等待着，满脑子都在想着他们的对手就住宿在非常靠近采金点的地方。苏珊朝燕子号船员的帐篷望了最后一眼，确保所有床铺都折叠整齐，以防万一过来什么陌生人。迪克为了阴凉而坐在门廊底下，并且浏览着菲利普斯关于黄金形态的论述。南希和佩吉正在厨房帮助泰森太太给面包片儿涂黄油（其实，她不用她们帮忙反而可以做得更好）。其他人正给鸽子荷马、索福克勒斯和萨福喂麻籽取乐。具体做法是，先把指尖舔湿，把一粒麻籽放在湿指尖上，再把指尖伸进金属网里，在鸽子伸出令人发痒的尖喙啄食时尽量保持不动。

“第一份快信谁送？”罗杰说。

“萨福。”提提说。

“你为什么不把它放在篮子里呀？”约翰说。

“篮子已经准备好了。”多萝西说。

“我去把它拿过来。”罗杰说。

“它必须和别的鸽子待在一起，直到最后一分钟。”提提说，“嘿，她们来了。”

“每人拿一个水瓶，”南希发出指令说，“它们都在门廊里面。苏珊拿到了三明治。走啦。那只鸽子呢？谁是邮差？”

“我是。”罗杰说。

“那就给你，”说着，她伸手递过一张薄纸片，“别弄丢了。如果我们不写信就让它回去，我妈妈一定以为我们是有意让它发出紧急呼救的呢。行啦，提提，咱们把它抓过来吧……哦，不，今天还是不放飞为好。我们已经太迟了。”

萨福在旅行篮里面待了一阵子，它好像并不因为被南希抓在手中而耿耿于怀。

“你有没有想好在信中说点什么？”多萝西问。

“找到了一吨重的纯金块。”罗杰说。

"如果我们找到了的话，难道不是挺带劲的吗？"

三明治和保温瓶终于分配好了。

"每个人都拿到锤子了吗？"南希说。

"我们将在六点半回来吃下午茶。"苏珊说。

"哎呀，"南希说，"这就像在学校里一样糟糕呢。"

"没有办法嘛。"苏珊说。

"咱们出发吧。"约翰说。

他们稳步攀上林间小道。它甚至好像比前天更漫长，也更陡峭，因而不便聊天。他们在树林顶部的大岩石下稍事休息。南希和约翰这两个侦察员攀上溪谷不见了，他们正贴着地面匍匐呢。其他人等在岩石下面的黑莓丛旁边，迪克正在翻阅他的笔记。一连几分钟什么事都没发生。随着一声叫喊，南希露脸了，她在岩石顶上站立起来，到这时，大家都一致同意把这块岩石称作"长城"。

"警报解除！"她说，"来吧，高顶岗子归我们啦。"

这真是件滑稽事儿，可你刚才很可能以为她在感到失望呢。

"说不定他躲起来了。"多萝西带着希望说。

他们迅速爬上溪谷，望着起伏不平的高顶岗子，望着所有的石南、蕨丛、岩石和几乎与地面齐平的枯草，望着干城章嘉峰的庞大山体和那巨大的悬岩——石板瓦匠鲍勃肯定就在悬岩内部的某个地方干活。所能看见的唯一活物就是约翰，他已经穿过一百来码的开阔地带，攀上一道灰色的石梁。他正在示意他们上去呢。

"没有看到他的人影。"当其余的勘探人员汇拢过来时，约翰说。

"咱们马上动手吧。"南希说，"是不是每个人都知道要找什么？"

"金子嘛。"罗杰说。

"上帝保佑，"佩吉说，"人人都懂呢。"

迪克掏出他的小本子。

"宣布一下吧，教授。"

迪克找到那一页。

"有时发现金子为尘埃状，有时为块状，有时与其他矿物质混在一起，尤其是石英。"

“怎么不用加仑[1]呀？”罗杰说，“两加仑一夸脱什么的。哪怕是品脱也不赖嘛。”

“别瞎扯。”约翰说。

“我查了一下石英。”迪克口气严肃地说，“它是一种白色、半透明的晶体物质。”

“人们喜欢用它垒筑假山。”南希说，“附近有很多呢。”

“我们首先必须寻找的是，”约翰说，“一条老巷道。石板瓦匠鲍勃说过，金子是在一条老巷道旁边的一个凹坑里找到的，我们到时可以看懂，因为岩石缝中有丛生的石南。”

“有十来条老巷道呢。”南希说，“有的不过是些地洞，有些是岩洞，有些曾经是岩洞，后来堵塞了。有些呢，你只能从外部隆起的团块说它是老矿工们扔下的垃圾，虽然上面长满了草皮。”

“很容易就把正确的那个放过呢。”约翰说，“高顶岗子是块非常大的地方。”

他们朝起伏不平的岗子看去，全是灰色的岩石、淡褐色的枯草和沾满尘土的蕨丛，中间偶尔夹杂着些紫色的石南。

“我们要成行成线地来回作业。”南希说。

“间距不要拉得太大。”约翰说。

“横扫整个岗子，直到灰色碎石堆脚下，再转回头横扫一遍，一条一条地推进。”

“就像割草坪那样。”提提说。

他们朝两边拉开了二三十码的间距，八人并排推进，这样就可以搜索两百码宽的条状地带。假如是平地的话，事情就容易了。其实不然。有的人发现自己正慢慢来到岩块和石南上面，那里的任何东西时刻都有可能被发现。有的人在八月酷暑烤干的草梗和开裂的泥土上向前飞奔。没过两分钟就很难再保持成行成线状态了，谁都不喜欢听见别人在石头上敲敲打打，而自己却很有可能正在矿区上行走呢。

处于横队当中的佩吉是第一个发现老巷道的。想必它就是最老的巷道，说不

[1] 加仑：是一种容（体）积单位。1 加仑 =4 夸脱，1 夸脱 =2 品脱。

定是在伊丽莎白女王时期来到这片湖区开采铜矿的德国人留下来的一条巷道。它的高度不足以让人站直身体，那不过是一个让狐狸喜欢的洞穴而已。其他人都聚拢过来看它。

“附近没有石南。”约翰说。

他们再次分散开去，不一会儿，横队最北边的南希喊了一声，大家于是飞奔过去。她也发现了一条巷道，这次是大小合适的岩洞。那里也没有石南，但是却可以自由走进，是一条再好不过的岩洞。每个人都走了进去，而且借着袖珍手电筒的亮光触摸起凿得一片粗糙的洞壁。他们把提提带去的细线团利用起来，其实没有必要，因为石板瓦匠鲍勃说过，找到金子的巷道并不深，而且无论如何不会看不见入口处。接着，他们往前走了一阵，来到一条又长又矮的隆脊上，那里矗立着一些岩石，寸草不生，让手拿锤子的人跃跃欲试。大家戴上护目镜，稍稍地敲了敲石头，迪克这个随队地质学家可忙坏了，一个又一个勘探人员把他喊过去询问这块那块石头是不是宝贵的矿石。起初，人们喜欢保留样品，以防万一。随着时间的推移，衣兜和背包变得越来越沉重，然后又随着希望的减弱而变轻了，不再受到珍视的样品就被沿途丢弃了。

最后，苏珊在跟佩吉说了一句话以后，吹响了三声她这位大副特有的长口哨。

人人都明白那是什么意思，几分钟后，原先的直线自动恢复，勘探者们卸下背包，一屁股坐在干燥发烫的地上，打开保温瓶和泰森太太给的一包包三明治。

“喂！”提提一边把鸽篮轻轻放到地上，一边说，“我们忘了为萨福带喝的啦。它不喜欢喝茶，它跟大家一样口渴呢。”

“我们现在就把它送走吧，”佩吉说，“在它直接飞回家的时候是有希望找到水喝的。”

“我该说点什么呢？”罗杰抽出一张纸片说。

南希开始口授：“‘一切均好。勘探开始了。可恨的对手没有出现。’我妈妈听了会很高兴的。你们知道吗，她起初有点着急，生怕会打起来呢。”

罗杰认真地写下来，同时尽可能把字体写得很小。

“挤一挤，把骷髅画上去。”南希说，“要不还是让我来画吧。我知道人家是怎样见缝插针地画上去的。”

骷髅头和交叉腿骨被如愿画了上去。纸片被卷得比一根火柴棒还小。

提提和罗杰正在忙着抓鸽子。

“别把它捏在一只手上。”

“我抓到啦！”罗杰说，“快把字条绑上去。它一点都不喜欢保持不动呢。”

字条被推到了橡皮筋底下。一切都准备就绪了。

“给它一个漂亮的放飞动作。”佩吉说，“飞吧，上天飞走吧……”

“它飞了……”

“来自沙漠的消息呀。”多萝西自言自语地说。

“它为什么不飞走呢？”罗杰说。

“它已经飞啦……”

鸽子在他们头顶上转圈，渐渐升高，直到他们凝望明亮天空的眼睛开始隐隐作痛为止。它突然朝亚马逊河谷飞去，但是，由于太高的缘故，不一会儿，就连罗杰都不敢自称能看见它了。

“我在想，不知道厨娘会不会吓得把托盘摔掉呢。”佩吉咧着嘴说。

“可惜我们不能同时在两个地方出现呐，”南希说，“我很想亲耳听听铃儿响起来呢。”

等萨福一路飞出好远，要去贝克福德的鸽房喝喝凉水、吃顿鸽类美餐的时候，他们也坐下来吃起了自己的午饭。

“不知道的人可能很容易就以为咱们是在搞野餐呢。”佩吉说。

“笨蛋，”南希说，“人家怎么会往别的方面想啊？没有真正的营地，没有真正的炊事活动，苏珊的绞肉机全都荒废着。三明治用纸包着，有的标着‘牛肉’，有的还标着‘果酱’。当然就是野餐啦。”

“那些三明治倒是不太差劲呢。”罗杰说。

“想起了在燕子谷的牛肉糜压缩饼啊。”佩吉说。

“还有我们在野猫岛的时候吃的鲨鱼鱼排呢。”提提说。

“该死的干旱！”南希说，“要是咱们能把烧炭人的营地利用起来，彻底摆脱土著人该有多好啊。”

“注意一件事，”苏珊说，“没有‘扁帽子’的踪影了。如果他不在探矿，那我们就不必这样匆忙啦。”

五分钟以后，她本人第一个看见了他。

他们吃完各自的三明治，还喝了从保温瓶里倒出来的热茶，虽然茶是热的，但在热天里却是最最提神的。佩吉把自己密藏的那份巧克力拿出来分给大家……正如罗杰所说："来得正是时候。"因为包在纸里面的巧克力即将融化流淌。接下来就该继续他们的搜索工作了。南希一跃而起，打算让大家为懒洋洋的表现感到羞愧。罗杰假装睡着了。迪克正在眺望干城章嘉峰，心里思考着岩石断层、地层和可能有矿物沉积的地方。提提和多萝西正把三明治的包装纸放进背包的外袋。苏珊已经背起背包带子，正从高顶岗子朝"长城"和泰森农场的树林张望，这时她突然看见蕨丛里有个东西在移动，有人正从褐谷路上朝采金场走来。

第十一章 御 敌

“卧倒！”苏珊说。

南希就像挨了一闷棍那样应声倒地。

“迪克！”多萝西说，“趴下！”

“是‘扁帽子’！”提提气咻咻地说。

“哦，好的。”迪克边说边倒下身体。这时南希像条蛇那样蠕动着靠向一大片杂草堆。其他所有人都贴紧了地面。

“他是从阿特金森农场往这里走的。”佩吉说。

“肯定是他。”约翰说。

“我们现在怎么办？”多萝西边说边焦急地看着正在蠕动的南希。

“尽可能躲着。”提提说。

“没准儿他已经注视我们一整天了呢。”罗杰说。

南希在从草堆的掩护下一英寸一英寸地抬起头来张望。

“我们不能让他到这儿来。”她说。

“我们不能阻止他。”约翰说。

“我们当然能。”南希说，“假如他是在寻找咱们的金子，那他就不希望咱们当场看见他在找它。他甚至不希望咱们看到他正在什么地方寻找。他是不会到任何看见我们的地方去的，至少，只要他是在寻找金子，他就不会。只要他不往那儿走就行，不管哪一种方式都无所谓。我们必须占领整个地方。马上就会看出他是不是在探矿。”

“他正在打开地图，”苏珊说(只有她一个人始终没有动弹)，“他正在坐下。”

“背对着咱们，”南希说，“真幸运！大家散开吧，我们千万不要成群结队。走吧，尽快朝他靠上去，同时别让他看见。分散开来，假装在做着什么，随便做点什么都行，寻找白石南之类的。什么都没有也没关系，寻找鸟儿——”

“或者是蜥蜴。”迪克说。

“为什么不是找毛毛虫啊？”罗杰说。

“毛毛虫倒是挺管用的。”南希说，“石南丛中有那些软软的大大的毛毛虫。”

“我该干点什么呢？”多萝西说。

“你和提提可以溜达溜达嘛。”南希说，“但是要走对路子，而且要和我们分开以后才开始散步。”

“你们可别让他认为咱们是故意的，”苏珊说，“他有可能根本不是对手呢。罗杰，假如他和你说话，你得记住，现在是在假期里，他也不是老师……”

“我不懂你这是什么意思。”罗杰说。

“哦，你懂的。”约翰说，“不会保密，羞不羞？她就是这个意思，你心里清楚得很。”

“人人都要非常礼貌。”佩吉说。

“能不说话就别说话。”苏珊说。

“别浪费时间，”南希说，“我这就走。你们要尽可能动作快点……马上散开……这样，不管他朝哪里走，都会有人在场……”

“走吧，多特。”提提说。

“我们的背包怎么办？”

“我的包里面放着橙汁，过一段时间要喝的。”罗杰说。

“最好随身带上。”苏珊说，“我来提空鸽篮。”

约翰朝一边，南希朝另一边，身后跟着佩吉，苏珊猫着腰，径直向“扁帽子”坐着看地图的那道隆脊缓慢行进。南希的计划固然很好，但“扁帽子”是个陌生人，如果不得不开口说话，她就只好自己应付了。提提或者罗杰可以去对他说点让他难以解释的东西。迪克和罗杰并排朝一簇齐腰深的石南丛奔去，他们的目光都盯着敌人，一旦他有转过来的迹象，他们就随时准备停下寻找毛毛虫。多萝西和提提都在独自散步。

“我们如果在这些岩石背后悄悄地走过去就好了。”多萝西说，“只要走进了蕨丛，我们马上就能随意往前缓慢行进了。”

他们开始行动了。约翰、苏珊、罗杰和迪克全都消失不见了。他们不时能够望见南希和佩吉的红色绒帽。

“她们都把那些帽子忘掉了，”提提说，“谁都能在几英里之外望见她们的呀。”

不过，她们马上就走进高高的蕨丛，看不见任何人了。她们尽量弯下身子向前缓慢行进，因此任何看见蕨丛的人都会以为有一只绵羊穿行在摇曳的叶子下面呢。

“能肯定咱们走得对吗？”多萝西说。

“能，”提提说，“看看干城章嘉峰吧。我们不会走错的，或者说至少不会太错的，只要咱们一直让它处在咱们右肩后方就是了。”

她们无法快速移动，她们俩都很热，而且气喘吁吁。这时提提在蕨丛里停下了脚步。

“我要站直了看一看。”她说。

“我也可以吧？”多萝西说。

“就半秒钟。”提提说。

她小心翼翼地抬起头来。她们正在矮蕨覆盖的隆脊上，她可以看见“扁帽子”就在一两百码开外。

“现在你的机会来了，”她悄悄地说，“他正在看别处呢！”

“扁帽子”又高又瘦，塌肩膀，他又站在石南丛中看起了地图。他站在石南丛中高高隆起的一堆岩石上，他的视线越过高顶岗子朝那片延伸到亚马逊河谷的树林望去。提提和多萝西也朝那边望去，同时心想，不晓得迪克、罗杰、约翰和苏珊现在怎么样了。

“扁帽子”慢慢转过身来。她们俩在高高的蕨丛里面跪了下去。

“我要再看一眼，”提提说，“我得直接站起来，有一根老蕨根硌着我的膝盖……喂，他走了。他随时会碰到他们当中任何一个人的。”

多萝西也站了起来。

“扁帽子”手拿折叠好的地图，两腿交叉地穿行在石南丛中。

“看呐，看，苏珊在那里呢。”

不知道苏珊是从什么地方冒出来的。她就站在石南丛中，背对着“扁帽子”，这一刻谁都不会猜到，其实她是知道他在那儿的。

“他看见她了。”

“心里有鬼呢，”提提说，“我想是这样。他自己正在寻找金子，而且不想让我们知道。”

“扁帽子”立刻停住脚步，改变路线，向右转弯。她们俩看见他不时打量着苏珊，而她本人却像一般的闲逛者那样在石南丛中闲逛着。

“他打算绕过她呢。”多萝西说。

他们注视了几分钟，这几分钟却像几小时那么漫长。

突然“扁帽子”又收住了脚步。

“他看到了另一个人。”提提说，“好，好，我刚才还担心没有人来得及赶到那里呢。可是，我看不见那人是谁。”

“就在那块岩石上面，”多萝西说，“有什么在移动呢。”

仅仅是一会儿，远远地，她们望见约翰在远处一堆隆起的岩石上用望远镜观察干城章嘉峰。

“扁帽子”变得踟蹰不定，接着就转身往回走起来。他让苏珊留在他的右侧，这时，仿佛是碰巧而不是故意的，他又改道在苏珊和蕨丛（就是提提和多萝西观察他的那片蕨丛）之间往高顶岗子走去。

“咱们该不该去那条路上把他吓回去？”多萝西问。

“或许应该吧。”提提说，“咱们要去一个人，我去吧。这里应该留一个人，万一他往这里走过来呢。”

她迟疑了片刻，接着很庆幸没有动身。

就在“扁帽子”正走着的石南右边那条小道上，她们突然看到了一个小男孩，同时听见一声急切的叫喊。

“喂！迪克，我抓到了一只最美的！”那是罗杰在嚷嚷。

“是不是狐狸蛾的幼虫啊？”接着传来的是迪克的回应。她们还看到了他的眼镜反射的太阳光。

“扁帽子”再次改道，差点直接走向提提和多萝西。他拿下他那顶扁毡帽，还用一块手帕擦了擦脸。接着他再把帽子戴上，鬼鬼祟祟地走上那条被人踩平了的羊肠小道。他用折叠的地图给自己扇着风，脸上显得非常困惑。

他靠她们很近，这时她们听见他正在喃喃自语。“怪事儿，”他正在说，“从来没有想到……到处都有闹哄哄的孩子……哦，对不起。”他猛然看见多萝西和提提就在一两码的地方穿越蕨丛呢。

他又转开去，沿着距离他来时走过的褐谷路不远的高顶岗子边缘走了起来。然后，他似乎觉得这下情况好多了，于是再次右拐，好像就要开始走进荒原的中心了。但是，就在他的右侧，突然冒出个手拿红色针织帽的女孩子，她正在把红帽子当作捕蝶网兜，煞有介事地表演着一出无法追上一只白蝴蝶的好戏。至于南希正在干吗，她们没法看见。但是，她也在那儿，因为几分钟后，她们就看见“扁帽子”再次改变走向，这次他好像已经认定，不管打算做什么，周围都有太多人。因此他靠右沿着高顶岗子边缘行走，直到爬上灰碎石堆较矮的那条坡道时才拐弯向北走去。

勘探人员再次一一会聚到了一起。

“干得漂亮——咱们每个人。”南希说，“而且你们看到他受惊退缩的模样了，谁都能够看出他正在图谋不轨呢。”

“他现在在干什么呢？”罗杰说。

谁都没法看清，哪怕使用望远镜也无济于事。“扁帽子”好像就在高顶岗子对面的灰碎石堆上忙活什么。通过望远镜，他们可以看见他正在岩石中间攀爬，但他好像在一个地方逗留的时间长一些，有一两次他们还隐约听到了远处锤子叮叮咚咚的敲击声。

“我敢打赌，他到那上面去能够看见咱们勘探的地方。”南希说。

“嗨，没有必要让他看到。”约翰说。

“他不会一直留在那儿的。”南希说。

可是，“扁帽子”好像并不着急。下午的时光一晃就没了，勘探人员躲在石南丛中注视着他们的对手。他们又另外看了两条旧巷道——其实它们那里不可能有金矿，因为周围并没有石南。他们干了很多敲石头的活儿，但却没有发现类似迪克所认为的黄金的颜色。可是，由于“扁帽子”就在他们上方的山腰上，因而他们再也没有对荒原进行均匀的搜索。

最后，他们看见他转过身子。他没有直接穿过高顶岗子，而是循着原路往下走，显然目不转睛地盯着正在注视他的那八位呢。他下到褐谷路上，然后迈开大步匀速前进。

“要回阿特金森农场呢。”南希说。

“去喝他的下午茶呢。”罗杰说。于是苏珊看了看自己的手表。

“我们快要迟到了。”她说。

“哦，听着，”南希说，“现在咱们的机会来了。咱们再次分散开来，搜索另一条地带吧。别像个老姨妈呀。”

“我们已经赶不过去啦。”苏珊说。

“无论如何，我们今天把他挫败了呢。”提提说。

“可是我们自个儿的事情却没怎么做呀。”南希说，“而且，只要他在靠近高顶岗子的阿特金森农场，我们就根本干不成任何事情，我们正好就在谷地的底部。要是小溪没有干涸，我们又能在这里扎营，那么就能在他上山之前和回去吃饭之后寻找金子啦。”

他们转身慢慢穿过高顶岗子，走向“长城”和泰森农场的树林。他们走下溪谷，路过黑莓丛，却没有直接走下那条小道，而是转弯穿过灌木丛，再去看看烧炭人的旧窑场——这个举动就连苏珊都没有反对。谁都想不到还有比这里更好的宿营地点，它那平整的土地曾被烧炭人用来生火，四周的林木为它遮阴，那棵老水曲柳可能是专门种植的，就为了让看守的视线越过其他树木，看敌人可能在褐谷路那边的农场上搞些什么名堂。

“要是有点水多好啊。”佩吉说。

“可是没有，”约翰说，“而且一点希望也没有。”

“得啦，”南希最后说，“走吧，下山到泰森农场去。在客厅吃晚饭，在宿舍睡觉。那个糟糕透顶的果园，你还能另外给它起个什么称呼吗？”

他们回来的时候，泰森太太正在等候他们。

“这样可不行啊，南希小姐，”她说，“你们迟到了一个多钟头，我给你们做的排骨都快烤成炭渣子啦。”

第十二章　油漆罐

第二天，他们早饭还没吃完，随着一阵尖厉的刹车和车轮突然擦过石块的响声，农场庭院里开进来一辆汽车。

“是我妈妈！”南希说着就一跃而起，“我敢打赌，蒂莫西到火车站了。”

他们奔到庭院里，但布莱凯特太太到这儿来不是为了宣布犰狳到达的消息。

“大家早上好！”她说，“不，什么都没来。但是注意，南希，你得给你们的邮差采取点措施。投递时间……太不规则了，天蒙蒙亮就把大家吵醒，这是不公平的……”

“天蒙蒙亮？”

“今天早晨五点钟，迪克的可怕发明开始疯狂折腾。我们尽了最大努力，实在无法继续睡觉。最后，我只好起床，往鸽房那边赶。虽说在那个时辰走到户外是很开心的，但我宁可就这样睡在外面好啦。”

“可我们早就把鸽子放走了呀。”罗杰说。

“铃儿是今天早上五点开始响的。”

“都怪那个无耻的萨福！”南希说。

“或许咱们给它吃得太多了吧。”佩吉说。

“我是给它吃过麻籽。”提提说。

“麻籽！”南希说，“放飞之前你可千万别给它们吃麻籽。不过，我还是认为，它中途曾经闲荡磨蹭过。”

“哦，萨福！萨福！”提提看着布莱凯特太太带来的篮子说。

“萨福，一点没错。”布莱凯特太太说，“就那么懒懒散散，然后在五点钟把人家吵醒。”

“好啊，”罗杰说，“你把它带回来了，这样我们手头就有三只鸽子了。”

“两只半吧，”布莱凯特太太说，“我认为不该把萨福算进去。”

“它总是不可靠呢。”南希说。

“嗨，如果不是迫不得已，就别用它。另外两只一直是挺乖的，不是吗？啊，你好，泰森太太，希望他们没给您带来太多麻烦——”

“只要不弄出火来，我就没有怨言。我最怕的是火烛，所有的小溪都没有水下来，到处都像煤渣一样干燥。不过，要是他们晚上更加准时一点就更好了……我要料理农场上的事儿，不能一直让饭菜处于随到随上的状态……”说着，泰森太太把布莱凯特太太让进门里，她们走进农舍去说私房话了，把愤愤不平和烦躁不安的勘探者们丢在了庭院里。

“你们听见了吧？”南希说，“再说不见得咱们会把什么都点着嘛。大副们甚至连把水壶烧沸的机会都没有啊。但愿她会让咱们自己负责烧饭，不管咱们多晚都不会影响到她。”

“真不公平。”罗杰说。

“喂，妈妈，”布莱凯特太太一走出来，南希就说，“你能劝说她让我们做饭吗？在没有准备好的情况下就得早早动身回家，也太为难了。”

可布莱凯特太太甚至不肯去试一试。“假如别的任何地方有水的话，”她说，“那倒是可行的。不过没有啊，而且泰森太太很可能会说索性不要你们留在这儿呢。如果她这么说，我也不会怪她。至于说早早就动身回家嘛，只要想一想，如果必须一路赶回贝克福德家里，那你们就必须更早动身。不，恐怕你们还得妥善处理呀。请你们务必及时用餐哪。”

“如果下了雨，高顶岗子上的小溪又满起来了，我们就可以在那儿扎营了。”

“我猜也是，”布莱凯特太太说，“但是不太像要下雨的样子。嗨，祝你们好运。你们没有碰到你们的对手，我倒是很高兴呢。”

“可是我们碰到啦，差不多就在我们把萨福放掉的同时。他当时正在四处活动。但是，我们把他挡回去了——”

“哦，南希。”她母亲说，同时看看苏珊。

“其实也没什么嘛，”提提说，“他是自动走开的呀。”

“这我就放心了，”布莱凯特太太说，“但是别跟陌生人起冲突，最好离他远点儿。”

她已经坐上驾驶座位，并且发动了引擎。“那么，”她说，“我得赶回家去，那里还有一帮泥水匠和油漆工呢。你们今天不必派鸽子了。但我倒是希望明天来一只鸽子，荷马或者索福克勒斯，不要萨福，如果你们同意的话。”老式汽车向前一蹿。布莱凯特太太伸出一只手挥了挥，然后又用这只手握住方向盘，呼地开走了车——只差一英寸就撞上门柱了。

“荷马和索福克勒斯应该找萨福谈一次。”多萝西说。

“它们今天会有一个机会。”说着，提提把鸽篮门打开，让萨福进入大笼，与别的鸽子会合一处。

或许时间已经过去了两个钟头，但是对躲藏在阿特金森庭院大门对面路边蕨丛中的罗杰来说，似乎超过了四个钟头。考察队分成了两班人马。“如果不知道他在哪里的话，”南希曾经说过，“我们就不能避开他。”他们等了好久才拿到自己的三明治和保温瓶，当他们终于向上穿过树林，来到“长城”上方的高顶岗子时，他们并没有见到对手的影子。约翰曾经指出，他可能已经走了另一条路，于是他们决定，得由佩吉带领一个侦察队。与此同时，约翰、苏珊、南希和迪克对高顶岗子进行仔细搜索。每个人都知道，迪克常会思想开小差，不适合做侦察工作，而他作为一名地质专家，却是探矿队所需要的。南希本想亲自去阿特金森农场那儿侦察动静，但佩吉是探路者们最初得知“扁帽子”就住在阿特金森农场时没有亲临那里的唯一一名更有经验的侦察员。如果阿特金森太太认出他们并且把他们的底细告诉了“扁帽子”，这事根本就办不成了。于是，佩吉就把携带哨子的多萝西安排在褐谷路上方一个有利位置，把提提安排在这条路在树林中急剧下降的地点，把罗杰安排在阿特金森农场大门对面，而她本人则从树林爬向阿特金森家花园，看见“扁帽子”正在享受早餐后的一袋旱烟。她跑回来用信号语把这个消息传给了罗杰，罗杰又传给提提，提提再传给多萝西。多萝西用哨音引起他们的注意之后，就用一个单独的字母“Q”让勘探者知道，他们可以平平安安地工作，因为敌人正静静地待在自己的巢穴内。接着，佩吉再次穿过树林，进入敌方领地。罗杰的确在蕨梗之间的路上俯卧了很长时间，虽然蕨叶遮蔽了他的脑袋，但是烈日炙烤着他的背部，两只苍蝇轮流在他的鼻子上歇脚。它们黑黑的，个头很小，但是他认为它们头脑非常机灵。他一再把手举到半空，当它们过来歇脚时随时准备拍打。每次苍蝇都会在他下手之前及时逃生，而他只能一再击中自己的鼻子。天气太热，而拍打鼻子又使他热上加热。此外，他应该保持静止不动的，所以他改变了计划，任凭苍蝇自行其是。他表现得像个印度人那样若无其事，毫不理会，随便一只苍蝇用它那凉飕飕、黏糊糊的小脚在他的鼻子上上下移动，在鼻尖转圈，以及从一侧慢慢往上走。他虽不能正常看到，但却可以目斜而视，只见它紧靠着他的眼睛，身体大于它的实际尺寸。

佩吉来到跟前多久了？该死的苍蝇。在通往阿特金森农场的那条林间车道过去一段距离的地方，是一棵巨大的老橡树。罗杰可以望见它那粗壮的树干——车道就在那儿拐弯不见了。他敢发誓说，仅仅就在片刻之前，那儿绝对没人。可是……他斜着眼睛看苍蝇看了多久啦？此时此刻，他清清楚楚地看见佩吉背靠大树，面对着他，一只手臂向侧面伸展，另一只手臂向上举起，指到两点钟的位置。那是字母 Q（代表“扁帽子”）……然后……对……她放下左手，抬起右手……直接高过头顶。D——危险。想必“扁帽子”正在走出农场，他一定就在近旁呢。佩吉已经在老橡树前面的地面上卧倒，匍匐后退到了灌木丛中。她已经走掉了。

罗杰早把苍蝇抛之脑后，像蛇一样从蕨丛背后缩到一片冬青树背后，在那里可以安全地站直。他从那里抬起头来，朝树林边沿的大路望去。哨位上的提提是不是正在等着他呀？没错。这一点你是可以指望她的。Q.D.（某人危险）……罗杰看见她复述了他的这个信号，然后就闪到隐蔽之处给多萝西传递去了。不一会儿，他就隐约听到远处传出了多萝西的哨音。不等“扁帽子”离开阿特金森的树林，远在高顶岗子上的勘探人员就知道他正处于行进之中。消息传得这么迅速，就连印第安人都望尘莫及。罗杰爬回他在蕨丛中的哨位继续守候。

没错，他就在那里。罗杰透过蕨梗朝大路上窥探时，看见他走上了阿特金森家的大车车道。清瘦长腿的“扁帽子”正在车辙中间大摇大摆地走呢。他快要接近大路了，与蕨丛中这位无声监视者仅隔一两英尺之距。他的脚步声真响。钉着平头钉的靴子——罗杰心里嘀咕着。燕子号和亚马逊号的所有船员穿的都是胶底鞋，因为约翰早在比罗杰现在的年龄还小的时候就说过：“你永远不知道自己什么时候就会得到机会去登上别人的船呢。”胶底鞋也有利于侦察行动。咚咚咚，平头钉在坚硬的路上响个不停，并且间杂着铁头拐杖的尖厉撞击声。“扁帽子”好像并不在意自己正在发出多大的噪音。罗杰为了看得清楚而稍许调整了站姿。他另一只手上拿的是什么？一个牛奶罐吗？他的肩膀上还有一只帆布包。罗杰心想，帆布包背在侧面和背在背上是不是一样的好呢？还有他的锤子，就悬挂在他那侧环上。一看他就是个探矿者，就别说什么扁帽子了！罗杰还从来没有见过比这更扁的帽子呢。

佩吉在哪里？罗杰再次顺着下方的车道朝阿特金森农场的树林里望过去。她为什么没有走过来呢？敌人走了以后就没什么好等待的了。罗杰希望看见她从树林里走出来，但是却没有她的影子。“扁帽子”马上就要走得看不见了，他走起来脚步又大又轻松，并不匆忙，但在平地上却越走越快，在山坡上也快。罗杰心想，接下来会发生什么？他突然来了一次深呼吸，但却差点变成一声尖叫。

这时，他的脚脖子被什么人或者什么东西捏了一下。

“闭嘴！”佩吉向他发出嘘声说，“你这样会出卖我们。这里只有我，你这个幸运的傻瓜。”

“可我根本没有看见你穿过马路啊。”罗杰说，“你是怎么过来的？”

“走的呗。”佩吉说，“我走了一点点，以便稍稍接近大门下面的马路。然后我只需一直等到听见那个扁帽子老头上山时的铿锵脚步声为止。然后，我悄悄地过了马路，顺着这一侧的边沿迂回潜行——纯粹为了练练本事呢。”

“我才不在乎呢，真的。”罗杰说。

“所幸他没有听见你的声音。”佩吉说，“嗨，你有没有看见他拿的东西呀？”

“牛奶罐。”罗杰说。

“不是的，”佩吉说，“这可是最最意想不到的东西。在他等待阿特金森太太把他的三明治拿出来的时候，我在墙头上看得清清楚楚，那是一罐白漆。”

“到底用来干吗的呢？”

“我不知道。走，去向南希报告吧。我们顺路把另外几个人一起叫上，看看咱们能不能迂回走向提提，而不被她发觉。关键是别碰任何可能发出响声的东西。我在前头走，你紧紧跟在后头，一旦看见我停下了，你就立即停下别动……”

高顶岗子上面的勘探者们干得非常卖力，毕竟人手少了一半，四个齿的梳子比不上八个齿的梳子，何况还有那么宽阔的搜索地带。他们曾经进入了两三条旧巷道，但是并没有发现任何酷似老矿工所描述的那种地方。他们刚从巷道里走到荒原中间，多萝西的哨音就终止了他们的搜索工作。他们回过头来望着泰森家的树林。她就站在那里，因而信号不会有任何差错。接着，她消失不见了。

“她表现得很好。”南希一边自言自语，一边向其他人招招手。

四个人来到一处石头山丘上集体等候着。时间仿佛过了很久，他们才看见“扁帽子”从褐谷路上走了过来。

“肯定是他吗？”约翰说。

“当然是的，”南希说，“别人走路的姿势都不是这个样子，不折不扣的鸵鸟。”

“我看不见多特，”迪克说，“也看不见其他任何人呢。”

“他们会像蛇那样迂回潜行的。”南希说。

“有一点是肯定的，”苏珊最后说，“假如我们不能看见他们，我想他也不能看见他们。”

南希看了看约翰，两人脸上都显出了一种不易觉察的狡黠笑意。苏珊心中挥之不去的并不是对于勘探对手的恐惧，她怀着一种质朴的担忧，生怕这个成年陌生者疑心自己正在被提提和罗杰当作侦察实习的对象。她并不怎么为佩吉和多萝西操心，毕竟她们的母亲对这种事情可能不会介意。可她很清楚，她自家那位正和患百日咳的布莱基特远在南部的母亲宁愿让提提和罗杰跌跟头、患感冒或者浑身弄脏，也不愿让任何人认为他们放任自流、鲁莽无礼。约翰看看南希，南希看看约翰，他们俩都是很了解苏珊的。

“他们就在那儿呢。”苏珊说，“他能不能看见他们，都是无所谓的。”

侦察员们把所有的掩护都利用起来，因而早就到达了高顶岗子，并且远离了褐谷路。南希朝他们挥挥手，他们于是齐步小跑起来。眼下“扁帽子”并不打算进入昨天被成功阻止进入的那片地带，他走来走去都没离开那条路。虽然在道路凹下之处会不时地消失一阵，但他并没有从这条路上走开，直至接近高顶岗子另一侧为止，当时他们看见他朝灰石堆的那条陡坡攀爬起来。

气喘吁吁、又热又累的侦察人员来到勘探者们身旁，随即躺倒在地。

“他带着一罐油漆呢。”佩吉说。

“他没有看见我们任何人。”罗杰说。

“是白漆，”提提说，“是个新罐子。在他走过的时候，我离大路只有两码远呢。”

“哦，胡说，”南希说，“可能是喝的饮料吧。”

“我认为可能是一罐牛奶。”罗杰说。

“是油漆，”佩吉说，“我从它上面的标签看到的。”

“他一定是在玩什么名堂呢。”南希说。

“或许他压根儿就不在勘探呢。”苏珊抱着希望说。

“他带着锤子。”罗杰说。

“不管怎样，”南希说，“只要他到了上头，我们就能看见他。没有意外的危险。其实我们还不如继续干活呢。”

“我们的旅行背包怎么办？”罗杰说，“食物在里面，背包就更容易携带了。”

“是在里面呀！”苏珊说，“每只旅行包里面都有三明治和保温瓶。”

“我的意思是说，在我们肚子里面哪。”罗杰说。

“那倒是个不坏的主意，”南希说，“而且那样一来，我们就可以轻装上路，然后在回家的路上过来收回行李了。”

整整一个下午，勘探者们排成长长的队伍横扫高顶岗子，接着又转过身来再搜索一遍，从而确认没有把那片荒野的两大地带上的任何东西忽略掉。整整一个下午，“扁帽子”都在灰石堆的陡坡上缓慢地走动。有好一阵子，就连南希都开始怀疑他是不是真的在进行勘探。既然金子就在高顶岗子的某个地方，“扁帽子”为什么要在那些怪石嶙峋的坡道爬来爬去呢？但是，就在下午的后半段，他们听见了从他那儿传来的声响。当时，他们看完一条旧巷道之后全部集合到了一起，或许由于暂时谁都没有说话的缘故，他们听见远处传来一阵极其微弱的敲击声。

“听！”“听！”“嘘！”每个人都在要求别人保持安静。他们又一次听到了敲击声。远远地，就在高高的陡坡上，那声音在空气中传送而来。

迪克举起了望远镜。

“我能看见他在敲打呢。”他说，“注意啦，下次再看见他敲，我就把手放下……现在敲了……”他的手放下了，过了一会儿，大家都听见了那微弱的金属敲击声。

“他是在勘探，没错。”南希说。

“可他要白漆到底是干吗的呢？”约翰说。

时间在流逝，苏珊想起早晨所听到的那番话，因而开始为返回泰森太太家的事儿发起愁来。他们走向先前堆放背包的山丘，然后朝着“长城”和泰森家的树林缓缓走去。

“今天晚上我们无论如何都必须及时回去。”苏珊说。

“只要他还在那里鬼鬼祟祟，我们就不能走。”南希说。

“他正在下来呢。”约翰说。

接着冷不丁传来罗杰的叫喊，刚刚轮到他使用望远镜时，他并没有马上发现“扁帽子”。

“我们跟你们说过，是白漆嘛。我们告诉过你们，那是白漆。瞧瞧他干了什么吧！”

望远镜从一只手转到了另一只手上。“扁帽子”真的正在快步走下山腰，不过，就在他下午待过的地方，他已经留下了标记。当懂得在哪里寻找时，每个人都能一目了然——在灰色的岩石中间有一块显眼的白色圆斑。

“可它是用来干吗的呢？”

“可能不过是一个花招吧，”南希说，“就为了对我们来个声东击西的招数，想把我们的思路引开。”

望着那个白白的斑点，它就像一只靶子被刷在那块出人意料的地方。望着“扁帽子”这位刷漆者正快步朝大路走去，就连苏珊都忘记了泰森太太，忘记了晚归的时间。

“现在他可能因为看见我们正在撤离而开始下山呢。”佩吉说。

“咱们就别走啦。”提提说。

“咱们就假装成不走的样子吧。”南希说，“如果咱们有人爬到老窑场旁边的那棵树上去，就能看见他是不是回家了。天哪，咱们不得不下山回到泰森农场，而把整个高顶岗子留给他，想想真不是滋味。”

他们走下岩石中间的沟壑，经过黑莓丛来到烧炭人留下的那片空地上。它看上去甚至比前天还要好。约翰爬到老水曲柳树顶部的枝丫上，可以从那里看见阿特金森农场和向两端伸展的褐谷路。

“你能看见他吗？”南希说。

“他现在走得很快。”约翰说。

“走吧，”苏珊说，“我们已经迟了。”

“我们必须肯定他这是在回家。”南希说。

“走吧，”约翰在树顶上说，“我会赶上你们的。”

苏珊慢慢地走了起来，但是又停住了。别人没动身，自己先回去又有什么用呢？

每当“扁帽子”途中走下凹地不见身影时，这边就会产生新的警惕：既然他不见了，万一他再次转身走上高顶岗子怎么办？可他还在稳步朝前走着，最后，监视者终于宣布已经看见他到达了阿特金森农场。监视者微带羞赧地从树上滑下，朝苏珊追去。

“不把事情搞清楚，我们当然是不能走的。”南希说。

他们一路小跑，走下通道。

一阵愤怒的铃声正在下方的山谷响起。

“迪克在哪里？”多萝西突然嚷了起来。

“迪克！”约翰高声喊道。

“来啦！”他的声音就在他们上方。他们稍稍放慢脚步等他，尽管铃声还在鸣响。

“快点！”多萝西喊道。

他在树林底部赶上了他们。他手上拿着一种像玻璃刀片的东西，就在大家走进大门时，他把它扔掉了。

泰森太太站在门廊外面，手上还握着响铃。

“我一再为你们热饭，这样可不太好啊。”她说。

“实在对不起，”苏珊说，“我们确实争取——”

“这可不是一次啦，”泰森太太说，“每天都这样……”

罗杰想说，总共才来了两天。但他转念一想，还是不说为好。

勘探者们坐下来情绪低落地吃起了晚饭。

第十三章　难道没人会用卜棒探水吗？

在那顿闷闷不乐的晚餐即将结束，他们快把米饭和炖李子干吃光时，迪克说出了一句令人意外的话。

“你们知道吗？”他说，“我相信那上面有水。”

“山溪里面吗？”南希说，“可是山溪已经干了啊。”

“就在烧炭人生火地点的背后。”迪克说。

大家都瞪大眼睛望着他。

“他这话不是当真的。”提提可怜巴巴地说。

“可他是当真的呀！”多萝西说，“你是吗，迪克？”

“嗨，我发现了好多好多那种绿色灯芯草，”迪克说，“就是你把它剥开来发现里面像肥皂泡那样的。上学期来我们学校探寻水源的人说过，灯芯草是有水的确凿征兆——”

“什么？”南希说，“探水人？但愿我们也有一位就好啦。村里曾经有过一位，很久以前他为贝克福德找过水。那是在我们出生之前，不过现在他已经离开了。”

“那名来学校的男人把自己叫作占卜师。”迪克说，“他们操场上的水短缺，他为他们找到了一处泉水。但是，他可能早就知道泉水就在那里。”

“你看见过他找水吗？”约翰说。

南希热切地前倾着身子，急不可耐地把食盘推开。“你看见他做什么了吗？”

她问。

“他有一根叉棒，”迪克说，“榛木的。他每只手拿一根，接着他就四处走动，直到叉棒开始扭曲为止。至少他说它是扭曲变形了。而且人们发现那儿确实有水，他们挖下去仅仅几英尺，就有水泡往上冒。”

“他是怎么握住叉棒的？”

提提刚要舀起一勺李子汁，忽然因为南希的声音里所含有的某种东西而停止行动。她顿时认识到，南希的脑子里已经转动起什么新的念头了。

“就像这样子，”迪克说，“用两只手。他让我把它握住，但是什么事都没发生。他叫我们大家轮流握住叉棒。”

“它有没有在你们任何人手中发生什么情况呢？”

“有一个人说是有情况发生的，但是我不明白它能怎么样。”

“得啦，”南希说，“再过一个小时都不会天黑。你说的是榛木吧，树林底下多的是。天啊，既然在他手上奏过效，为什么在我们当中某一个人的手上就不行？我敢打赌，它会奏效的。来吧，佩吉。快点，你们燕子号的船员。罗杰不再来一杯吗？”

“不了，谢谢你。”就在苏珊朝罗杰看的时候，他说。

提提咽下了最后一勺李子汁。

他们纷纷涌入过道，走出门外。就在大家从大门旁边走进树林时，南希找到了想找的东西。

“这个行吗？”她从榛树上割下一根带叉的树枝，并把上面的细小枝条一一砍去，然后问了这么一句。

“树枝都没有那么长。”迪克说。

“哎呀，把它纠正过来就是了。”南希说，拿起她的小刀忙开了，“这样行吗？”

“就是这个样子。”

“行，”南希说，“我怎么拿？”

“不对，”迪克说，“那人是指节在下面，指头在顶部，叉棒的尾部就在指头和拇指之间。”

“哪儿有点水呀？”南希说，“我们应该到自己知道确实有些水的地方去试一试。”

“山溪那里根本就没有水流下来。”佩吉说。

“抽水泵那儿行吗？”约翰说，“在附近某个地方一定会有，虽然干旱，还是有水让抽水泵运行的。”

“会发生什么呢？”罗杰说。

“探水魔法。”提提说。

南希从场院慢慢走向仓库旁边的抽水泵，她拿起带叉的榛树树枝——两只手各拿一根，脑袋低垂，眼睛盯住树枝，双脚缓慢向前移动，几乎并不离开地面。迪克走在她的身旁，约翰也走在她的身旁，佩吉则在她前面退着走，多萝西目不转睛地望着迪克。

“应该做什么呢？”南希说。

“探水法师说，他每次走近水源，它都会滴水。”

“摸摸它感觉是在滴水吗？”佩吉说。

“还没呢，你这个傻瓜，”南希说，“距离抽水泵还远着呢。”

她稍微走得快了些。

“假如我恰好来到抽水泵旁边，那我就一定会碰上泉水。”

她来到抽水泵跟前，身子从抽水泵和旧仓库墙壁之间挤过，然后围着它走了一圈。

“它可能只对流动的水起作用呢。”她说，“你们哪位抽上一点水，以便水处于流动状态。”

约翰抬起手柄再压下，喷管里涌出来的水流朝下面的水槽哗哗直涌。

南希又转了一圈。

“它没有动静。”南希说，“过来，约翰，你试一下吧。大家都得试。只要我们中间有人能够做到，那么咱就会找到自己的水井，然后高兴在哪儿扎营就在哪儿扎营。”

“只要下面有水就行。”迪克说。

南希朝这个小教授吐了吐舌头，并把树枝递给约翰，她开始抽水。

“别太用力。”苏珊说，“泰森太太说了，一点多余的水都没有，哪怕是水井也不行。”

“你完全拿反了。”南希说，“到这儿来，提提，你来抽水。约翰，把你的手指头放在顶部。”

提提抬起嘎吱作响的手柄再轻轻地压下，喷管里出来的仅仅是少量的涓涓细流。

由于在叉棒的拿法上受到迪克和南希的指点，约翰围着抽水泵转起了圈儿。树棒没有任何变化的迹象。

“来吧，苏珊，下一个该你了。”南希说。

“那个果酱罐是用来干吗的呀？”提提问，可是罗杰早就拿着它朝果园大门那边溜去，其余的人都没有注意到他。

苏珊试过了，在她之后是佩吉，然后是迪克，虽然他说他并不真正相信。然后轮到多萝西，她强烈希望叉棒能在她的手上奏效，结果却没有。

罗杰正等着接过叉棒呢。他让迪克把探水法师握棒的方法给他示范了三四次。

“我相信它会起作用的。”他说，他围绕抽水泵飞跑了几圈。

“咦？”南希说。

罗杰往旁边一转，就开始穿越场院。

“你这是去哪里呀？”南希说。

“它好像在告诉我往哪儿走呢。”罗杰说着，稍稍加快了步伐。

“别一本正经地干蠢事，罗杰。”约翰说。

“是，遵命，长官。”罗杰边说边朝大门匆匆奔去。

“喂！”南希船长说，“把棒子带回来，那儿没水——”

“不，那儿有！”罗杰大声喊道，“瞧瞧它吧，正在猛烈摇摆呢。”

罗杰靠在果园大门旁边那片疯长的酸模叶子上面握着叉棒，它就像水泵手柄那样上下摇晃，又像狗尾巴那样左右摆动。

南希伸手去抓他。他从她身边逃开，并且扔掉叉棒，俯身把他事先藏在叶子下面那个装满了水的破果酱罐子举了起来。

“谁说没有水呀？”他笑着逃脱了追击。

“我要敲碎你的骨头。”南希虽然失望，但还是笑着说，“哎呀，不奏效就算了吧。”

“提提还没试呢。”佩吉说。

“给你，”南希说，“别像罗杰那样瞎胡闹。只要它在我们当中一个人的手上起了作用，那就一通百通啦。”

提提接过叉棒。南希把她的双手放到正确的位置上。其他人已经失去了兴趣，就连刚才叫她试试的佩吉都没心思等着看结果，而是开始和苏珊谈起如何用牛奶罐把水运到山上的事。“我们将需要那么多的水，”提提听见苏珊在说，“洗衣、洗脸、洗澡、做饭、刷牙，无论如何，是不会让咱们……”

“再往前嘛，”南希在说这话时声音里仍旧带着希望，“靠近抽水泵……”

当时提提差点绊了一跤——这不可能是叉棒本身在压迫她大拇指根部的软肉。提提定了定神，这么惊慌就太傻了，不管怎样，什么事都不会发生的。哎呀，就连迪克自己都说过什么事都不可能发生嘛。

“等会儿，”南希船长热切地说，“刚才它是不是猛地拉了你一下呀？”

提提可怜兮兮地朝四周望了望。“不可能吧？”她说。

“听着，退回来一两码，再重复一遍。”

这时每个人都警觉起来，纷纷注视着。

“发生了什么？”罗杰说，“我没看见呢。”

“动作慢点……”南希说。

提提这时眼睛有点发花，她好像正在透过一层薄雾看着脚下的场院地面。正在发生某种罕见的怪事，这让她无可奈何。她手中的叉棒已不光是一根树枝了，它正在起死回生。但愿她能扔下它，从而摆脱它。但是，南希对她讲话的声音就在附近，但又很遥远。“继续呀，提提。加油干呐，一等水手。要不然，难道仅仅是你的手在发抖吗？”突然，就在距离抽水泵一码远的地方，怀疑再也不存在了。叉棒的末梢正在把她的大拇指往上顶。她使劲对付着，竭尽全力握住它们。但是树枝的分叉正在倾斜，倾斜，什么都无法阻止。她双手不由自主地转动起来。“提提！提提！”他们马上异口同声地对她说起话来。又过了一会儿，叉棒从她手中挣脱了。它躺在地上，纯粹是一根带叉的榛树枝，而在南希用刀割过的树皮那儿正在出现绿色的生机。提提这个探水者承受不住地吓坏了，又是抽泣，又是发抖，一下子冲进了树林里。

她的身后响起了杂沓的脚步声。

“没事的，提提，”苏珊边追边说，“不要介意。无论如何，事情已经过去了。”

“对不起，”提提哽咽着说，“实在对不起，我不是故意……”

“没事，提提……没事的……保持镇定。”

不管怎样，她必须停止这种直冒傻气的哆嗦，自己毕竟是个一等水手、一名探险者和探矿者呀。她站住了，并且抓住一根树枝，眼睛都没有注意去看。突然，她看见它是一根榛树枝，她赶忙把它放开，仿佛被烫了一下似的。

“算啦，提提。”苏珊正在拍着她的肩膀。

“再过一两分钟，”提提使劲咽了口唾沫说，“我就会恢复过来的……可是……哦，苏珊……这事别再做了。”

“不做，不做，”苏珊说，“他们甚至问都不会问你的。”

苏珊说对了。就在见到提提落泪而大为震惊的那一刻之后，曾经出现过人人渴望开口说话的局面。虽然有过更多使用榛树枝进行的实验，但是它在任何人手上都不曾有过骚动，至少他们还是有人坚信自己看到了所发生的那件事情。后来，拔腿追赶提提的约翰突然想到还是把她交给苏珊为好，于是就停住不追了，并且和南希说起了悄悄话。

“天啊，但愿这事发生在我手上就好啦。”南希说。

“我们在探险途中有一位地质学家，”佩吉在提提和苏珊走出树林时说，“而眼下我们自己的探水法师……至少……”

“住口！”提提听见南希在说。

迪克握着那根榛树枝，端详着叉棒被割的末梢。“我看不出它为什么会那样，”他说，“没有什么促使它扭动啊。不可能是真的。她一定是误以为它扭动了呢。”

“喂，”南希突然大声说，“到剩下的河水里去泡泡澡好吗？我们必须赶快行动，别等到天黑看不见最潮湿的部位了。”

五分钟之后，提提和南希就并肩躺在河床的一方水塘中了。河道已经变得非常浅，因此她们都不可能完全浸入水中。

“太浅了。”南希边说边用手和脚把水弄得四处飞溅，假装自己并未处在搁浅状态。

“很难给一条小鱼找到空地儿呢。”提提心怀感激地说。

谁都没有对她讲起在她手握榛树枝时所发生的事情。

第十四章　孤注一掷

虽然没人对提提讲过有关卜探水源的话，但是第二天早上，她突然发现南希不见了，当时大家还在整理帐篷呢。

“南希船长在哪里？”她问。

“又继续干活去了。”佩吉说，而就在这时，他们大家都听见在南希已经认真探寻过的树林上面传来一种拙劣模仿猫头鹰的响亮叫声。

“我已经准备好了，”提提说，“只有食物除外。”

“我也是。”迪克说。

“南希忘了把她的锤子带去，”佩吉说，“而且她也没等拿上自己的食物就走掉了。”

“我去拿吧。”提提说。

“凡是准备好了的，最好就动身吧，”苏珊说，“我们会赶上你们的。去吧，提提，待会儿你就不用匆匆忙忙的了。罗杰，你的牙刷很干呢……”

“嗨，我正准备使用呢。”罗杰说。

“我得把日记写完。”多萝西说。

“走吧，迪克。”提提说。

“把你们的保温瓶留下，”苏珊说，“我们要等泰森太太把茶准备好了以后才能灌进去。”

迪克和提提迅速朝树林里面走去。

起初，他们的攀登速度很快，希望赶上南希。他们呼唤了她一两次，但却没有得到回应。哪怕是来到了树荫底下，仍然感到非常炎热，而且他们在通往高顶岗子的弯曲山道上还没走完一半就上气不接下气了。他们刚刚走过山道穿越干涸山溪的那个地方，提提就停下不走了。

“让我们休息半秒钟吧，”她说，“那种认为我们能够赶上她的想法是要不得的。”

“我们要看看水坑。”迪克说。

在树林中间穿行时，他们往旁边一拐走向那个往年很深、如今却已缩小的水坑——它是由于瀑布一再从高顶岗子向下方的山谷飞落而成了溪流中的一个深深的小水坑。它虽然很小，而且处于停滞状态，但是在炎热的白天，哪怕是看一眼水坑，也比什么都没有要好，挂在水坑上的蕨类植物绿油油的，令人感觉凉爽。

“在我们过来以后，它的水位也下降了一点点呢。”提提说，“有人一直在这里喝水，可能是土著人吧……”

“是动物，”迪克说，“很小的动物。看看脚印吧。”

他趴下身子，透过眼镜凝视着白石上那些带着泥土的模糊印迹。某种小动物在水坑里弄湿了自己的小脚，并且带着潮湿与烂泥，把自己的足迹留在了石头上。烂泥立刻就干掉了。一阵轻风就会把小小的尘土印迹永远地扫除。

“它是什么？”提提说，“这儿可没有猫尾草呀。”

“不会是白鼬或者黄鼠狼，”迪克说，“脚趾靠得太近。我有一本书，里面列举了很多动物的足迹，白鼬的脚趾朝外分得很开，不像这些。我希望能够看出它们去了哪里。可是地上这么干燥，没有脚印可以看见——”

“就连南希船长的脚印也看不见呢。”提提说。于是，他们离开了小水坑，顺着探险队领队的足迹匆匆往前赶路。

“有了。”迪克说着，忽然就停住不走了。

“有了什么？”提提问。

“脚印啊，”迪克说，“你可以看见有人走过这条路，并砍了树枝。”他指着掉在地上的一些新砍的细枝条。

“她刚才可能是摆了一种标记，”提提说，“你知道，那是为了表示她走的是哪条道。可树枝没有交叉摆放。”

“这里有更多呢，”迪克说，“她只是边走边砍的。”

“咱们跟踪她，”提提说，“就算是练习练习吧。”

他们盯着那条通道向上攀爬。

“喂！她把整整一根树枝丢在了这里呢。”

迪克把长约一英尺的树枝捡了起来。提提找到了另一根，它们的样子没有多大区别，末梢显现着刀削的痕迹。

他们继续前进。

“现在她又跑开去砍别的树枝了呢。”提提说。薄薄的树皮，一根根细枝条和削下来的树叶丢了一路。

“在做弓箭吧？”迪克说，“她做过一次，不是吗？”

“那是去年，”提提说，“为了传递信息。今年我们大家都在一起呀，她总不可能是想射杀‘扁帽子’吧。”

“听。”迪克说。

他们已经接近山林的顶部，再转一个弯，这条山路就会把他们带到烧炭人走过的那条拐入灌木丛中的小道所在的地点了。

“我听不见她的声音。”提提说。

“我来喊一下好吗？”迪克说。

“在我们跟踪她的时候不能喊，”提提说，“我们应该像猫那样轻手轻脚往前走。”

他们听见下方很远的树林子里传来兴高采烈的叫喊。

“其他人正在过来呢。”迪克悄悄地说。

“她就在‘本该存在之地’，”提提说，“可能就在那棵瞭望树上呢。”

他们蹑手蹑脚地穿过灌木丛，一路来到那棵高大的水曲柳树前。但是，他们的头顶上并没有任何放哨的人。他们来到老窑场边沿，那里空无一人。就在这时，他们突然瞥见她正在窑场和“长城”之间的树丛底下。他们悄悄躲到更近的地方，就在空地边沿之外。南希脑袋低垂，好像正在来回踱步。

“我知道她在干吗，”迪克突然说，“她正在——”可他没把这话说完，“有没有什么麻烦？”他望着提提的脸问。

这时他们两人都能看见南希。

她手握一根带叉的榛树棍慢慢走来走去。她身子弓得很低，先朝一个方向走，再朝另一个方向走，并且把叉棒握在身前，让叉尖悬在一簇簇绿色灯芯草的上方。

“可它在她手上没有奏效呢，”迪克说，“只有你——如果说奏过效的话，它有没有奏效，还是仅仅因为——”

“别提它了！”提提气急败坏地说。

就在这时，他们看见南希冷不丁地站直身体，并把榛木叉棒往灌木丛中一扔，彻底地放弃了卜探水源的一切指望。她把手放在嘴上，发出一种猫头鹰的叫声，它太欢快了，实在不像猫头鹰。转眼之间，她就不见了，他们听见她正在往“长城”上攀爬呢。猫头鹰的叫声再次传了过来。

迪克试图做出回应。

“喂！”树林里传来南希的声音，“你们在哪里？过来吧。”

树林里响起了其他猫头鹰的叫声，有好有差，良莠不齐。

“他们都来了。”迪克一边抬腿往前走，一边说。

“关于她刚才所做的事情，咱们什么都不要说啊。”提提急忙说。

“行。”迪克说。他们迅速穿过树林，沿着黑莓丛边缘往上进入岩石中间的隘谷，只见南希正手打阳篷，仰望着高顶岗子。

“好哇，”南希说，“他还没过来呢。从底下爬坡上来挺费劲的，是吧？”

他们筋疲力尽，往已经晒热的岩石上一躺。才过了一会儿，迪克就忘掉了探水、探矿和别的一切，转而关注起一只沿着石缝左躲右闪的棕色小蜥蜴来。

提提却难以忘怀，她仍然记得自己所见到的事情。而这时，矿业公司其余的人都从岩石下方的树林中走了出来，他们是约翰、苏珊、佩吉、多萝西……

“快跟上啊，罗杰！”苏珊大声喊道。

落在别人后头的罗杰带着鸽篮出现了，于是提提心里感到格外难受。

“对不起，罗杰！”她大声说，“本来轮到我把鸽子带过来的，我压根儿忘记了。请问，你带来的是正确的那一只吧？今天应该是索福克勒斯呀。”

“它比萨福重两吨呢。”罗杰说。

“现在让我来拿吧。”说着，提提奔下隘谷，接过鸽篮，“哦，罗杰，我太抱歉了。”

“没有关系。”罗杰说。

但是，对提提来说，那天什么事都不对劲。她无法把卜探水源的事抛到脑后。万一他们失败了怎么办？万一该走的时间到了却一无所获，他们临走之际不是认为至少尽了最大努力，而是认为如果提提有点与众不同，考察队或许就不必局促在泰森家的抽水泵周围，那又该怎么办？她实在不忍心去看其他人。谁都没有为那件事来与她纠缠，但是，事情却因此而显得格外糟糕。她想，如果谁都不曾想过用榛树枝做实验该有多好啊！

对每个人来说，那个实验在一定程度上改变了很多事情。如果这是可能做到的最好事情，那么，在花园墙根下的一排沉闷的帐篷里睡觉，并且及时在农场用餐，还是挺好的。而现在的情况是好像有人把门开了一半又当面关上了似的。

“‘扁帽子’在不在视线范围之内呀？”她听见约翰在问。

“不在，”南希说，“但是他可能在一道山梁或者什么东西的后面吧。”

就连南希的声音都失去了银铃般的欢快清脆。她模仿猫头鹰的叫声虽然是显得够欢快的，但猫头鹰的鸣叫不同于说话。最最欢快的人可以发出沉闷的猫头鹰叫声，最最沉闷的人也可以把猫头鹰的鸣叫尽量模仿得像是一切都很正常的样子。

已经向阿特金森农场派去了侦察员，但就连侦察活动都和原先有所不同了，勘探行动是在半心半意的状态下进行着的。接近中午的时候，他们看见“扁帽子”出现在高高的灰石堆上面，但是谁都没有看见他往那边走，他可能整个上午都在那里呢。南希召回侦察人员的信号让多萝西没法领会，最后约翰从高顶岗子上走回来进行解释，而且不得不下山到阿特金森农场的树林里去找佩吉，她在花园墙边找到了一个良好的监视位置，而且还以为“扁帽子”正在屋子里面呢。

“他必定是在我们分派侦察员之前早早就出发了。”南希说。提提心里明白，人人都在想，假如能够在老烧炭人靠近高顶岗子边缘的窑场空地上扎营，那么，这种情况是根本不会发生的。

索福克勒斯捎带了一条干巴巴的信息——“一切安好。甚念。”南希甚至都没心思在纸上画骷髅和腿骨。

沉闷的一天只有一次受到了某种搅动，而且那是在即将过完这一天的时候发生的。

“他又画了一圈白漆呢。”就在勘探者们动身回家的时候，罗杰突然开了口。

灰色的岩石上溅泼着一大片白漆，位置比第一次略低一些。

“哎呀，今天晚上我们什么都做不了了。”苏珊说。

“明天早上也不行，”南希说，“假如他在我们动身之前就到了那里。”

“不能自己做饭可真倒霉。”苏珊说，“甚至我们得等到泰森太太让我们吃了早饭才可以出发。”

他们差不多是在悄无声息中迈步回家的。

今天晚上谁都不想侧过身朝老窑场那边再看上一眼。提提在经过它的时候还把脸撇到了另一边呢。浮现在她脑海中的仍然是南希船长手拿叉棒孤注一掷地走来走去，最后把它扔进灌木丛中的情景。她深知南希曾经一直希望那根魔棒好歹会在她的手上发生效应，就像在提提手上那样——如果说它确实发生过的话。提提已经对自己产生了怀疑，虽然每当想起它的时候，她几乎觉得树枝末梢就在她的手里扭动呢。万一考察队因为被迫在一块很难称作营地（至少不像燕子谷和野猫岛那样的营地）的地点扎营，最终无果而归，又该怎么办？嗨，就连贝克福德的花园都略胜一筹呢。万一弗林特船长回来了又怎么办？“哎呀，你们这一阵子干了些什么呀？”他可能会问，他们只好回答说：“没干什么。”——没找到天然金块……什么都没有。然后，他将听说一个全然陌生的人抢在他们前面闯了进来——提提一想到这里就忍无可忍了。而且肯定有个“本该存在之地”，那是扎营的最佳场所，有让他们搭帐篷的空地，而且那道“长城”便于眺望高顶岗子，而且那棵瞭望树甚至更加便于放哨者监视阿特金森农场。要是山溪没有干涸该多好啊。假设迪克关于那些深绿色灯芯草的说法没错；假设那里始终有水，只是等待发现；假设榛树枝在她手上能够奏效，并且她只要愿意尝试，就可以发现；假设考察队有自己的探水法师，而这位探水法师在被真正需要的关键时刻却拒不相助……

提提稍稍加快了步伐。

勘探人员第一次及时回到泰森农场吃晚饭。

“这就对了，”泰森太太说，“每个人都有了更好的表现。尽量继续保持，南希小姐。我想，你们这一天过得挺好，而且为了让这一天有个完满的尾声而早早地回来了。”

晚餐期间谈起了别的一些假期，谈起了驾船航行，谈起了海陆战役，谈起了在诺福克一艘旧船的舱室灯光下面编造故事，谈起了那年夏天捕鲑鱼的情形——那时条条山溪里都充满了水呀。但是，谁都没有心思谈及探矿的事。谁都猜不到这是一队黄金探寻人员的晚餐呢。

“怎么回事，提提？”苏珊注意到提提始终一声不吭，于是就悄悄地问了一句。

“我挺好的。”提提说。

晚饭以后，她悄悄地溜了出去。

“提提在哪里？”没过多久有人就问起她来。

“可能是给鸽子送新鲜水去了吧。”另一个人说。

但是，提提紧紧抿住嘴唇，再次走进泰森家的树林，正在沿陡峭的山路攀缘而上。

第十五章　提提下定决心

天空一片灿烂，但是树林却在阴影之中，树下几乎是一片幽暗。提提身子前倾，嘴唇紧咬，迅速爬上陡峭的山道，尽可能走得又快又没声息，并且时刻谛听下方的农场可能传来的呼唤她的声音。她心里明白自己打算去做什么，但她不想让别人猜到。她必须把这件事再试一遍……但是又不想让任何人看见。假如其他人都在盯着看，而她最后又不能毅然决然地碰那根树枝，那就惨了。于是，起初十分钟里，她攀登速度极快，但是脚步尽量轻轻放下，并且竖着耳朵听着，就仿佛她是个出逃的囚犯一样。

如果带上多萝西，或者罗杰，或者迪克，仅仅为了逃跑而不是为了她的当务之急，那倒是非常有意思的。但为那件非做不可的事情，她是不想要他们任何一个人的。到时候无论发生什么情况，她都会发现独自一人要容易得多。

经过十分钟的攀登，她停下来喘口气。好在今天没有多少像样的勘探，好在今天晚上天气凉爽。她侧耳谛听起来。她听见山下的隘谷中远远传来一头母牛哞哞叫唤的声音，一只牧羊犬在狂吠，母鸡们在泰森农场院子里煞有介事地大吵大闹。她勉强能够看见下方远处一小部分灰色石板屋面。但是谁都没有呼唤一声“提提”。这就好了，于是她再次赶路。

天色很快就暗了下来。燕子谷和隘谷对面丘原上空的霞光正在升高，随之而来的薄暮笼罩了东边的群山。独自一人处在光线渐暗的树林之中，只有一阵短暂的不适。这时树叶出现一阵突如其来的骚动，当即响起猫头鹰的长鸣。提提心想，这可是地地道道的猫头鹰，而不是模仿出来的叫声。她回想起独自一人在野猫岛上的一个夜晚，有只猫头鹰就是这么叫的，结果，就在事情好像不太对劲的时候，一切都变好起来了——这是个好兆头。

她走过了上午和迪克发现干涸小溪残坑边上那些细小脚印的地方。现在天色太暗了，很难通过南希扔下的榛树枝条来寻找她走过的那条路径。提提两手张开又合上，心想自己能否把南希的榛木叉棒捏在手上。

她必须如此，必须如此。

“镇定，”她提醒自己说，“别犯傻。喘气是没有意义的。”一想起南希那带叉的榛树棒，她差点飞奔起来。她再次放慢脚步。

她已经到达树林上端，拐弯走进了通往烧炭人的老窑场的灌木丛，这时她突然听见干树叶在沙沙作响，某个小东西正在迎着她走下来。她掏出手电筒，却没有把它打开。不管那是什么东西，它正走在上方不远的小道上呢。她一动不动地站着。它就在那里。一只兔子？不对。她立即明白了，它就是在半山腰的水塘边留下泥泞足迹的小东西。一只刺猬正在山道上不紧不慢地小跑而下，不时地抬起头来嗅嗅。那是一只在黄昏时分匆匆走来的小刺猬呢，它似乎明白周围有点异常，但它只想寻找与自己身高相近的东西，始终没看见面前比自己高出好多的提提。它在紧靠她双脚的地方漫不经心地一路走下山道，不仅动作快，而且噪声大，仿佛这片树林就是属于它自个儿的。

“它也要水呢。”提提自忖起来，“就像我们一样，它必须下山找水。如果我真的在山顶附近找到了水，它肯定会很高兴的。”

为了不把刺猬吓着，她让它在她脚下完全走远了之后才继续朝可能扎营的地点走去。在烧炭人清出的那片空地上，光线比较充足些。提提知道南希上午扔掉叉棒的确切地点。南希对于选砍合适的树枝是有把握的，所以还是尝试使用那根树枝为好，不必再另外寻找了。

她一下子就找到了那根树枝，首先抓住交叉点，把它捡拾起来，最后才把那两个分叉末梢握在手里。不过，无论如何，或许不会见效呢。

提提咽了一两次唾沫。这里没有人看见，假如她没法让自己动手去做，毕竟谁都不会知晓。

“哦，得了，”她喃喃自语，“你非做不可。最好克服一下。”

她把树枝调转过来，握住两个叉头，一手握一头，就像南希在泰森太太家的抽水泵边上那样。她发现自己呼吸十分急促。

“笨蛋，”她口气坚决地说，“你想扔就直接扔掉嘛。”

她开始在老烧炭平台上走来走去。什么情况都没发生。

“白痴，”她说，“无论如何不会是这儿的。”

她离开平台，走进树林，望着迪克所说的绿色灯芯草那幽暗的光影。她发现了一丛灯芯草。仍旧什么都没发生。

“没有关系，”她对自己说，“这事你干不了。那天夜里不过是个意外嘛，什么都不必害怕。而且你已经试过了，所以不是你的错……”

然后，她差点丢下树枝。来了，痒兮兮的，有点晕。与那天晚上在泰森农场有所不同，但却是同一种情况，树枝正在蠢蠢欲动。

好长一段时间她都站在原地不怎么敢动。后来她跨出了一只脚，树枝就像起初那样静止不动了。

“这真傻。”说着，她退回原处，顿时觉得双手大拇指根部受到的树枝的压迫，就跟刚才一模一样。

“嗨，它又不能咬你。”说着，提提就强迫自己在林子边缘的灌木和矮树中间走来走去，进进出出，与刚才在“本该存在之地”的开阔平台上一模一样。

树枝再次动了起来，又再次停下，接着又在她手指之间扭动起来。

“这里的确有水，”提提对自己说，“肯定有水。除非荒诞不经——就像迪克所想的那样。”

她慢慢朝前走着。树枝越拉越起劲，她想把它丢下，但出乎意料的是，她好歹没像第一次那样感到恐惧。其中一个原因是，现在没有人在旁边看着她呢。就在她自愿再次握住树枝的那一刻起，她就打了个胜仗。眼下，她几乎已经渴望感觉树枝的拉力。拉力减弱了，她就退回来，直到又有了拉力感为止。接着，她又朝前走起来。这就像是在找东西，同时有一个知道东西藏在哪里的人在她接近或是远离藏物地点时，对她喊出“太热”或者“太冷”之类的暗示语一样。

当她走得更加靠近“长城”时，树枝的扭动突然变得剧烈多了。就在两块岩石之间，这里有一个浅坑，对了，坑底又是一簇灯芯草。她走在岩石之间，情况就跟在泰森农场院子里一模一样，手里的叉棒好像要一跃而起似的。两根叉头抵着她的拇指，与此同时，叉点竭力朝地面倾斜，致使枝丫变弯，她的双手都得跟着转动，最后它差点蹦出她的手指间。

“它在这里，”提提说，“我找到它了。”她再也没有任何疑点了。迪克错了。这根本不是她的主观想象，想象是不可能让榛树枝把她的双手扭痛的呀。她再也不怕了，这是存在于她和树枝之间的一个秘密。不管理由是什么，这东西毕竟是有效的。她心中十分肯定那里是有水的，水就在她所站立的地方；同样也十分肯定，天色已晚，如果就寝时间赶不回泰森农场，苏珊必将非常生她的气。她把榛树枝精确地摆放在她所站立的地面上，然后动身走进树林。刚一走出树林就踏上了烧炭人的平台。“‘本该存在之地’，”她对自己说，“最终成了‘能够存在’之地呀。”

天色已经更加黑暗了，她一再发现自己偏离了脚下的道路。她竖起耳朵探寻刺猬，但是却没有听到它的动静。她试图找到她和迪克朝干涸山溪留下的小坑拐弯的地点，可她没能在黑暗中把它找到，而且没敢回过身去。好吧，或许明天吧，刺猬是不会为了晚间的饮水而走得太远的。她开亮了手电筒，快步走下山道。

“提提！喂！”

那是南希在下方树林里喊她的声音。

“来啦，”她亮开了嗓门，“喂！”

苏珊和约翰在桥上谈事情，罗杰和他们在一起，正把小石头和挡墙上的几片干苔藓朝河床的石块上投掷。一旦石头碰巧掉落在还有一点剩水的地方，就会不时响起微弱的溅水声。这就像是在抛硬币，有溅水声算是“正面”，没溅水声则是“反面”。罗杰正在尝试连续获得三次溅水声。桥下不远处的浅水坑是他们所能找到的最佳洗浴地点，佩吉、迪克和多萝西正在光脚踩水，或者说是在蹚水，这对在荒凉的高地上勘探了整整一天的疲惫的双脚来说是一大慰藉。

南希正在上方的树林里呼唤着。

“提提——喂！”

提提不知为什么失踪了一阵子，南希觉得自己曾经看见她穿过大门走进树林，于是就出去找她了。

约翰和苏珊谛听着。

“这事干得都挺顺利的。”约翰说，“南希装出一副真不计较的样子。如果可以探水而又不肯探水的人是佩吉的话，那么我们也应这样对待呢。但愿那人是你或者我，而不是可怜的提提。”

“这可不妙啊，”苏珊说，“你知道提提像什么样子的，她很容易受刺激。昨天夜里我觉得她会病倒的。”

“我知道，”约翰说，“但是，涉及咱们中间的一员，事情就显得如此糟糕，而且整个考察队已经乱了套，就因为不能在高顶岗子上扎营啊。”

“只要我们能够办到，一切都会大不一样呢。”苏珊说，“可是我们不能叫提提再试一次呀。”

“连续三次溅水。”罗杰说。

但是，船长和大副都没在听他说话。

“亚马逊号的人会认为咱们辜负了她们的期望呢。”约翰说。

“我们是爱莫能助嘛。”苏珊说，“而且她即使真的去试一下，很可能还是没法找到水啊。”

“糟糕的是不肯尝试呀。”约翰说。

“连续三次溅水。”罗杰说，“你们听见没有？连续三次溅水呢，幸运正在降临哪。”

“她在那儿呢。”苏珊说。

“啊嘿。”这声回答透过薄暮笼罩的树林，从远处传来。他们又一次听见了南希的声音：“喂，啊嘿——喂。”

“她刚才到山上去干吗呀？”苏珊说。

“就为了避开我们大家吧，”约翰说，“我敢打赌，她已经非常讨厌它了。”

“哎呀，”苏珊说，“咱们把帐篷里的灯都点亮吧，人们睡觉的时间到了……”

五分钟后，暮色中的帐篷有了微弱的亮光。不时闪烁的手电筒表明南希和提提正在走下那片树林。

“喂，”佩吉不愿独自睡在那顶与南希合用的帐篷里，于是喊了起来，“快点过来呀！”

这时，突然响起奔跑的脚步声，南希冲进农场院子，穿过果园大门，回到了那帮决定脱掉衣服、钻入睡袋的勘探人员中间。

“燕子号万岁！”她大喊了一声，“提提成功了！全是她一个人干的，她终于干成了——”

“可那是怎么回事呀？……干成什么了？”大家一下子问开了。

“什么？”南希大声说道，“当然是那件唯一的头等大事呀。她一直在探水呀，她刚刚又爬上山林寻找‘本该存在之地’去了。她已经找到了一眼泉水，就在迪克的灯芯草旁边，恰好就是我们想要的地方呢……”

提提跟在后面走进了果园，她突然感到非常疲惫。

约翰一只手把她抓住，另一只手拍着她的肩膀。天色太暗，没法看清他的面孔，但她知道他是多么的开心。

“干得漂亮，提提，”他说，“干得漂亮！干得太漂亮了！”

“你是怎么做的呀？”佩吉说。

“你有没有看见水呀？”多萝西说。

“当然没有看见。”南希说。

“我们不一定能把它弄到手呢。”约翰说。

“公山羊烧烤！”南希说，“如果有水，我们就能把它弄到手，哪怕被迫一路挖到澳大利亚去也行。”

事情的真相渐渐弄清楚了——上午南希是如何砍削了一根叉棒并且进行了徒劳的尝试，她是如何被迪克和提提看到的，提提是如何在晚饭以后走进树林，如何在贴近窑场背后的地方试用南希削成的那根叉棒，她手里的叉棒是如何在迪克留心发现的那些灯芯草旁边再次扭动的。

“它是不是非常吓人？”多萝西说。

“其实也不，”提提老老实实地说，“有了第一次就不怕了。”

“它真的是自己在扭动吗？”迪克说。

“当然是的。”南希说，“干得漂亮，提提。再次为一等水手欢呼吧。你已经挽救了一切。我们甚至会比‘扁帽子’还要靠近高顶岗子呢。每天派个人下山来拿一次牛奶，其余时间我们都要使劲勘探……”

夜色降临整个山谷时，沿着花园墙根的帐篷由于都点了灯而变得格外明亮。

南希、佩吉和约翰正在热烈谈论用镐头和铁锹挖井所需的东西。在一顶帐篷里面，有个身影先是一拱，然后伸直了。一盏灯被吹灭了。

“静一点，”苏珊说，“提提已经睡了。”

“我没睡。”提提正想开口，但却没把这句话说出来，不一会儿这句话就不再符合事实了。

其他人都安定下来，准备拥抱黑夜。谈话声已经消失，灯都依次熄灭了，花园里一片漆黑。农场底楼没有灯光，一支蜡烛在卧室窗户里闪烁。它终于像营地上的油灯那样熄灭了。

勘探队员隔着一顶顶帐篷互道“晚安”，声音极轻，以免把熟睡中的探水法师吵醒，但是语气远比离开贝克福德以来的任何夜晚都要欢快。

突然，罗杰想起了一件事情。

“我不是对你们说过吗？”他说了出来，“在我连续三次成功听见溅水声的时候，我不是说过好运正在降临的吗？”

谁都没有答话。

“死猪。”说着，罗杰就定下心入睡了。

第十六章　挖　井

到了早晨，疑云已经消除。

提提一觉醒来就听见人们在她的帐篷外面谈话。

“你知道可能只有一个提提，”苏珊说，“她可不希望咱们带着铁锹上去，结果却都像皮特鸭洞里的石头。”

“嗯，”接着是南希的声音，“我随便拿什么跟你打赌，她昨晚确实试过了。你能够明白她经历了什么样的紧张兴奋吗？”

后来，早饭吃完了，勘探人员即将出发了，这时，约翰走到提提跟前悄悄问她：“我说提提呀，带些铁锹过去行吗？我们把工具运上去，可不想一无所获啊。”

“我是要带铁锹的。”提提说。

“不管怎样，她认为她成功了。”就在他们要去问泰森太太借工具时，约翰对南希说。

“铁锹？”泰森太太说，“你们不会在花园里开挖，是吧？”

“哦，不是的。”南希说。

“是到山上的树林去。”约翰说。

“最好看看罗宾能帮你们干点什么。”泰森太太说。

罗宾·泰森是泰森太太已经成年的儿子，正在管理农场，他给他们找来几把铁锹。他也不希望他们在花园里东掘西挖，在听说他们是要进树林开挖时，他笑了起来。

“你们用铁锹是干不了多少事情的，我想。”他说，“你们需要的是撬棒。你们会发现石头比泥土还多呢。”

“我们能带一根撬棒吗？”约翰问。

“有点沉呢。”罗宾·泰森说，“最好还是我帮你们扛到山林上去吧。”

“哦，不了。”南希说，“我们能行，我们两个人抬。不过还是非常感谢你。”他们最不希望的事就是让土著人插手帮忙，尤其是在最终可能没有水的地方挖井这种事情。

最后，他们拿来两把普通铁锹，其中一把是在蜂房背后的坯屋找到的园艺小锹，那是泰森太太用来种花的。还有一根大撬棒，由约翰和南希抬着。

“把哪只鸽子带去呀？”罗杰说。

“我们可以信赖的那只，”南希说，“可能会有重大消息要传送呢。”

“我要带上荷马。”提提说着，就背着背包，扛着小锹，提着装有荷马的鸽篮上了路。重大消息会不会有呢？就连在庭院里再等一分钟她都不愿意。

多萝西在她后面直追，终于把她追上了。她们一起爬上了陡峭的盘山通道。

“假如你发现了泉水，那就太棒了。”多萝西说。

“可是万一没有呢？”提提说，“我们不好说，要等他们试过以后。”

“我打算把它写进一篇小说里，”多萝西说，“当然会有改动。我要把你写成一个男孩子，那件事情完全是你自己用树枝完成的，你还带上铁锹动手挖了井。它发生在夜里，云缝中透出了月光，突然之间你已经挖得够深了，水汩汩而上，朝着月光直喷——”

“继续讲，”提提说，“后来又发生了什么？”

“我还不太有把握呢。”多萝西说。

勘探者们气喘吁吁，酷热难耐，终于来到了岔路口。他们在高大的水曲柳树下那杂草丛生的小道上穿行，接着就走进了烧炭人留下的开阔窑场上。

“树枝在哪里？”南希说。

提提在其他人的紧紧跟随之下快步走过空地，走进生长在空地与高顶岗子的陡峭岩面之间的小树和灌木丛中。

“它就在这里面的某个地方，”她说，“那儿有两块岩石，还有一簇长在凹坑里的灯芯草。”

“这儿有一簇灯芯草。”迪克说。

“不是那些，”提提说，“那是我第一次试过的地方，什么情况都没发生呢。”

不知怎么，提提今天对榛树枝的感觉完全不同了。她第一次拿起它的时候吓得要死要活。第二次是她在傍晚主动拿起的，她是经过激烈的思想斗争之后才肯试试的。可是现在试验已经做过了，她准备再试一次。她想让怀疑分子口服心服。她想让自己确信，她所经历的艰辛并没有白费。他们现在必须把水找到，非找到不可。

“树枝在那儿呢！”她喊了起来，“这就行了。它正好还在我昨夜放的地方。至少我认为是这样。”

南希把它捡了起来，按照卜水的姿势握在手里。

“来吧，提提，”她说，“再试一遍。它就是不在我手上扭动呢。”

约翰和苏珊惊讶地发现提提几乎是迫不及待地接过树枝。迪克正密切注视她的手指怎样准确地捏住它。多萝西注视着她的脸。佩吉和罗杰盯住地面看，仿佛希望有水往上喷出。

“我要从一边开始，”提提说，“我昨天晚上在这里试了没什么动静……当时我刚刚开始靠近那些灯芯草……它开始动了……它正在拉呢。”

“注意，提提，是你本人在让它动吧。”

“不是我。”提提说。

“保持安静。”约翰说。

“它正在往下拽呢……看着它呀！”佩吉说。

“疼不疼？”多萝西问。

“别打扰她。”南希说。

“就是这个地方，”提提说，“我再也握不住它了。”就在她说这话的同时，叉棒一下子挣脱了，差点掉在她的脚上。

“给这地方做一圈记号吧。”南希说，“就用撬棒。来吧，约翰。好吧，用锹也行。咱们动起来吧。”她甩掉了背包，没等约翰和佩吉围着提提和树枝挖成圆弧，就抓起大铁锹，使出浑身力气往下挖。大锹才挖下去一英寸半，就被一块石头死死顶住。

“多亏咱们带来了那根撬棒啊！”约翰说，“每个人都要注意自己的脚啊。”

撬棒有个尖头，约翰首先把它压进地里。他一再往下戳，把泥土和小石块撬松了。

“小锹在谁的手上？”南希说，“在约翰继续撬挖更多地方的时候，咱们把那一片清理出来吧。”

“让我来。”罗杰说着，就把第一锹松动的土石挖了起来。

泥土太干，把它破开可是件力气活儿，因为它里面充满了石块。为了使铁锹的工作更容易些，约翰用撬棒在这里捣一捣，在那里戳一戳。然后，南希接过了撬棒，佩吉为了保住自己的脚趾而跳到一旁。

“小心点儿。”佩吉说。

“对不起，”南希说，“我不是故意靠这么近的。”

顿时，撬棒碰到个东西，声音和手感都像一块坚硬的岩石。

“我们完蛋了。”南希说。

“我们没有钻机是不能穿透岩石的。”迪克说。

“让咱们再戳一戳吧。”约翰说。

他用撬棒的尖头在这里挖一挖，在那里戳一戳。最后，尖头比以往戳得更深，而且没有发出碰上岩石的尖厉响声。

“我找到了它的边缘呢。”约翰说。

他开始在挖出的洞孔里面扭动撬棒。

“它不是坚硬的岩石。”他说，“我可以感觉到那东西在移动。”经过铁锹和手指几分钟的艰苦劳作，巨石上端的泥土已经被清除了。约翰在巨石的一侧插入撬棒，使尽全身力气朝两边猛摇。南希也把自身重量增加了上去。

“它在动了！它在动了！”

“把铁锹插进去，稳住它。”约翰说。

铁锹都插了进去。撬棒移到了另一处位置，再次插进地里。

“注意啦！”南希说。

“使劲！”罗杰喊道。

石头正在上升。再使劲一撬，它就彻底松动了。它的一头起来了，顿时被五六只手抓住了，不一会儿，就被拉出了它所长久填塞的平滑深坑。

“泥土是潮湿的。”迪克说。

“水！终于有水啦！”多萝西叫了起来。

虽然没有冒出水来，但是每个人都可以看见，在他们拉出石头的那个凹坑底部是暗暗的、湿湿的。南希跪下去，伸手探摸起来。

“她真的找到了水呢！”她大声喊道，“探水法师了不起呀！干得漂亮，提提！来吧，我们只要挖得够深就行了。别的全都无关紧要！今天不去探矿了……”

接着，他们想起了“扁帽子”——这是那天第一次想起呢。罗杰和佩吉受到派遣，从隘谷爬到岩顶。他们可以看到远处泼在灰石堆上的岩石中间的白漆标记，但却没有对手本人的身影。约翰把撬棒交给南希，爬上老水曲柳的瞭望枝丫，然后报告说，“扁帽子”正在阿特金森家的花园里抽着烟来回踱步。

“最好有人走下去守望着。”南希说，“去一个不必挖地的人。”

“多萝西。”佩吉说。

“我也去。”提提说，而当看到南希的惊讶眼色时，她补充说，“我很想去呢，真的。稍后我再走回来。”

“好啊，”南希说，“没有足够的铁锹分到每个人的手上，你到那儿倒是更能发挥作用。”

提提和多萝西带上各自的旅行背包，沿着树林边缘往下走到罗杰在大门对面蕨丛中间的躲藏地点——通往阿特金森家的大车车道就在那里与褐谷路分岔开来。

“我来给你讲讲吧。”多萝西说，“我把《湖区逃难》带在背包里，为了帮你把注意力从挖井那件事上转移开来，我给你选读几段吧。”

于是，当提提伏在蕨丛里一边望着大路和树林中的大车车道，一边直视“扁帽子”的时候，多萝西就伏在她的身旁，支着下巴的胳膊肘儿就在她的练习本的上面，用一种只比耳语略高的音量读起“湖区的逃犯”如何躲在芦苇丛中，并在敌人鼻子底下溜向河浜的情形。

“芦苇一边颤抖一边分开……黑帮的小船船头悄悄进入了月光照耀的河道之中……前头毫无危险，但是就在这时……”

提提一会儿是半心半意地听，一会儿是三心二意地听，而当多萝西的声音颤抖起来，表明她即将进入激动的时刻时，提提全心全意地倾听起来。可她发现自己很难忘掉正在泰森家林子上部的树下热火朝天的挖掘行动。那上面正在发生什么呢？他们挖到多深的地下啦？他们有没有遇到坚硬岩石的阻碍？她曾亲眼见过那潮湿的泥土。难道就这样了吗？假如你到达了地面以下，说不定处处都是湿湿的呢。他们真能找到水吗？关于澳洲土著人在大旱之年面对数千绵羊惨死的情况是如何在灌木丛中找水的故事，所有人中最最友好的土著人是怎么讲的呀？这里也死过一只绵羊，而且黑莓丛中的刺猬也不得不走到接近隘谷的地方，从干涸的山溪所残余的死水塘中喝水。

上午即将过去的时候，因为看见"扁帽子"从大车车道往上走来，那篇作品的轻声朗读才突然中止了。可他并不是要去勘探，他没有往高顶岗子上走，而是拐弯朝下方的大路走去。

"我们应该让他们知道。"提提说，"我们也该留个人守在这里，万一他又走了回来呢。听着，多特，我如果过去，你不介意吧？我必须过去看看他们挖了多深了。"

多萝西一点都不介意。"行啊，"她说，"有一部分正好需要重写呢，我要把它弄完，这样，在你走回来的时候，就可以读出来了。在不得不一直在脑子里进行改动时就朗读出来，可不怎么好呢。"

提提沿着高顶岗子边缘走了回来。挖井的人们似乎异常安静，她指望听到撬棒碰在石头上发出的叮当声，却根本就没有听到。他们甚至都不在说话。有一阵子她差点以为探水到底还是失败了呢。她从隘谷往下走，又穿过岩石下方的树林。他们就这样聚在一起，到底在干吗？一大堆石块和泥土表明他们已经往下面挖了很深，还没有放弃。难道他们所做的一切全都是白费力气吗？

"喂，提提！"南希喊道，"过来看看吧。你已经干得很好啦。"

"我们得到了第一杯水。"佩吉说，"虽然非常混浊，但是正在沉淀。迪克把第一颗白石头丢了进去，你可以看见了。"

"它是一口泉水，"约翰说，"这是你发现的呀。快点，南希，我们必须继续挖。把石头分离开来，等会儿咱们是用得着它们的。"

"让她看一看吧。"南希说。

他们给她让了路，提提朝马克杯里看去，见到的是一种褐色液体，凑近一看，只见上面半英寸几乎是清水了。

说来真怪，她竟然发现自己正在咬着嘴唇，同时感觉到眼睛里一阵奇热。

她汇报了侦察到的情况。

“好。”南希说，“他正在浪费自己最后的机会呢。我们明天就要在这里扎营了。公山羊烧烤，可他发现我们在高顶岗子上面，一会儿在他前面，一会儿在他后面，甚至始终都在，就不感到失望吗？”

南希有点迟疑不定，但只持续了一会儿。

“你认为泰森太太会放我们走吗？”苏珊说。

“那只鸽子在哪里？”她说，“我们立刻把它送走。”

“你打算说点什么？”罗杰边问边掏出一支铅笔和一张裁到合适尺寸的纸片。

南希把纸放在一块石头上，舔舔铅笔写了起来：

一切安好。提提在高顶岗子旁边发现了水源。明天迁营。请过来和泰森太太面谈，并把鸽子带来。一如既往的燕子号、亚马逊号船员和迪克森家姐弟。

“怎么样？”她边说边用手把纸片卷成了一个卷儿。当提提沿着高顶岗子去跟多萝西会合时，荷马被从岩石的顶端抛向了天空，带着信息飞向了贝克福德。

“多么了不起呀！”多萝西在提提走进蕨丛，来到她的身边，并把他们找到水或至少泥浆的情况告诉她以后说，“我就知道事情会如愿以偿。我把那最后一章做了彻底改动，我必须从我停下的地方前面一点开始往下读。你不会介意的，是吧？”

“苏珊说了，现在该吃饭了。”提提说。

“好吧，”多萝西说，“我们得把它读完呢。如果老是停顿，肯定会毁掉一篇小说的。”

下午的时光在文学批评中一晃就过去了。没有哪位小说家遇到过更为开心的听众呢。多萝西把笔记本上的文字一直读到最后，对于还要写的东西做了说明，并且回顾了第一章的内容，以便让提提对于将会变得重要起来的某些小小伏笔有所关注。这时，提提说：“这实在是一篇精彩的小说啊！”

“扁帽子”回来了，他在大路上走得很慢，好像脚有点痛，等他拐弯进入阿特金森农场大门时，天色已经晚了，侦察员们于是一同返回原地。

“我正打算派罗杰去喊你们回来呢。”苏珊说。

“你们觉得怎么样？”约翰说，“底部有些硬的岩石，我们不能挖得更深。”

挖出来的杂物全都不见了，辛辛苦苦挖出来的一堆石头已经用来为水井砌筑了三面防护壁。第四面则用大石头砌成一级一级的台阶，以便让人们舒舒服服地走下去把水壶灌满。

“噢，提提！”多萝西说，“瞧瞧这水吧。”

“喂，”提提说，“比我想象的好得多呢。”

“你的水井！”南希说，“它会载入地图的。如果有人在地图上拥有一席之地的话，那肯定就是你。‘提提的水井’。人们将永远心怀感激——他们至少应该这样呢。也该感激我们的挖掘，这可是件非常吃力的活儿呢。”

迪克在一根树枝上刻了刻度，伸进岩洞测量了水深。

“就跟以前一样深呢。”他说，“为了摆脱泥浆，我们还丢弃了很多水呢。”

“一直都在冒泡呢。”罗杰说。

“实在是好水呀！”南希对着沉淀了整整一个下午的那杯水啜了一口说，“比家里的水还好呢。这水值得喝呀。”

由于苏珊的劝阻，其他人把喝第一口水的时间推迟到第二天。

“开始下山吧。”她说，“我们要等它沉淀之后才能做更多事情呢。”

“再也不想做更多事情了。”南希说，“天啊，我浑身都僵了呢。”

“我也是。”约翰说。

“迪克，”提提说，“我在想，那只刺猬今天夜里会不会过来喝水呢。”

“那咱就等着瞧吧。”多萝西说。

“它现在随时都会蹿过来呢。”迪克说。

但是，南希这次总算赞同了苏珊的意见。

“快走，”她说，“我们还是快点为好，我们实在需要让泰森太太保持好脾气呀。”

他们迅速下山来到农场，依次在抽水泵下洗了洗，及时到泰森太太那里吃晚饭。就在泰森太太分发大盘大盘的通心粉奶酪时，南希瞅准时机公布了消息。

“我们打算明天搬迁。”她说，“我们在树林顶部找到了水源，您再也不必为我们做饭了。”

泰森太太不相信。

“那上面除了干枯的山溪根本没有一滴水啊。”

“我们有了自己的泉水啦。”南希说。

“你一定是在开玩笑吧，南希小姐。”泰森太太说。

“不是开玩笑，”南希说，“那是一口正常的水井。我妈妈明天上午过来，就为亲眼看看呢。”

“呃，”泰森太太说，“你妈妈要来，我是很高兴的。她说起话来很有道理。可你别无缘无故把她喊到山谷上来，她正在为墙壁贴纸和油漆忙得团团转，房子里挤满了水暖工，你舅舅快要回家来了。一天满打满算也不过只有二十四小时呀。”

晚饭吃得很开心，紧接着，大家都愿意早点睡觉。

“最后一夜在宿舍里睡觉啰！”南希趁着道晚安的机会兴奋地嚷嚷开了。

“万一布莱凯特太太不同意呢？”那是约翰的声音。

“我妈妈看到了这样的水井是绝对不会不同意的。”

已经钻进睡袋的提提握紧双手，仿佛是要再次感受榛树枝那奇异的拉力。她的奋斗值不值呢？千万倍的值。现在她无法想通自己当初怎么会害怕。

第十七章 迁 营

泰森太太把他们喊进去吃早饭时，果园住宿区内已经没有一顶帐篷了。靠近墙壁的那一排颜色格外苍白的小块地面显示着他们曾在那里留宿过。有些帐篷已经折叠装车，还有一些正被他们跪上去进一步压扁压平。约翰正在把登山绳索松开。苏珊清点至今不曾有机会使用的储备物品。旅行背包正在被塞得鼓鼓囊囊，到了快要胀破的地步。

“你们这是怎么啦，南希小姐？”泰森太太说，“你们把所有这些用车子拉到树林上去了，可别又拉下来哟。因为你肯定会再拉下来的。我不能让你们到那上面去，又没水，又不好做饭。你们要是在那里弄出一点火星子，草梗就会着火，就像头发碰到蜡烛一样。天哪，我弄不明白，这几天这么热，你们上去想得到什么呢？你们最好还是在底部玩玩——再没有什么地方比我们家的花园更凉快的了，它外面就是奶牛场呢。”

“如今我们在那儿有了丰富的水源呢。”南希说。

“你得给我说出比这个更好的理由。”泰森太太说，“你不会不等你妈妈过来就到树林上面去的，对吧？”

可南希心里正是这么想的。

早饭刚吃完，最后一顶帐篷已经装上了手推车。大鸽笼被固定在最上头，同时用绳子扣在底下，笼子里只装了那只独来独往、不可信赖的萨福。凡是手推车上面没地方装载的旅行包都被挂在车子下头。苏珊和佩吉推着车子，约翰和南希在车子前面用绳子拉。营帐搬迁开始了。

“我们争取在我妈妈到达之前赶回来。”南希对四名准备等候布莱凯特太太的一等水手说，“可是我们必须把一些帐篷搬上去，让它看起来像个已经成形的营地。别让她跟泰森太太有话可说，并且匆忙做出决定。无论发生什么情况，都别把她放走。戳破她的车胎——你们高兴怎么样就怎么样——就是要把她留住。她如果不看水井，不晓得营地有多美，是很容易走错一步的。”

手推车摇摇晃晃地出了大门。四名水手跟在后面，目送他们的哥哥姐姐们在第一个拐弯处走上通往树林的陡峭山路。

“仅仅够它勉强通过呢。”迪克说。

“漂亮的大毛驴呀。”罗杰说。

“你自己才是毛驴呢。”佩吉回过头来说，“你就等着把单峰骆驼拉上去吧。”

水手们回到花园整理剩下的一切，为下一趟做起了准备。他们把单峰骆驼（就是脚踏车）推出库房，靠在墙上，还把睡袋捆儿挂在车座和置物架上。

“我们没有旅行背包就再也做不了什么了。”迪克说。

“咱们去迎接她吧。”多萝西说。

他们离开花园，穿过场院，走过小桥，缓缓走在干涸的亚马逊河上方的路上。他们把鞋子脱掉，踏进勉强淹到脚脖子的有水地方——那里曾经是一方深深的水塘。他们的心思早就飞得远远的了。南希倒是显得非常自信，可万一布莱凯特太太采取一种土著人的观点看待问题又怎么办呢？万一水井干了又怎么办呢？万一泰森太太拒不听劝又怎么办呢？

“听。”最后提提说，并且开始穿上鞋子。他们可以听见老爷车在山谷远处咔嗒咔嗒的响声。

“是布莱凯特太太。”多萝西说。

他们正好来得及穿上鞋子，爬上大路。

“她来了。”罗杰说，拐弯的地方开来了那部旧汽车。布莱凯特太太使劲把车闸刹住，随着被刹的车轮刮过路面而发出一阵难听的噪音，车子停了下来。

“喂，”她说，“其他的人在哪里？你们要是能找到空地儿，就跳上来吧。把鸽篮放在膝盖上……把脚搁在那些罩壳上。我给你们带来了三打姜汁汽水。可是南希在哪儿呀？”

“他们都到新营地上去了。”多萝西说。

“你们没有真正发现水，是吧？”

“到现在为止有可能已经干了呢。”提提说。

“昨天有很多水的。”多萝西说。

“蒂莫西来了吗？”罗杰说。

“没有，”布莱凯特太太说，“我昨天才在火车站问过，而且也没接到我弟弟的来信。真滑稽。他现在可能该到家了，而我们甚至连他的船名都不知道呢。抓牢一点啊，你们每个人。对不起，这玩意儿每次发动都会这么颠簸一下的。”

随着齿轮突如其来的一声响，老爷车好不容易往前一冲，大家的身子都往后一撞。

“也许你可以慢慢松开它们。”迪克说。

“我要是那样做，它就老是会停下不走。我相信我是不会妨碍它的行驶的。”

她开动汽车向前行驶，猛烈右拐，就开上了狭窄的小桥，然后停进了农场的院子。

“我还是把它掉个头吧，趁我还在车上。”她在他们爬出车厢时说。在她开动汽车在石铺的场院里时快时慢地掉转方向之际，迪克、罗杰、提提和多萝西帮她看着前后，及时提醒她防止碰擦。

“哦，好了。”她关掉引擎，下车察看了一圈说，“前挡泥板已经凹陷过好几次了，后面的也一直不走运。没有实质性的损伤呢。”

“别进去看她，还是等他们回来再去吧。”提提迫不及待地说。

“南希随时都会回到这里的。”多萝西说。

可是，泰森太太就在门廊里面，布莱凯特太太也已经看见她了，于是她们俩一同走进了农场。

“他们正在往这儿走呢，”罗杰说，“我能够听见手推车正在冲下来呢。”

但是已经来不及了，那对儿土著人的磋商会早就开始了。船长和大副们带着手推车冲进场院时，只看见老爷车和四个水手在一起。

“天啊！”南希说，“你们没让她进去吧。”

“我们尽了最大努力阻止过她。”多萝西说。

但是，就在这时，布莱凯特太太走了出来，他们听见泰森太太正在和她说话。

“当然，布莱凯特太太，还是你去说吧。”好啊，好啊，什么都没有决定下来呢。

“这都是怎么回事呀，你们这些野孩子？”布莱凯特太太一边亲吻南希和佩吉，一边说，“为什么把你们的营帐搬到高顶岗子上去？泰森太太说你们在这儿住得挺舒服呢。”

“我们曾经……我们现在，”南希边说边走到她母亲与门廊之间，“太舒服了。”她酸溜溜地挤挤眼睛，压低声音补充道，“可不光因为这些，我们必须靠近我们的工作地点。而且你也说过，只要有水，我们就可以的嘛。只有等你看到了提提的水井再说。我们将会减少对泰森太太的打搅。而且苏珊也急着要做做炊事工作呢。是吧，苏珊？还有……哦……不管怎么样……过来看看吧……”

“在什么地方？”

“就在老窑场旁边。正好就在我们想去的地方，在高顶岗子边上。”

“直接爬上去吗？”布莱凯特太太说，“我会在半路上累死的呀——”

“哦，不，你不会的。”南希说，“看，我们有手推车呢。我们一起往前拉，很容易就能把你带上去的。”

“如果非去不可的话，我就去吧，”她妈妈说，“不过手推车就不坐了，谢谢你。你得让我按照自己的速度走过去。”

“我们不会走得太快。”佩吉说，“我们还要运一车东西上去呢。”

“她带来了好几箱格洛格酒呢。”罗杰说。

“做得真好，妈妈！”南希说。

“你们万万不会把那些瓶子通通带上去又通通带下来吧。”布莱凯特太太说得几乎就跟泰森太太一模一样。

“我们不必把它们带下来的。”南希说，“不喝空就不会带下来。你就等看了营地再说吧。”

布莱凯特太太穿过灌木丛，走进烧炭人昔日留下的空地，同来的还有满载物品、各由一个“毛驴”用绳子在前面拉着的两部脚踏车，还有两辆装着几箱姜汁汽水、剩余行李和储备物资（上面绑着装有荷马和索福克勒斯的旅行鸽篮）的手推车。这时提提惊讶地看到这里有多少事情已经被干完了。她上次看到这里还只是林子顶端的树丛中间一片光秃秃的平台，眼下它成了一座宿营地。苏珊在窑场正中垒起了她平常拥有的石头火炉，五顶帐篷搭起来了，全部面对着火炉，并且还有树木为它们遮阴。

“哟，我得说，它还挺迷人。”布莱凯特太太在长时间攀登之后气喘吁吁地说，“你们得为鸽子找个凉爽的好地方。”她又补充了一句。

“它简直要比那座花园好上几倍呢。”南希说，“在山下那边根本就不像个营地。除了野猫岛以外，这里是我们所能拥有的最好营地。”

“可你们的水在哪里？”她母亲说。

“过来看看吧。”说着，南希在前面带路，穿过营帐背后的树丛，这时提提再次吃了一惊。

石头砌成的井壁已经显得相当陈旧。有人已经把大量苔藓填入石缝，还把它弄湿，让它得到生长机会。在这样的炎热天气里，只要看一眼湿润的青苔就有提神的感觉。至于水井本身——泥浆已经沉淀，小水坑清澈泛光。

“你们的意思是说，是你们把它挖出来的？”布莱凯特太太说。

“用了昨天整整一天呢。”苏珊说。

“这里以前什么都没有吗？”

“只有遍地石头。”罗杰说。

“是提提用一根魔棒找到了水源吗？”

布莱凯特太太并没有要求把卜探水源的具体做法演示一遍。或许在她往树林上面攀登时，她已经从南希口中听到了关于第一次在泰森家的抽水泵周围做试验的情况了。

“嗨，提提，”她说，“只要你想发财，你就可以到处走走，在干旱的地上为任何想找水的人探求水井。”

“这是‘长城’。”南希带路经过黑莓丛来到巨岩底下说，“接着咱们就爬上这条不让外人知道的隘沟——对你就不保密了——然后咱们就能往高顶岗子上看啦。”

“有意思。”说着，布莱凯特太太举目朝野外望去，看着远远一侧干城章嘉峰巨大的山体，看着这座北面封闭南面敞开的大山那弯曲的山脊，看着朝南边和西边伸展的蜿蜒起伏的丘原，“有意思。自从我上次来到这里，想必已经过去一百年了呢——”

迪克以极不相信的目光打量着她。

“没错，”她说，“我上次在这儿的时候，像这样的东西全都没有。老式汽车之类的东西基本还没发明呢。”

她正在往南远眺，那儿短短一段爬向丘原的褐谷路显得白茫茫、灰蒙蒙的。一辆小汽车正停在那条路上，路边那些小黑点儿表明车上的人正在晒得枯黄的草上休息。黑点儿转眼就不见了，他们进到汽车里面，车当即开走了。

“阿特金森田庄恰好就在那个角落上，不是吗？”布莱凯特太太说，“你们从那儿取牛奶就近得多啊。”

“可是我们不能，”南希说，“那儿有某某人——”

“哦，对了，”布莱凯特太太笑了，“你们的仇敌呢。但愿是个没有恶意的客人。我猜想他对你们派给他的那个角色一无所知呢——”

“你要是已经看见他在高顶岗子上四处游荡的模样就不会这么讲了。”南希说，“他还在碎岩堆上刷了一块块白漆呢。”

“哎哟，”她母亲说，“如果他在上头忙活，你们是不会相互妨碍的。可别去捉弄他。记住，他可不是你们那位长期逆来顺受的舅舅呀。”

他们在“长城”顶上逗留了十分钟左右，还在石南丛中为布莱凯特太太找了个舒适的座位，同去的迪克本来打算寻找一条蜥蜴的，转念一想，在面临这么多人的情况下，蜥蜴是不会出来露面的。他开始朝远处看，希望见到一只老鹰或是红头鹫，这时他突然发问：“我说，提提，你带着望远镜呢吗？”

“我带了。”约翰说。

“那部小汽车待过的地方，就在褐谷路上，”迪克说，“是不是在冒烟？”

“你虽然戴眼镜，可是眼神挺好使呢，”布莱凯特太太说，“如果你能看见那儿的任何东西的话。”

“我戴着眼镜就能看清东西，只有不戴眼镜才看不见，”迪克说，“要不然就是在眼镜碰到一点潮气的时候。”

“他说得对。”约翰说，“看一看吧，南希。”

“可能是哪个笨蛋客人在乱弄火柴。”南希说。

“我和你一起过去吧。”

她把望远镜朝她母亲膝头一丢就出发了。约翰朝她追了过去。

“我能看一看吗？”罗杰拿起望远镜说。

“约翰正在赶上她呢。”提提说。

“南希还在前头。”多萝西说。

“我能清清楚楚看见烟呢。”罗杰说。

布莱凯特太太一下子站了起来。“难怪所有的农场主都感到紧张呢。”她说，“你们知道泰森太太想把你们放在自己的眼皮底下的真正原因了吧。在这种天气情况下，他们都怕失火呀。眼下很容易着火的。假如迪克没朝那个方向看的话——”

“他们到那儿了，”罗杰说，“正在上面跳舞呢——”

“我能看一看吗？”多萝西说。

每个人都轮流看了一遍。再也看不见冒烟了，但是约翰和南希靠在一起，踩踏着地面。他们终于动身返回，还不时回头张望一下，生怕刚才没有注意到的火星可能还残存在干草皮中间。

“你能发现火情，真了不起。”约翰回到岩石跟前时说。

“你们两人都干得很好。”布莱凯特太太说，“我在回家的路上会把这事告诉泰森太太的。谁知道烟火会蔓延到哪里才结束呀？我要对她说，有你们在这边山上密切注视这种情况，她就可以高枕无忧了。只是不管你们做什么，可别在自己的地方点着啊。”

“妈妈，”南希气呼呼地说，“我们这么做过吗？”

“没有，我得承认，你们没有。而且旧窑场是块扎营的安全地点。要是每个人都能像苏珊那样会弄炉子的话，我们就能安全度过旱季，始终不让乔利斯中校有插手救火的机会。”

“他会非常失望的。”佩吉说。

“我想他会失望，”她母亲说，“可是其他人会非常高兴的。你不知道一场火灾会造成什么结果。我还记得小时候看见湖对岸的山上烧了起来。你知道，火就是从你们去年冬天搭建雪屋的地方……燃烧起来的，一烧就是七英里，烧死了沿途的每棵树木，还烧毁了三座农舍。难怪泰森太太感到紧张。所幸人们活着逃了出来。”

“请把这事通通告诉我们吧。”多萝西说。

他们把布莱凯特太太从树林送到了半山腰。

她不肯让他们再往下走了。

“你们得继续整理你们的营地，而且你们已经上上下下走了两趟了。不，别送了，你们快回去吧。我会在泰森太太跟前帮你们说好话的。”

“我根本没想到她会同意呢。”苏珊在他们走回空地时说。

“要不是因为提提的水井，她就不会同意。”南希说。

“还有就是把火扑灭了。”提提说。

“全都管用呢。”南希说，“她会用它们去安慰泰森太太的。”

“咱们为自己做些灭火的扫帚怎么样？”约翰说。

“这有什么不可以的？”南希说，“要是这事都不能讨好泰森太太，那就没有什么可以了。”

那天没有进行任何勘探。约翰马上着手做灭火扫帚，而且，正如南希所说，谁都不能在一两分钟内建好一座营地。他们在花园的宿舍区度过了那些糟糕的夜晚，曾经与文明近在咫尺，从今往后，他们想把这座营区搞得像模像样。他们帮罗杰和提提把余下的帐篷给搭建起来——它们和别的帐篷都被安排在空地边缘——还把储物的帐篷挂在几棵松树上。他们在一棵老灌木底下为姜汁汽水造了个凉爽的地窖。他们搭建了个高出地面的架子来安放鸽笼。再次可以按照自己意愿做饭的苏珊和佩吉需要柴火，于是大家动手把掉落在地的树枝收集起来，带回营区，就地劈好了，堆垛起来。约翰和南希制作了柴枝大扫帚，还用绳子把它们绑在结实的水曲柳树枝上。苏珊在空地中央筑起了平生最好的火炉，它远离下垂的树木，而且可以随时拿起灭火扫帚把火炉周围地上可能碰上火星的枯枝败叶扫掉。

“它们是比泰森家里的扫帚还要好得多的灭火扫帚。”提提说。

“让咱们在某块草地上点一点火……只要小小一块地儿……看看我们多快能够把它扑灭。”罗杰说。

“除非等到下了点雨。”约翰本人刚才也曾有过同样的念头，于是说，“天气这么干燥，只要一颗火星，咱们就可能把整个高顶岗子点着。”

“像在泰森农场那样把它们垛起来吧。”南希说。于是八把灭火扫帚被放到了一块儿，八根扫帚柄在地面，八把扫帚则在半空交合。

“就像一只白鹳的窝。”多萝西说。

“下面还支着八条腿呢。”迪克说。

中午，他们吃着泰森太太做的三明治，心里十分高兴，可是到了傍晚，苏珊就在新的火炉里把营火点起来了。就在约翰和南希为了决定由谁下山去泰森农场拿牛奶而准备掷抛硬币时，路上响起了沉重的脚步声，罗宾・泰森闯进了这片空地上。泰森太太已经听过布莱凯特太太说起提提的水井，并且同意让他们在那儿扎营了，可她还是把罗宾派到树林上面亲眼看一看。他带来了一罐牛奶。

“我妈妈说了，你们想要什么，尽管说一声。”

“非常感谢。”苏珊说。

罗宾・泰森好奇地四下打量。

“你们这水是从哪里弄来的？”他说。

“就是这儿。”南希说，“过来看看吧。”

罗宾・泰森跟随她走出营区，进入老窑场和“长城”之间的树林。她在那儿把提提的水井指给他看，当时佩吉正在那里把大水壶摁到水里将它灌满。

罗宾・泰森也把手指头伸进井水，还舔了舔。

“咦，这就奇怪了，”他说，“还是好水呀，我这么多年都从来不知道这儿有水呢。”

“但是原来没有。”南希说。

罗宾看看她，又看看其他人——罗杰、佩吉、多萝西和约翰。他们是随后赶来的，就为看看他会有什么想法。

“按理讲，它本来就应该存在呢。”他说。

“是的，那当然了。”南希说，“可是我们不得不把它挖出来呀。提提用一根榛树枝施行了卜探法术，才找到了这块地方。”

罗宾的神情表明，他好像觉得不值得跟南希争辩哩。

“哎呀，是好水。”他说，“我妈妈生怕你们到远处的山溪那边找水喝。山溪可不干净，而且要等下了雨发了水才行。”

他把手指伸进水里，又品尝了一次。

“祝你们大家晚安。”说着，他就走了。过了好久，他们还能听见他那沉重的靴子踩在多石的林间小道上发出的响声。

回到营地一看，炉火烧得正欢。火炉一侧的平底锅正嗞嗞作响。苏珊和佩吉把黑黑的大水壶往横杠上一挂，接着小心翼翼地把它下降到火头的位置。

“第一夜就吃普通牛肉糜压缩饼啦。”苏珊说。

“什么时候？”罗杰说。

“等水壶烧开以后。”

“哦。”罗杰说。

“是不是宁愿住在泰森农场啊？”南希说。

“当然不是。”罗杰说，“我说，好久不曾有谁看见‘扁帽子’了。”

“这样反而好。”南希说，“可是，在我上一次观察的时候，他不在那儿呢。”

一个侦察小组爬上了高顶岗子边缘。罗杰带头爬上岩石中间的隘沟，他举目朝碎岩堆望过去。

“他肯定到过那里！”他嚷道。

“你是怎么知道的？”南希说，“哦，天哪！他到底是在搞什么名堂？”

暮色开始笼罩，但是他们在朦胧之中还能看出“扁帽子”再次来到灰色的碎石堆上干活。那儿曾有两个那种白漆标记，现在已经是三个了。

“吃晚饭吧。”罗杰说，“咱们马上就出发。”

“太晚了，”约翰说，“我们必须带上一盏灯，这样不管远隔几英里都会被看到的。”

“现在你们发现在这儿宿营的好处了吧，”南希说，“明天就不必等待泰森太太了。天一亮我们就出发去碎石堆，看看‘扁帽子’干了什么，而且还可以趁他还在舒适的床上呼呼大睡时就下来呢。”

他们回到新的营地，那里的营火在暮色中越烧越旺。

“茶快要准备好了。”苏珊说。

“大副先生，”南希说，“那个‘扁帽子’又过去刷了个标记呢，我们必须了解到底是怎么回事。我和约翰天亮就动身，我们还得把迪克带过去，看看‘扁帽子’在捣鼓些什么。我相信他没有发现任何东西，但是我们最好有点把握。”

“迪克得早点去睡觉。”苏珊说。

“我们都得这样。”南希说。

可这是假期里头一回在自己的野外宿营地上过夜，甚至还摆脱了最最友好的土著人。吃过普通牛肉糜压缩饼，再吃果酱面包和苹果，这些或许比不上泰森农场的晚餐，但是，无论如何都更值得一吃，还可以喝上一口由苏珊用他们自己的井水煨出来的茶，把食物送到肚子里去。“唱唱歌儿好不好？”南希边说边把最后一只苹果核扔进火里。他们唱起了他们喜爱的老歌《西班牙女郎》和《磨蹭的约翰尼》，还有另外好几支歌曲。与此同时，火光在树木和围成半圈的淡色帐篷上闪闪烁烁，忽隐忽现。唱完歌曲，他们坐下来听着山谷里一只猫头鹰在下面鸣叫，听着营火噼啪作响，看着轻烟朝头顶上的星空飘升。白漆标记无论有还是没有，决心下得再好也无济于事。时候真的不早了，他们终于舒舒服服地钻进各自的睡袋，熄了灯，迎来新的一夜。

第十八章　白色斑点

时辰的确不早了，太阳不等他们再次醒来就照在了帐篷上。已经来不及在早饭之前动身了。约翰迅速下山去泰森家拿早餐牛奶，因为他跑起来比其余的人都快。这顿早饭是快速完成的。“扁帽子”可能随时都会醒来，就在约翰、南希和迪克匆匆忙忙走过高顶岗子的同时，一支侦察队已被派去监视阿特金森农场了，一旦有人动身，就马上发出警报。

“可这是为了什么呢？”南希说。

他们正在看着灰石堆的陡坡上方一块岩石上的巨大白漆斑块。看样子实在没有道理。这里只有峻峭难攀的山坡，没有任何旧巷道的影子。这里比高顶岗子还高。他们刚才离开的那片原野平展在他们下方，犹如一幅地图。他们甚至可以看见远处的湖泊、群山，还有格陵兰高地——圣诞假期里迪克就是在那里把被困悬崖的绵羊救下来的。不过，他们爬到这么高的地方，可不是为了观赏风景的。约翰用手指甲刮了刮白漆。

“就是普通的油漆。”他说。

“走吧，”南希说，“咱们还是去看看另一处吧。”

他们爬呀爬，有时在岩石上用手和膝盖爬，有时绕过一小段陡峭难攀的巉岩。他们上气不接下气地来到第二处白漆斑块跟前，站在旁边可以望见更高的那一块。

“哎哟，它把我打垮了。”南希说。

“发现了什么情况，教授？”约翰说。迪克正在用小刀挖东西，同时面带愁容。

“他一直在锤打这东西，”他说，“但是我想不明白那是为什么。”

就在白漆圈子上方一点点的地方有一条宽宽的石缝，石缝里充满了褐色、红色和黑色的东西，看上去像铁锈和灰烬。这里还有锤子印（别处都没有），旁边还有敲出来的碎屑。看样子有人曾经试图打扫石缝。

“它是什么？”约翰说。

“铁，我想是的。”迪克说，“而且还生了锈。但是我也不太清楚。”他从背包里掏出那本矿物学书籍，却发现没有什么帮助。

约翰和南希用自己的锤子敲打那东西。

“它不过是灰尘。”南希说。

“不会的。”约翰说，“咱们去看看顶上的那个吧。”

他们再次攀爬，来到第一个而且是最高的白漆斑块那儿。这里乍一看似乎也一样，在靠近这个斑块的地方也有一条看起来像是石缝的东西——六七英寸宽，里面满是同样发红的尘土。

“他曾在这个地方锤打了好大工夫呢。”约翰说。

“是想要打井呢。”南希吃吃一笑，就拿她的锤子柄在尘土里戳了个洞。在它周围有灰色岩石的碎片，好像有人在这里用过锤子和凿子。到处散落着发红的尘土细屑。

“咱们再到底部那片斑块那里去看看有没有任何类似的东西。”约翰说。

“对，”南希说，“那样就能确定了。不过，我说，教授，你对那东西有把握吗？”

“还真没有把握，”迪克说，“可它看上去像是铁锈。不管怎么样，它不是金子。”

他们又是跳跃，又是奔跑，又是滑行，迅速冲下山坡，有时又猛然停下，从侧面小心地绕过最陡峭的路段，一直来到最下面的那片白漆跟前。

“到了。”约翰说，“就跟上面的一样。”

他们打量着另一条石缝，里面充满了与先前看到的一模一样的红色尘土，这里也有“扁帽子”的锤子和凿子留下的痕迹。迪克把一个又一个碎片捡了起来。

“我不相信它们有任何价值。”他说。

“喂，他的漆罐在这儿呢。”南希说。

他们三人把漆罐细看了一遍，仿佛它会回答问题似的。但它什么都没有回答，它是一只普通的漆罐，带有一个钢丝提环，还有一个压入式盖子。它的标签上印的是“家用油漆。白色。室内室外均可使用”。

迪克在那一瞬间已经非常接近事实真相了，但是他们谁都不知道这一点。而迪克很快就抛开了当时的想法，他仍旧端详着从石缝中凿出来的发红的碎片。“他是不会真正对这种垃圾感兴趣的。”

“明白了，”南希说，“我们是笨蛋，傻瓜，没有头脑的傻瓜。他当然不是，他只是在假装。他已经猜到，石板瓦匠鲍勃把没有告诉他的东西告诉给了我们。他到这上面来就是为了找个借口监视咱们。他可以从这里看见高顶岗子上的一切。就这么回事。你知道，他起初没到这上头来，是一直等我们开始勘探之后才上来的。”

她突然不说话了，因为看见约翰的脸已经红得像只熟透的番茄。

“怎么啦？”

她转脸朝他正在凝望的方向看去。

“扁帽子”就独自站在五十码开外的山坡上，背着他们朝远处眺望，仿佛不知道他们在那里似的。

南希的嘴张得大大的。她手上还拿着陌生人的白漆罐呢，她赶紧把它放回了原处。

“我第一次看他的时候，他正在朝这儿看呢。”约翰悄悄地说，同时有一种差不多在别人家的花园里被当场捉住的感觉。

“我能肯定它不过是铁而已。”迪克说，因为他刚刚用他的小刀刮了一小片。

“住口！”南希气咻咻地说，“看吧！”

“咱们就问问他这是什么东西嘛。”迪克说。

“不能，”南希说，“我们必须撤出去。快。别朝他那边看。”

迪克瞅瞅约翰，可是约翰也完全赞同撤出，而且是越快越好，但又不能撒腿奔跑。毕竟他们谁都不认识“扁帽子”，即使他是个正在寻找黄金的竞争对手，他们被当场发现正在查看他的漆罐，并且正在打量他曾用锤子忙活过一阵的地方，这毕竟是不太好受的。虽然妈妈是土著人中最最友好与善解人意的，但这种事情就甭指望她会表示赞同呢。

他们悄悄地、不紧不慢地走下灰石堆，并从高顶岗子一路朝营地走去。

他们一路都没有回头看灰石堆，无论“扁帽子”会不会朝他们看。但是约翰和南希就觉得他的眼睛正盯在他们的背上呢。迪克心里也有别的烦恼，他在考虑红色尘土的事。但他一路上倒是非常振奋。

“没准儿他自己都不知道那是什么呢。”他最后说。

“他只不过是利用它作为上去监视我们的借口。”南希说，“他的全部恶行就在于泼了那些白漆。他的目的就是密切注视我们，一旦我们发现了黄金，他随时准备强占我们的矿址。我们今天过去看是非常正确的，就连苏珊都会这么说呢。可是，我不知道我们的侦察员在干什么，他来了，怎么不向我们发出警告呀。”

在高顶岗子上走到一半时，他们遇到了正在朝他们匆匆忙忙赶来的罗杰、佩吉、提提和多萝西。

“他有没有说什么？”多萝西问。

“出什么事了？”提提问。

“你们真是一帮能干的侦察员哪，”南希尖刻地说，“竟会让我们那样当场被人家发现。你们为什么不发信号？”

“我们发了呀。”佩吉说。

“就像一台台风车，”罗杰说，“一小时又一小时轮番运转，但是根本没用，因为你们从来没看我们嘛。”

“我想我们不能那样啊。”南希说这话时的口气是相当温顺羞愧的。

回到营地时，苏珊已经为他们炒了鸡蛋，她是把一只又一只鸡蛋打到平底锅里炒的。接着，大家就磋商开了。不管发生什么情况，每个人都得远离“扁帽子”。苏珊的这个观点是很坚定的，约翰和南希由于有了早晨的经验教训，几乎变得和苏珊一样安分起来。

“但是他其实什么都没说嘛。”多萝西说。

“这就跟说了一样糟糕！”约翰说。

“甚至更糟呢。”苏珊说。

“或许我们应该停止勘探，除非他不在那里。”

“如果我们停下，”南希说，“他就会知道，我们已经发觉他涂的白漆不过是掩盖他正在注视我们，以便发现石板瓦匠鲍勃叫我们寻找的是什么地方呢。”

“南希说得对。”约翰说，“我们应该继续，就像没有发现他一样。”

“我们是没发现嘛。”迪克说。

午饭过后不久，索福克勒斯就被放飞了，它所捎带的消息没有提及“扁帽子”：

新营地再好不过了。你就试试咱们的炊事本领吧——我指的是苏珊。

落款处的那只骷髅笑得挺开心，谁都猜不到事情曾经到了多么棘手而又难以避免的地步。

那天下午，勘探人员排成长长的横队在高顶岗子上齐头并进地搜索，好像当时“扁帽子”不在上方的山坡上忙活似的。而“扁帽子”也在继续自己的工作，好像时常朝他张望的勘探人员并不存在似的。他甚至又添加了一个白漆标记，就在第三个标记下方一点点的位置。他离开灰石堆回家时，那些勘探人员还在高顶岗子上。看上去好像他对他们可能正在做什么几乎并不关心。

如今不必到山下的泰森农场去吃饭，所以他们那拉网式的搜索一直继续到黄昏时分。佩吉首先被派到山下去取更多的牛奶。苏珊为了生火烧晚饭，于是跟她一同离开了。其余的人继续干到天黑看不见为止。

晚饭以后，南希和约翰在地图上把他们已经搜过的部分标出来，用黑点表示他们发现的旧巷道，用阴影表示已经梳理过的地带。他们一想到已经过去了多少天，就发觉阴影部分似乎偏小呢。

“你们知道吗，我们第一次做的比那以后做的都多。”南希说。

“是的，我们不得不安排人监视他嘛。”约翰说。

“而且后来还得挖井，还搬迁营帐呢。”南希说。

“我们还有多少天？”提提说。

“谁都不晓得。”南希说，“不管怎么样，我们明天一定要早点起来，我们大约要搜索两百平方英里呢。”

“横着往前梳理吗？”罗杰说，“我不相信这样有什么好，我们排成一排往前是根本找不到它的。它可能就在我们到不了的地方——直到离开的时候——如果它的确存在的话。”

“我们知道它是真的存在的。”南希说，“只要我们继续寻找，我们一定会找到它。如果我们仅仅是到处瞎闯，我们就永远找不到它了。”

第十九章　罗杰单干

“‘扁帽子’走掉了。”

“其实没有吧？”提提在水曲柳树下面抬头看着正在树枝上面瞭望的南希船长说。

“他已经动身——”南希告诉下面说，“他已经动身走下大路。我们将再次拥有高顶岗子啦。”

提提奔回了营地。

“南希说他已经走下大路——”

“我们赶快把早饭吃完吧。”约翰说，他刚从泰森农场取回了早餐牛奶。

过了一会儿，南希从瞭望树往下滑了最后几尺就到达了地面，然后把贴在膝盖上的青苔抹掉了。二十分钟以后，他们八人已在高顶岗子上一字排开，开始了新一天的拉网式搜索。由于“扁帽子”走向了另一个方向，或许是沿着大路，绕过湖边的拐角到里约镇去了，他们决计碰碰运气，尽可能全面搜索一遍。

但是，由于这样那样的原因，上午的工作比以往沉闷。他们仅仅发现了两条值得一看的旧巷道，而这两条都不像石板瓦匠鲍勃所说的那种巷道。这两条巷道都处于破败状态，约翰和南希不让年龄小的孩子们往里走。提提的线团没能派上用场。罗杰越来越感到无聊。就连提提都开始因为没有侦察活动而觉得可惜呢。多萝西不时朝山坡上的白漆标记遗憾地瞧瞧。没有坏人的小说会是什么样子呢？此时此刻，只有迪克一个人不受外界影响，他只对不同的石头感兴趣，手中的锤子忙得不亦乐乎。

中午，他们再次回到高顶岗子这一边。这是原先就安排好的，他们在树荫下面享用的午餐包括冷牛肉糜压缩饼、苹果、果酱小圆面包，还有每人一瓶姜味啤酒。他们早早就放飞了萨福，为的是给它充裕的回家时间。消息写得很乐观：“一切安好。”罗杰认为，既然高顶岗子上还有大半地块需要搜索，那么这条消息就显得过于乐观了。

下午，他们又在另一条地带上开始搜索，一路横扫到灰石堆脚下。这次趣味性有所增加，因为他们有好几道小山梁、小山谷和小山沟要通过，他们在那里发现了石南和灰岩混在一起。这虽然显得很有希望，但是他们却没发现旧巷道的踪影。就在傍晚来临之际，他们为了开始搜索新的地块而移到了北面，开始返身朝亚马逊河谷推进，这时，罗杰差不多已经处于叛变状态了。

他们在高顶岗子上还没走到一半，他就构思了个秘密的花招。他在勘探队伍中左看看右看看，谁都不像早晨那样满怀希望了，队形也不如先前那么笔直整齐了。有的落在后面，也有的跑得太快。随着他们慢慢走上回家之路，横队在石南、蕨丛和岩石中间一会儿这么弯，一会儿那么弯。队伍依然存在，而罗杰心想，假如他不被发现就能从一头走到另一头的话，那么这将会是一种相当好的侦察实践。所幸目光最锐利的南希就在他的左侧，其余所有的人都在他的右侧。他朝四下里细瞧一眼，依次看见了约翰、提提、多萝西、佩吉、迪克和苏珊。他把可能有用的东西留意看了一下，譬如一大片岩石、一条溪谷，其中最好用的是一溜宽宽的欧洲蕨，它们在他前面不到二十码的地方，并且朝高顶岗子上面延伸，几乎一直延伸到多萝西曾经手脚并用攀爬过的岩埂上。

罗杰等候在蕨丛边上。谁都没朝他这边看，机会就在眼前。好，蕨丛中间有条羊肠小道。罗杰又四下张望了一次，再过一会儿，假设人们碰巧往这边看，那么，除了蕨丛顶部的微微抖动之外，他们将什么都看不出来。

他从约翰和提提背后走过，接着就往蕨边一趴，偷偷看多萝西会有什么反应。她就在眼前，靠他极近。罗杰一动不动。甚至就在多萝西本该看见他的时候，他差点就要在她跟前走出来了。她已经离开岩石，正在慢慢走过开阔地，嘴里还在大声说着话。没准儿她也对勘探产生了一点厌倦呢。“黑帮一看机会来了，趁着暮色躲藏起来，就在相距不过扔块石头、射支箭的地方，不，就在敌人伸手可及的近处闪身而过。”在这一瞬间，罗杰还以为多萝西已经发现了他，为了让他知道她已看出他的举动才故意这么说的呢。紧接着，他想起多萝西的那本《湖区逃难》，于是明白了，多萝西在和其他人一起探矿的同时还在忙着为她这本书构思一个章节呢。

他在潜伏的地点看不见其余的任何人。他待多萝西稍稍走远之后，就把身子弓到地面，溜到了她刚刚走过的那片岩石背后。他在这里找到了理想的休息地，可以从这儿往外看到其他人都在干什么。他还得等佩吉、迪克和苏珊从这里走过呢。他想，一旦他悄悄地从这块岩石后离开，进入石南丛中，那就十分容易了。他们三人都在卖力探矿。他朝他们观察了一阵。他们不曾有一个人往身后看过，正在匀速向前推进。

罗杰又转脸朝多萝西、提提、约翰和南希看去。他可以依靠这一溜隆起的岩石把自己同他们隔开，一路到达石南丛中。他再次出发，冲过一段开阔地，接着躬身喘了喘气，听了听动静。没事，佩吉没有发现他。她就在那里，正一路穿过蕨丛，匆匆赶往又一片多石的地段——或许有机会找到什么呢。罗杰再次站了起来，又朝前溜了二十码，埋伏到一块岩石后面。接下来面临了长时间的难堪，因为他甚至没法抬头，肚子贴在干草上往前爬。这是名副其实的潜行，它比勘探更有意思。他真希望提提也参与进来。喂，迪克和苏珊在干吗？他们有没有发现什么东西？他们已经停下，正聚到一起打量一些岩石。不管他们了。如果他们不再前进，而是停留在一个地方，一个潜行的印第安人该怎么从他们背后溜走呢？罗杰在等待，迪克和苏珊还是没动，罗杰的耐心已经到了极限。当然，这是在冒险，但他一旦钻进了石南丛中，就有可能从他们的鼻子底下过去而不被发现。

他进入了石南丛中，正循着一条羊肠小道向前蠕动。已经出现紫色石南，几乎长满了整条羊肠小道，因此肚皮贴着地面的罗杰不得不用手拨开一条通道。开放的花朵上持续响起蜜蜂的嘤嗡之声。羊肠小道上绕结在一起的蕨根使他想起这段时间忘得一干二净的蝰蛇。嗨，甭想拿根小棍儿敲打敲打，因为他手头没有，而且一位潜行的印第安人最忌讳的就是弄出声音来呢。

罗杰拿定主意，如果没有首先肯定不至于碰上一条正在睡觉的蛇，手就绝不轻易伸向任何地方。

他虽然没有碰见任何蛇，但他由于过分小心提防而把潜行的动作和所有的一切都弄忘了，于是，当一只雄性松鸡在他面前不到一码处突然拍打翅膀，“啪嗒啪嗒”地发出一种类似大钟走不动的声音朝石南上方飞逃时，他吓得差点叫出声来。松鸡的声音不像是鸟，而像是爆炸。罗杰吓了一跳，差点完全站起来，他极其艰难地抑制住自己的舌头，并且及时伏到地上。他听见了迪克的声音。

“有个东西惊吓了松鸡。你有没有看见那是什么？该不会是只狗吧？”

迪克的声音好像来自他的右前方一点的地方。在这种晴朗安静的日子里，声音传得如此清晰。罗杰哪怕拿出一大块巧克力，也想要弄清迪克此刻正在他前面多远的地方，可他不敢把头抬到高出石南的位置。迪克已经注意到松鸡飞出来，就必定会去看看具体地点。按照他以往的脾气，他就该走进石南了解一下，是什么把松鸡撵飞的。现在唯一要做的就是在不让石南颤动的情况下，快速向前，并且希望前面没有更多的松鸡。

羊肠小道并不是笔直的，五分钟以后，罗杰又希望有一只罗盘了。“至少嘛，”他自忖道，“不完全是要一只罗盘，还应该要一个潜望镜，这样我就可以朝石南外头张望，而不会被人看见了。”

后来，石南的终点突然到了，四肢匍匐着的罗杰发现自己正在探头凝望着沼泽中心的一块洼地。从他脚下开始，岩石的高度越降越低，一直降到与杂草覆盖的底部齐平。洼地另一侧的岩石再次升高。目光越过了洼地，他可以远远看见高顶岗子，看见“长城”，看见隐藏着的营地上方瞭望树的顶层枝丫。

响起了脚步声，还有人们在他身后不足二十码的纵深石南中穿行的噪音。眼巴巴地等着他们过来把他踩着就不好了。罗杰开始往洼地底部走去，同时伸手扶着长在石缝中的石南。其他的勘探者随时都有可能从上方俯瞰到他。他朝下一滑就是半段路程。他刚一倒下就打了个滚，马上被一丛石南挡住了，结果发现自己悬挂在那儿，脚都不能着地。小小的石块哗啦哗啦地往下直滚。他放开石南，于是掉到地上，发现自己的目光正对着一个黑暗的三角岩洞。这比他所期望的任何东西都好。他弯腰钻进洞口，抬头看了看，只见除了岩石和刚才把他挂住的石南之外什么都没有。石南已经翻卷回到了原来的状态。哪怕顶上的人往下看，都不能看见他……

他的时间掌握得恰到好处。

“你听见了吗？”迪克正在发问，“嘿，这里又有一条那样的深谷呢。”

“这是咱们今天早上看见过的那条，”苏珊说，“我们来过这儿。我们已经太偏右边了，都怪我把你喊过来看那些石头。瞧，我们距离佩吉已经太远了。往左推进一下吧，再在同一块地面重复是没什么用处的——”

“是，遵命，长官。”这是迪克的声音，它就在上方。听见迪克在用船上见习水手和一等水手的口吻说话，罗杰咧着嘴窃笑。

他们穿过石南，向左边移动，不久就能看见整条山沟了。罗杰从短裤后袋掏出手电筒。恰恰就在他需要的时候发现的这个洞属于一个什么样的洞呢？他对着黑暗揿亮了手电筒。他立刻看见，这是一条旧巷道，而且是非常古老的一条巷道。洞内有一条隧道，朝前几码以后就通向一个小岩洞，它很像皮特鸭在燕子谷的岩洞。它并不继续向前延伸，所以今天上午不曾有人注意到它。绝大多数旧巷道之所以容易发现，是因为它们外面有个石堆，堆上往往覆盖着一层草皮，但看上去还是不够自然，它是当年矿工们带出来扔在那儿的一堆岩石废渣。这条巷道几乎是刚一形成就被废弃了，一小堆废渣就散落到了山沟底部，或者被运去筑羊舍了。洞口没有剩下任何东西可以让人看出悬岩下面并不仅仅是个黑暗所在。

罗杰借着手电筒的光线在里面那道岩洞中踮着脚走来走去。他在这里是安全的。苏珊和迪克可以毫不怀疑地走过去。谁都无法猜到他是已经彻底失踪了。他爬回洞口侧耳谛听着。

他听见左边远远的某个地方有一声微弱的叫喊：“喂！”

“喂！喂！”苏珊和迪克正在回答。没错，他们已经越过了山沟的尽头。那些喊“喂”的声音不会是为了吸引他吧。谁都不曾注意他的离开，否则苏珊的喊声中就会带有不同的音调。他们根本没有发现异常情况，否则迪克和佩吉就会发出不同的声音。这几声“喂”是从垂头丧气的勘探者们口中发出来的，纯粹是因为大家都在荒野上的缘故。现在就自我暴露是毫无用处的，他们认识不到他的这点潜行本领有多了不起。在人家还没有念叨他的时候就早早出来是不管用的。

他重新走进岩洞，开始考虑一个真正管用的主意。可惜提提不在这儿，不过，她要是在这儿的话，这就不仅是他的发现，同时也是她的发现了。罗杰心想，此时此刻他应该开始为自己探索些东西了，他用手电筒照了照岩顶和凿过的侧壁。几百年前就有人在这里工作过。他想起了独自钻在鳕鱼断崖内部单干的石板瓦匠鲍勃。置身于这短短几码的岩洞口，倒是不难冒充是在真有半英里或更长的洞中呢。外面进来些许亮光，那是难免的。“哎呀，”他自言自语道，“那也可以是来自某个拐角处的大灯嘛。”其实这总体上是件好事，因为可以让他省掉手电筒。而且他的眼睛正在适应黑暗，既然来到了这里，那就干点采矿的活儿怎么样？石板瓦匠鲍勃并不是仅仅坐在山体内部不干活的。罗杰掏出护目镜戴上，用他的锤子对着洞壁使劲敲了一记。响声比他所想象的大得多，但是连一小片石头都没有敲坏。他们在外头会不会听见声音呢？他等了一两分钟，及时听听动静，接着又试敲起来。然后，他打着手电筒，开始在洞壁上寻找一个可能有机会敲下一点石头的地方，使劲敲打毫无反应的岩石可不怎么好玩。在岩洞最里边，他发现了一条缝隙，虽然不算是直上直下，但也非常近似这种形状。他左手举着手电筒，右手握着锤子，使劲一敲，一片岩石就剥落下来。

“这儿不太硬。”罗杰喃喃自语，又在石缝上下敲了一两记，敲掉了更多的岩石。“石板瓦匠鲍勃真强壮。”罗杰一边敲一边避让再次飞迸的石片。岩石成了细小碎片，在他手边掉落。他在第一条石缝近旁发现了另一条石缝。它是早就存在呢，还是他刚才敲出来的？这是真正的采石呢。他击中了两条缝隙之间的那块岩石，同时在尖叫声中连连后退。一块大小相当于一本拉丁文字典的岩石已经松动。在它掉下时，罗杰虽然及时跳到旁边，但是它带下的一小块却砸到了他的脚脖子。

“哎哟！”罗杰弯腰揉揉那个部位。

这就够了，他要把采石工作留给石板瓦匠鲍勃。接着，他一边弯腰揉着脚脖子，一边用手电筒照照那儿有没有破皮，没有。就在这时，他从脚边的石块上瞥见到一种突如其来的微光。

他扯下护目镜，想看个清楚。这不可能吧，可是——他拾起一小片岩石，拿到洞口的阳光底下。他回身走过去盯住大块石头被敲落的那个位置凝望。为了看得更加清晰，他把手电筒伸了过去。他转过身去，想到洞外去呼唤高顶岗子上的其他人，但还是不喊为好，时间有的是。他们毕竟在拉网式搜索嘛——就让他们等一等——他的手电筒还有足够的电量。罗杰一手拿手电筒，一手拿锤子，认认真真地干起活来——关于石板瓦匠鲍勃的所有念头一下子都忘光了。石头碎片弹在他的脸颊上。为了保护自己的眼睛，他再次戴上了护目镜。其余的事情都无关紧要了。就在这里，就在他打出的洞穴里，即将生产某种东西，或者说，采金人罗杰·沃克即将知道其中的缘故。

第二十章　他怎么样了？

假如天色还早，那么马上就会有人发觉横队出现了空缺，其中一名勘探人员失踪了。但是，这一天过得又漫长又炎热，到了下午即将过完的时候，就连南希也不如先前那么严格了。当有人发现某样东西，别人随即跑去观瞧时，队伍就一再地被打断。从采矿的角度来说，始终不曾有值得一看的东西，于是勘探者们再次分散开去，继续对高顶岗子进行拉网式搜索，同时越来越感到情绪低落。无论如何，他们已经分散开去，同时又不按照特别的顺序，于是每次他们都会拥有不同的近邻。罗杰溜去隐藏时，他曾经紧靠南希，而当南希再次朝那个方向张望，并且呼唤约翰时，他们两人想都没有想到应该有一个人在他们之间呢。天色渐晚，他们回到了高顶岗子边上的亚马逊河谷上方，最后，南希终于认为他们干得够多的了，就在这时才发现了问题。他们已经回到他们在午餐以后抛下背包的地方。他们一个接一个地把僵硬的手臂伸进背包带子，准备沿着沼泽地边缘踏上不长的回家之路。背包堆渐渐变小了，总共八个背包，拿到最后，就只剩一个了。

“喂！罗杰在哪里？”提提说。

“罗杰！”

“罗杰，喂！”

“快点啦。别躲躲闪闪了。我们回家啰。”佩吉说。

“吃饭去啦！”约翰大声喊着，“快点！”

但是，岩石后面、石南后面，或者蕨丛后面却不见罗杰突然露出头发蓬乱的脑袋。根本看不见他的影子。

“他刚才溜掉了。”约翰说。

“他对勘探有点厌烦了。”苏珊说。

“可怜的罗杰。”约翰一边这么说，一边向南希表示歉意，“他老是风风火火的，你知道——每当风势减弱，他就把桨板拿出来了呢。”

“我知道他干什么去了。”佩吉说，“我敢打赌，他已经下山到阿特金森家大门对面的蕨丛那儿去搞侦察，去看‘扁帽子’迈着大步回家。”

整天都没在高顶岗子上见到“扁帽子”的身影。勘探人员一再抬头看看灰石堆上的白漆标记，指望见见他们的对手，听听他的锤子敲出的响声。除了在高空振翅飞翔的雁群，以及偶然受惊之后会反抗的松鸡之外，他们可能就是那片荒野上唯一的活物了。从勘探的角度来说，这样是挺好的，不过，勘探并不成功，还因为不再有新的东西而变得比平时单调无聊。再说，虽然南希信念坚定，但是他们越来越不抱希望，他们几乎为“扁帽子”的缺席而感到惋惜呢。认为搞点侦察、玩玩潜行、发发信号属于一种愉快消遣的人可不止罗杰一个呢，谁都不怎么倾向于指责他。

他们大家一起高喊：“罗杰，喂——喂——喂——”

没有回答。

“中间隔着树林，他听不见呢。”约翰说。

“如果他舒舒服服地躺在躲藏地，那就更是这样。”佩吉说，“我这就去把他挖出来——”

“快点，约翰，”南希说，“我们也去吧。他可能当场发现了‘扁帽子’在搞这样那样的名堂呢。快，苏珊，我们去吧。”

不过，在这个大热天他们的脚一刻都没停过，而苏珊虽然已经是够累的了，但她心里知道，他们的牛奶又没有了，而且这次该她去一趟山下的农场了。约翰和亚马逊号的两名船员一起在树林上方沿着高顶岗子边缘匀速小跑，在走到凹下去的褐谷路时，转眼就不见了。

勘探队主体刚刚到达“长城”，从山沟拐入树林时，突然看见南希、约翰、佩吉他们回来了……

“他们没有找到他呢。”多萝西说。

“他会跟在后面过来的。”苏珊说，但是就在这时，他们看见那三人停了下来，同时听见他们再次朝夏天的夜空高喊着：“罗杰，喂！”

苏珊回头望着高顶岗子那绵延起伏的荒漠。

“真讨厌，”她说，“他不该在天晚的时候开始玩把戏。”

他们等待着。

“他不在那儿，”约翰说，“除非他的确是只山羊。”

“我们直接去了阿特金森农场。”佩吉说。

“我们看了看‘扁帽子’。”南希说，“他已经回到住处，我们看见他坐在花园的凳子上点起了烟斗。”

“可是罗杰呢？”苏珊说。

“可能回到了营地吧。”

提提、多萝西和迪克一起快步跑下山沟，先后经过灌木中间的黑莓丛和提提的水井，走进了宿营地。

“喂！罗杰！”提提喊道。

“他可能正在逗鸽子玩吧。”多萝西说。

“他不在，”迪克说，“我先跑到那里看过了。”

“他不在自己的帐篷里。”提提说。

“我知道他干了什么。”就在苏珊和其他人走进营地时，多萝西说，“他奔下山去问泰森太太那儿要牛奶了吧。”

“他的确是说过有一天要去的呢。”提提说。

“噢，没有关系，”苏珊舒了口气说，过了一会儿又说，“他没拿牛奶罐儿呢。”

“这样正好符合罗杰的习惯呢，”南希说，“泰森太太会另外借给他一个的。”

“我下去接他。”苏珊说，“喂，佩吉，你继续准备晚饭吧。时间已经很晚了。”

“油煎‘炮弹丸子’。”佩吉说，“要是你们下去找罗杰，晚饭还是来得及做的。”

“约翰，帮她把肉绞碎吧。”苏珊说着，就拿起牛奶罐，快步穿过树林走了。

油煎“炮弹丸子”是对牛肉糜压缩饼的一种改进形式。就在南希把炉火调到工作状态时，约翰打开了一听牛肉罐头，佩吉伸出手指小心翼翼地把苏珊的绞肉机组装起来。腌牛肉和几颗洋葱，以及被节俭的厨师们省下来的一些过期面包被一股脑儿放进了绞肉机，然后放在一只布丁碗里，与一只鸡蛋和早上剩下的一点牛奶一起进行搅拌。恰好提提和多萝西的手是干净的，因而她们把搅拌物搓成了丸子。黄油在平底锅中化开了，接着由于一阵紧靠火焰的熟练转动，“炮弹丸子”的各个侧面都有机会被煎得黄灿灿的。做这件事是很热的，勘探者过一会儿就换个人，那些在旁休息的则焦躁不安地望着正在锅前掌勺的，因为以前听说一个闪失，或是由于腕力不够，就会把八只丸子通通送进熊熊的炉火之中。

丸子即将完成时，他们猛然听见苏珊在下方的树林中喊着“罗杰”。

他们吓得面面相觑。

“可是他又能去哪里呢？”南希说——她差点要生气呢。

不一会儿，苏珊就喘着粗气把牛奶拿进了营区。她尽了最大的努力，用最快的速度从山谷走上了陡峭的通道。他们当即就看得出来，她正十分担心呢。

“泰森太太根本就没有看见他。”她说，她说起话来几乎有些哽咽，“他一定还在高顶岗子上……或者任何别的地方……他可能像去年那样把脚脖子弄崴了……他可能已经走进了一条老巷道……罗杰！”她急切地喊了起来，“快点过来，吃晚饭啰。没人怪你的呀！”

“他可能陷在矿中出不来呢。”多萝西一边说，一边把眼睛瞪得大大的，“叫啊，喊哪，没有人答应呢。”她一半是怜悯罗杰，一半是对他可能已经陷入的困境感到恐怖。

“要饿坏了。”提提眼泪汪汪地说，与此同时，第一次不曾有人因为想到罗杰挨饿而发笑。

“再过几分钟外面就会一片黑暗了。”苏珊说。

“快点，约翰，”南希说着，重新振作起来，“时间不能耽搁。没有别的办法了，我们必须再到上面去找他。迪克、提提和多萝西留在营地这里。我们四个人去找他。最好把灯带过去。登山绳在哪里……”

就在这时，手电筒那趋于衰竭而发出的淡红亮光在树林中间闪动，罗杰走进了营区。

对他的怜悯以及为他感到的担心一下子就消失了。

“可悲的小白痴。”约翰说。

“你到哪儿去了？”苏珊说。

“喂，”罗杰一下子看见了佩吉拿着煎锅里的东西，就说，“‘炮弹丸子’。我真开心没有迟到。”

“真见鬼！”南希说，“如果你是我船上的见习水手……或者一等水手的话……”

他朝他们慢慢走过去，一只手还藏在背后呢。

“你的手是怎么回事？”苏珊说。

“没什么。”罗杰说。

“你为什么往后藏呢？”

“手里有样东西。”罗杰说。

他面对全体激愤的人员把一块白色石英拿出来了。

“金子。”他一开口就说，“瞧一瞧，看一看吧。”

南希一把抓住石块。

“在反面。”罗杰说。

“天哪！”南希说，“喂！看看这个吧，约翰。迪克在哪里？快来，教授！它是不是呀？”

每个人都拥了过来。一个个脑袋、一个个肩膀都撞到了一块儿。约翰把那块石英朝他们面前塞过去。

现在每个人都瞥见闪着白光的石头中的裂缝、裂缝中的褐色泥土，以及正反两面那些晶莹的黄点。

“肯定就是呢。”多萝西说。

“它当然是的嘛。”提提说。

“它的颜色正好。”教授说。

“太好了！”佩吉说，“我们终于办成了。”

“是呀，不过地点在哪里？”南希说，“行动吧，我们还是需要这些灯的。我们必须抢在‘扁帽子’也发现它之前就去立标桩。”

“我在黑暗中找不到路的。”罗杰眼睛盯着煎丸子说。

南希脸色一沉。

“没关系。”约翰说，“没有月亮，‘扁帽子’也找不到路呢。”

“他们必须吃晚饭了。”苏珊说。

“哦，那好吧。”南希带着遗憾的口气说。不过，就连她本人都明白，摸黑在高顶岗子上瞎撞是没什么好处的。她放弃了原来的想法：“‘扁帽子’也该吃晚饭哩——不过咱们这顿晚饭可不是盛宴。来吧。那些‘炮弹丸子’煎熟了，水壶烧开了，咱们就开饭吧。把杯子倒满！哦，干得漂亮，罗杰！”

罗杰咧着嘴笑了，但他半信半疑地看着苏珊。

两分钟以后开始吃晚饭了。夜幕把他们笼罩在营火跟前。他们一边嚼着“炮弹丸子”，一边提出问题。罗杰一边吃一边答话，但他并没有说出太多详情。

“可是它到底在哪里？”南希问。

罗杰等把嘴里的食物吃完才说话，而且口气礼貌得几乎令人发疯。他需要时间想一想呢。他已经发现了地点，明天他就指给他们看，但是他不打算向他们讲出确切地点，让他们大家抢在他前面跳进去。

“你稍许走一段之后就向右拐，”他说，“然后是一个枯草墩，再向左偏一点，再直走一点，再向右偏一点，接着先往下走，再往上走，然后你就离开了左边的蕨丛和右边的褐色岩石——”

“喂，把嘴闭上，罗杰，”约翰说，“别糊弄我们了。”

“哎呀，她问我的嘛。”说着，罗杰又咬了一大口丸子。

“可是它有很多，还是一点点呢？”苏珊说。

“它是不是在一条老巷道里呀？”

“那儿有石南吗？”

罗杰再次可以张开嘴巴时告诉他们说，金子就在石板瓦匠鲍勃描述的那种老巷道里面，那里有石南，在掉出第一块石头的地方有更多的金子。

提提一边听他讲述，一边盯住他的脸。

“真行，”她最后说，“他真的发现金子了。了不起的罗杰呀。”

他不肯再多说了，但这样已经足够了。随后晚餐继续，空肚子填饱了，已经发生的事情在人们的意识中越来越下沉。就在他们上方某个地方，就在外面的黑暗夜色中，就在他们搜索了好久的荒野上——毕竟是有金子在等着他们的——嘴里塞满食物，坐在那儿的罗杰已经见过它，摸过它，还带回来了一些，并且知道它在什么地方。人们从火堆旁站起又坐下。那块石英从一只手上传递到另一只手上。迪克咽下最后一口丸子，爬进自己的帐篷去拿冶金书籍。多萝西第一次忘掉了《湖区逃难》，她开始自言自语起来。

“在甲板上走来走去，”她喃喃自语，“走来走去……走来走去……”

“真是愁死人了，”提提说，“但愿我们知道他的船名，好给他发一份电报……或者，想想看，如果飞来一只鸽子，带着消息往桅杆上一站该多好啊……”

就连约翰都无法保持冷静了。

南希迈着沉重的步子在黑暗中转着圈儿，茶都从杯子里溅了出来，她自言自语道：“真见鬼！……终于成了！……公山羊烧烤！……天啊！……四千万比索的银角子呀！”

“要是不当心，你的头发就会碰到火啦。”苏珊说，“当心——迪克！”

起初，迪克没有听见她在说什么，他只从火苗跟前后移了一两英寸，但还是就着营火的闪光继续阅读菲利普斯关于黄金的论著。他先是看看书页上那些像在跳舞的字母，然后又看看白色石英上的那些光点。

“大家都睡觉吧！”南希忽然喊道，“现在马上就睡。明天天一亮，能够看见东西，我们就得过去立标桩啦。”

第二十一章　立标为界

“起床啦，伙伴们！”

南希用一声快活的呼唤把营地叫醒。勘探人员一下子活跃起来。当她拿着牛奶罐朝泰森农场走了一半路程时，大家都已经苏醒，并且忙活起来。她赶到牛奶场门口时，牛奶还没送来，可把泰森太太吓了一跳。等她回到营地时，大家都洗了脸、刷了牙，收拾了床铺和帐篷。水已经烧开。这顿早饭是他们吃得最快的一次。他们甚至还用冷水来冷却他们的茶水，因为喝起来太烫。佩吉带着她的苹果爬到了水曲柳树上，然后报告说，“扁帽子”一定是还在床上睡觉。约翰利用咀嚼食物的间隙削了一根结实的木棍儿。如果有块地方必须竖立标桩，那么还是把东西准备起来为好，不能想当然地以为高顶岗子上有树枝可以给你砍呢。南希朝他看了一会儿说：“我们需要一张尺寸合适的纸。”多萝西钻进自己的帐篷，拿出一本练习簿。

“这行不行啊？”她问。

南希看了看，只见封面上写着“湖区逃难”。

“没关系的，”多萝西说，“这一卷还没写什么东西呢。”

“听着，多特，”南希说，“我们会在里约另外买一本给你的——”接着她又有点犹豫。“现在我一页都不撕下来，”她说，“而是把它带过去，以防会派上用场。”

今天，就连苏珊都准备推迟洗碗，于是整个考察队动身穿过高顶岗子。

暂时作为领队的罗杰在队伍中走得最不着急。其他人不断催促他，好像越是靠近他，他们就能越早亲眼看见那个地点似的。

“你现在能够看到它吗？”南希问。

“它在那些岩石那边呢。”

“哪些岩石？”

“那些。”

“但整个地方到处都有岩石呀。”

“它就在我看到的岩石那边嘛。”

“哦，继续说呀，”提提说，“就告诉我们该找什么吧。”

“现在看不见，要等我们到了那里呢。”罗杰说——他仍旧按照自己的速度四平八稳地走着。

不一会儿，他稍稍放慢脚步，接着停了下来，朝四下里张望。

“可别说你去过，后来忘掉它在哪里了。”佩吉说。

罗杰咧着嘴笑了。

“别装蒜。”约翰说。他和提提都看见了他的坏笑，知道罗杰曾在暗中寻找佩吉，并且把她找到了。

“嗨，我可能忘记了，”罗杰说，“在我到家以前早就天黑了呢。”

他们在绵延崎岖的荒野上前进，对他们大家来说，那里已经在夜里发生了变化，它再也不是人人一字排开长时间进行艰苦的拉网式搜索的荒野了。早在脱离队伍，不再充当一根梳齿，而是开始自行玩起潜行小把戏的时候，罗杰就几乎对这种搜索满怀怨恨了。今天对他来说甚至都有所不同了。金子已经找到，而且是他找到的。任何人都不必像梳头那样苦苦搜索了，他们必须做的唯一工作就是把金块收集起来。不然，还有更多的事要做吗？

其他人一边往前走，一边轮番向迪克提问，迪克这时正把冶金书籍中的一段指给南希看。

“碾碎和淘洗。”她说，“无论如何我们必须这么做，让金子自己出来。好在我们把弗林特船长的碾磨带来了。”

“即使到那时也不可能成为金锭。”

“天然金块嘛。”提提说。

“当然不是，”南希说，“是金粉。”

“那然后呢？”

“石板瓦匠鲍勃会教给我们怎样做金锭的。我们至少必须为弗林特船长准备好一块呢。”

“我们可能会给他做一副金耳环，”提提说，“就像《蟹岛寻宝》中的黑杰克那样。”

“他是绝对不会戴的。”佩吉用怀疑的口吻说。

“一只又大又好、闪闪发光的金坨子挂在他的表链上。”南希说。

“还够为蒂莫西做一只金颈圈呢。”多萝茜说。

突然出现一阵揪心的沉默。

“假如它没死的话。”佩吉终于说了出来。

“电报已经来了好几个礼拜了。”南希冷冷地说，接着，她突然抛掉了暂时的消沉，“嗨，假如它死了的话，那它可能已经死了好多年，而且已经沉到海底啦。”

“身上裹着米字旗呢。”多萝西说。

“在海洋作用力变形中遭难，”提提喃喃自语，“富有而又罕见……可能还有珊瑚……”

“不管怎样，我们在这件事情上是无能为力的。”南希说，“而金子会给吉姆舅舅一点安慰，或者说应该会的……虽然你可以非常喜欢犰狳……天啊……真没办法。喂，罗杰，现在还有多远？”

“快到了。”罗杰说。

“可是这里我们都仔细搜了个遍呢。”

“我知道。”罗杰说。

一两分钟之后，他停了下来，低头望着那条狭窄的小溪谷。

“可是我们来过这里呀。”约翰说。

“我说过你们是来过的，”罗杰说，“但它还是在这里嘛。”

“这就是你说的酷似燕子谷的地方呢。”多萝西对提提说。

“是这样的。”提提说，“只是没有山溪，没有洞穴。”罗杰说：“当然有一个洞穴。”

他第一眼看时，差点怀疑不是这个地方。他心里产生了短暂的恐慌，生怕把他们带到了一条错误的溪谷，好不容易发现的溪谷，结果却找不到了。接着，他看到了他往下滑过的另一侧，看到了在他往下掉落时把他挡住的那片石南，看到了下方的幽暗所在。

“就在这里。”他说。

“可是在哪儿呀？”南希说。

“别装蒜，”约翰说，“它在哪里？”

罗杰往下爬进了溪谷。他打算闲荡一下，看看他们需要多久才会发现那个洞，但又马上觉得这儿一定不安全。南希已经等得不耐烦了。于是，他直接过去，没等他越过溪谷，其他人就已经看见了。大家一齐往前拥。约翰和南希挤进了洞里。

“在这里面吗？”佩吉说。

“罗杰，你没有进去过吧？”苏珊说。

“我碰巧进去过。”罗杰说。

“瞧！迪克弄来了一块呢。”多萝西说。

“一定是我出来的时候丢下的。”罗杰说。

“快点，苏珊。”佩吉说。

“哦，注意啦，”罗杰说，“要讲公平，是我发现的呀。”他紧跟着苏珊冲了进去。

矿工们很久以前留下的这个洞穴，眼下被这八个勘探者闯了进来，顿时显得小多了，七支手电筒把一圈圈明晃晃的亮光投射在凿痕累累的洞壁和洞顶上。罗杰前一天独自一人在这里时它显得大多了，只有一支手电筒，每次就只能照到一小块地方。

“这是我们见到过的最小的洞穴呢。”佩吉说。

“只要是对的那一个就行。”南希说，“可是，罗杰，石英在哪里呀？”

“没准儿只有一小块吧。”约翰说。

“你得用锤子敲呢。”罗杰说，“我是直到敲了以后才看见的呀。”

一支又一支手电筒纷纷朝他手指着的石壁照去。大家嚷成一片。石壁下面的地上是凿下来的石英碎片和一两块灰色石头，他们可以看见凿片上方好像曾经被两块岩石横向挤压到了一起，形成了以薄薄一层石英为肉馅的“三明治”。裂缝差不多是上下直通的，在手电筒的照耀之下，石英的白色微光边上有黄灿灿的金属在闪光。

“天啊，”南希说，“他的确把它找到了呢。当心，约翰，拿好锤子。咱们应该好好敲呀。”

在大家沿着窄窄的岩脉敲敲打打的时候，所幸没人受伤。石头和石英的碎片四处飞溅。

“一定要小心，”苏珊说，“把护目镜戴起来——以防小碎片飞进谁的眼里！”

“那是我的鼻子呀。”罗杰说。

“对不起。”佩吉说。

“几乎每个小片上都有金子呢。”多萝西说。

“石英是非常坚硬的石头。”提提说。

“佩吉的胳膊肘也很硬呢。”罗杰边说边轻轻揉着自己的鼻子，“没有破，”他自己承认道，“但它是很容易破的。”

“注意，”约翰继续敲了几分钟之后说，“这是在浪费时间。我们应该采用炸药。”

“好啊。”罗杰说。

“弗林特船长有些火药。”佩吉说。

但是，南希平生第一次没有赞成走极端。

“弗林特船长是会搞爆炸的，”她说，“他肯定喜欢呢。我们大家也会帮忙的。不过，他还没来，咱们就在爆破上浪费可不好啊。能把他留在家乡的恰恰就是这件事呢。他没让我们在他的船屋顶上放焰火，但是他跟任何人一样喜欢搞爆破呢——”

苏珊大大地松了一口气。“放焰火当然是很好的，”她说，“可是炸药嘛——”

约翰有一点儿失望。

“我们不需要炸药，”南希说，“我们越是把爆破的事留给他干，他就越开心。我们应该做的就是让他明白，有样东西值得去搞爆破——”

“一旦他看见这个，”佩吉说，“那就什么都拦不住他了。”

“哎呀，在它上面敲敲打打没用啊，”约翰说，“浪费时间。我们需要凿子——碾磨和淘洗怎么办呢？”

“我们需要一个桶来盛水，”迪克说，“还要用一种很浅的东西来淘洗呢。”

“煎锅正好是那种东西呀。”南希说。

“我去泰森农场借凿子。”约翰说。

“一个小桶……碾磨……煎锅……别再浪费一分钟了。”南希说。

他们拥进皱谷，摘下护目镜，在阳光下面一边眨眼睛，一边比较着不同石英碎片上那些闪着金光的斑点。

“得有个人上去侦察侦察呢。”南希说。

罗杰早已爬了上去，他正好就停在他们的头顶上方，一只脚踢向了半空。

“他已经看到了‘扁帽子’呢。”提提说。

“他正在走上灰石堆呢。”罗杰用嘶哑的声音悄悄地说。

“假装呢，”提提说，“然后，我们一走，他就霸占咱们的采矿点。”

“天哪，”南希说，“我们还没有竖立标桩呢。多特，我们必须用那张纸了。”她从口袋里掏出那支蓝铅笔。

多萝西从她的练习本上撕下一页纸。“你不把本子垫在下面写吗？”她说。

罗杰滑了下来看着。

南希把练习本抵在岩石表面，把大写字母写得大大的：

S.A.D.MINING COMPANY。

“这是什么意思？”罗杰说。

“燕子号、亚马逊号和迪克森家矿业公司，你这个固执的小傻瓜。”

“可是为什么叫 sad（悲伤）呢？”罗杰边说边逃得远远的。

南希笑着把这张纸揉成一团。

“对不起，多特，”她说，“我还得再要一张，以防还有更多的蠢驴钻字眼。”

她在第二张纸上写了“S.A.D.M.C”，然后把蓝铅笔拿在半空等待着。

“闯入者将被起诉。”罗杰压低声音说。

“问题不是闯入者，”提提说，“而是霸占者。假如‘扁帽子’试图霸占我们的采矿权——”

“我们就宰掉他。”南希说。

“嗨，咱们就这么说吧。”罗杰说。

但是约翰和苏珊反对这么写。

“发出自己办不到的威胁是没用的。”约翰说。

“别把我们要做的说出来。”苏珊说。

“写上‘保留一切权利’怎么样？”多萝西建议说。

但是南希又握起蓝铅笔忙活开了。

“这个怎么样？”她终于把写完的东西举起来说。

S.A.D.M.C

此冲沟所有权现已认定

霸占者当心！

S.A.D.M.C 之令

“太好了，”约翰说，“我们不想为难一般的正派人，只想警告霸占者。除非他是我们想要吓跑的人，否则谁都不会知道它是什么用意。而且他也不知道他到底会碰上什么。远比说他将被绞死之类的要好得多——”

“比死还要糟糕的情况呢。”多萝西玩味着以上字眼。

“只要他认为那是非常不愉快的情况就行。”提提说。

约翰动手用树桩的尖端在地上挖了个洞。

“不要在那儿，”南希说，“太近了。我们认定的是整条冲沟。假设他一路窥探过来，咱们没有必要向他指明到达咱们矿的路嘛。”

约翰用一块石头在小溪谷中间把树桩打入地下，把树桩顶部劈开，把告示夹了进去。

“为金冲沟欢呼三声吧！”南希说，“声音别太高……现在就动手干活吧。不需要人人都过来。一等水手们留下来做保卫。我们就来用车运东西吧。”

船长和大副们爬上金冲沟侧坡走掉了。

“我只想弄清楚他对研磨工作说过什么。”迪克说着，就静下心来如饥似渴地攻读那本《菲利普斯论金属》了。

“咱们再多搞点金子吧。”多萝西说。

提提和罗杰跟随她走进了金矿穴。

“天哪，”提提说，“你发现了它，真是福分哪。”

“不管怎样，再也不要像梳头那样搞拉网式搜索了。”罗杰说。

第二十二章　研磨与淘洗

负载沉重的一帮勘探人员从营地回来了。约翰抬着满满一桶水，在高顶岗子那崎岖不平的地面上很难做到一点都不溅出来。他用空着的那只手把肩头上的杠杆扶稳。南希抬着杠杆的另一头，同时还提着防风马灯。弗林特船长的沉重研杵和研钵就挂在杠杆正中。佩吉背着一只锃亮的煎锅和一个装有八瓶姜味啤酒的旅行包，摇摇晃晃地一路随行。约翰已经去过山下的农场，从罗宾·泰森那里借来了一只大錾子。苏珊带着水壶和装满一天食物的旅行包——里面有大量夹着厚肉的三明治和很多苹果。

“你们刚才肯定看见南希船长清洗煎锅了吧。”一等水手在冲沟碰上他们时，佩吉说。

“不会是南希。”提提说。

“必须把它洗干净。”南希说。于是提提明白了南希怎么会突然对洗锅子的事情感起兴趣来了。一只用来淘金的锅和一只仅仅用来煎蛋的锅有着极大的不同。

“我们又弄到了一点儿金子，”罗杰说，“但是你们只有一把锤子是不能做很多事情的。”

“咱们用錾子来干吧。”约翰说。

马灯就挂在矿工们很久以前留在洞内岩石中，早已锈蚀缩小成细钉的古老铁挂钩上。约翰戴着防护眼镜用锤子和錾子在岩脉上辛勤劳作。南希也戴着防护眼镜，正坐在门外一块岩石上用研杵和研钵进行捣研，她把一大块石英放在研钵底上，尝试了这样那样的碎石方法以后，发现越简单越好。她双手捧着研杵，把它提起一两英寸，用它捣向钵底的石英——研钵就放在她两膝之间的地上。提起，捣下。提起，捣下。砰……砰……砰……

“它正在破裂开来呢。”迪克说。

“越来越小了。”提提说。

“让我试试吧。”罗杰说。

砰……砰……砰……不是打雷般地砰然作响，南希并不喜欢。有点咔嚓咔嚓的闷响，一下一下又一下。

“没准儿一百年前，”多萝西说，“就曾有人坐在这块石头上干过同样的事情呢。”

“听着，”罗杰说，“是谁发现了金子呀？你应该让我干干碎石的活儿嘛。”

南希的嘴唇现在紧紧绷住了，她越来越热了。

“你想试就试试吧，”她终于说话了，“两分半钟——别以为你能拖延一秒钟。”

“我要一直把它研成粉呢。”罗杰说。

“它必须成为很细的粉末，”迪克说，“细到几乎能够浮起来呢——”

“来试试吧。”南希说。

“你给我计算时间，迪克。”罗杰戴上护目镜，坐到南希的位置上说。

捣了第二或第三下时，他脸上稍稍露出了惊讶之色。

“相当容易嘛。”他说，可听起来不像是当真的口气。

“半分钟了。”迪克看着自己的手表说。

“听着，”罗杰说，“应该不止这么点时间吧。”

“你说话的时候别停下。”南希说。

“可他说才半分钟呢——”罗杰咬紧牙关，继续干活，又把沉重的研杵提起来，砸下去。一上一下，一上一下。砰！砰！砰！

“一分钟了。”迪克说。

“一分半钟就走。”南希说。

“坚持住啊，罗杰，”提提说，“你快到剩下的半分钟了。”

罗杰故意不那么快提快砸了。

“一分半钟。”迪克说。

“再加一分钟吧。”提提说。

罗杰涨红着脸继续砸。砰！砰！砰！

“了不起，罗杰，”南希说，“没想到你会坚持这么久呢。”

“两分钟。”迪克说。

罗杰的眼睛在护目镜后面鼓了起来，但是他的脸上开始露出一丝浅笑。他有本事干这活儿啦。砰……砰……砰……他加快了速度。砰……砰……砰……他看着迪克。砰！砰！砰！砰……

“两分半钟了。”迪克说，于是罗杰丢下研杵，从刚才坐着的石头上滚下去，朝地上一躺。

“轮到下一位啦。”他用剩下的一口气说。

“你干得真带劲。”南希说。

接着，迪克、提提和多萝西轮流参与了研捣作业。后来，约翰从矿里带出了更多优良的石英块，上面有大片金灿灿的斑点在阳光里闪烁。

“暂时别往里面放，”迪克说，“咱们把一批石英真正捣细了再去淘洗。”

“这要花费好长时间呢。”南希说。

约翰接替了研捣工作，起初嘴里说着话，不久就心满意足地投入了不声不响的捣研当中。

“已经非常细了。”几分钟以后，罗杰望着研钵里面说。

“当心，罗杰！”苏珊说。

“那一小片倒是击中了我的额头呢。”罗杰说。

“它可能会飞进你的眼睛里。你本来就不该把你的护目镜摘下。”

“别把你的鼻子伸过来。”约翰说，“来吧，苏珊，轮到你来试试啦。它到底需要多细呀，教授？”

“书上没说，”迪克说，“但总是不会嫌细的。完全取决于重力，金子比石头重。我们必须把它变成颗粒，然后，在淘洗时，金粒子就会沉到底下。如果颗粒不十分细的话，它们就会一下子全部沉到水底，而不会有轻的悬浮在水上。”

“想必这一批快要完成了。”在每个人都用研杵捣过第二轮之后，南希说。研钵底部再也不剩石块了，看上去似乎颜色越来越淡的细微粉末飞迸到研杵上就像吹起的阵阵灰色烟雾。

“我们试着淘洗吧，”约翰说，“说不定还能发现到底有没有效果。”

“我们是把水倒在粉末上，还是反过来？”南希说。

“先倒水。”迪克说，“别人可能会有台机器让水处在轻轻摇动的状态中。”

“我们自己动手摇吧。”约翰说，“注意，南希，煎锅别舀得太满。”

提提、多萝西和佩吉跑出来时正好看到淘洗的开始。约翰端着装了半锅水的煎锅。南希从研钵底部抓起一小把细粉末丢在水上，只见它顿时在水面散开了。

“好的，好。”迪克说，“够细的了。现在就颠摇吧。”

约翰的手开始了一种快速扭转动作，于是煎锅中的水形成了小小的尖角波浪。“哟，抱歉，”他说，“很难避免往外泼洒呢。”

“有东西在往底下沉吗？”南希很想看看正在发生的情况，但是因为煎锅在约翰手上不停地颠摇，所以没法看到。

“到了现在，难道金子不该往下沉吗？”约翰说。

迪克在书上四处查找，他找到了地方。“它没说需要多长时间，”他说，“但是，不管怎样，他们用一股水流把分量轻的东西冲掉，把金子留在了后头。我倒是认为，你应该把顶层的东西扔掉——”

“那就意味着要用好多水呀。”苏珊说。

“我们如果有一个空罐头，就可以往它上面浇水，让那东西沉淀，然后再用水浇。”迪克说。

“无论如何，我们可以放弃这一批。”南希说，“把它扔掉，让咱们来看一看金子吧。”

“细心一点，”佩吉说，“别让它把金子也冲走呀。”

约翰让脏水和仍然浮在水面的浮沫从锅边流掉，好多脑袋挤过来看留下的是什么。

“可是全都流掉啦。”罗杰说着，就扭头看着地上的灰色小水坑。

“不，没有，”南希说，“你可以看见它的微光呢。”

煎锅底上肯定有一种什么东西的痕迹。

“再倒点水。”约翰说。

苏珊把壶里的水倒了过来。约翰用这水冲刷着煎锅，于是剩在锅里的粉末集中到了一起。他把它向上一颠，接着又轻轻摇动起来。

“现在试试看。”南希说。

约翰把水倒了出去，肯定是有东西沿着一侧锅边剩了下来。

“它很可能只是因为潮湿才发亮的吧。”提提说，因为她想起了很久以前在野猫岛旁边的水里摸到的珍珠，那些泛着淡淡光泽的首饰刚在太阳底下晒干就黯然失色，变成了鹅卵石。

“这是真东西呀。”南希船长说，“不管怎样，它在太阳下面马上就干了呢。”

“把它摊在一张纸片上吧。”苏珊说。

“谁有纸呀？”南希说。

《湖区逃难》的空白卷又失掉了一页。随着小刀刀尖的拨动，泛着黄光的沉淀物在纸上摊散开来。

“我认为咱们应该再把那一批冲洗冲洗。”迪克说。

“天啊，”南希说，“我们不能。如果冲洗的话，那就一点都不剩了。”

研碎和淘洗比任何人所料想的艰苦得多。依次使用研杵的间歇定得越来越短了。对罗杰和迪克、提提和多萝西来说，每人每次一分钟就足够了，但是每一分钟对于那些筋骨疲惫的人都有用处，能够让他们歇一歇。迪克建议把第一批金粉拿给石板瓦匠鲍勃去看一看，但是，由于有了锤子和罗宾·泰森的錾子，现在的石英开采进行得非常顺利，如果要等有了一袋值得一看的金子才动手研碎和淘洗，那似乎是一种遗憾。

他们为了午饭而开始休息，于是从冲沟一侧爬上去，用望远镜一看，只见“扁帽子”就在他们上方那高高的山坡上，他坐在一块岩石上，也在休息呢。吃过午餐，喝过啤酒（罗杰说“唯一对不起这些瓶子的是肚子里面的容积不够大呢”），他们想起了那只该要飞回贝克福德的鸽子。

“在她听说我们找到了它的时候，她会说什么呢？”佩吉说。

“咱们有密码就好了。”南希说，“不过，在她跟贴墙纸的和刷墙的工匠们忙活的时候，希望她去阅读旗语信号图是办不到的，而且画出来还得费好大工夫呢。”

多萝西有一阵子脸上带着疑惑不解的神情。

“密码嘛，”提提说，“万一另外有人掌握了它呢。”

“人家可能会把鸽子打下来。”罗杰说。

“‘扁帽子’的某个可恶同伙。”提提说。

“我们这么写，只能让她知道，别的人都看不懂。”南希说。她从摊铺那一小堆金粉的纸片上小心翼翼地裁了窄窄的一条。她对着从迪克手上借来的铅笔吸吮了一小会儿，然后写了起来。

“这样行不行？”她说，“罗杰发现了它。成吨成吨。”

“但其实不多嘛。”迪克说。

“还没淘洗呀。”南希说，“会有的。瞧瞧那些等待研碎的石块吧，谁看到都会相信我们将永远继续这种开采呢。”她草草写上“来自 S.A.D.M.C 的爱”，最后照例画上交叉的腿骨和笑得合不拢嘴的骷髅。

“谁去送？”她问。

“我去，”罗杰说，“顺便带水壶过去再打点水。”

“你不想再研捣石英了吗？”

“过会儿嘛。”罗杰说，“我觉得应该先把鸽子放掉。来吧，迪克，咱俩去吧。”

但是，迪克在为正确淘洗的方法而绞尽脑汁，因而就没心思顾及别的事情。提提、多萝西和罗杰一起走回营地，荷马孤零零地在大鸽笼里等待着轮到它起飞的时刻。

提提把它轻轻地抓在手上，同时罗杰把字条塞到它腿上的橡胶环里面。他们把它放进一只小旅行篮，带它出门来到高顶岗子上面，这样它将有个干净利落的起飞。罗杰双手捧住它。

“这次你捎带的是最好的消息呢。”多萝西说。

“注意啦。”提提说，于是罗杰把它抛向空中。

鸽子先是飞越高顶岗子，然后才开始提升高度。它在空中转了一个大圈子，接着飞回到他们的头顶上空，越飞越高。

“喂，”罗杰说，“还有一只鸽子——比它还高。”

“罗杰，”提提大叫起来，“它是老鹰！”

他们可以看见，耀眼的天空中有一个小小的黑点，比荷马还要高得多。一个正在下降、正在靠近的小黑点——它正在盘旋着……又再次下降着，与此同时，鸽子正在空中迎着它往上飞呢。

“荷马！荷马！它是一只老鹰啊！”罗杰呼喊起来。

“快要抓住它了！”提提大叫着。

“它可能是‘扁帽子’的鹰吧。它脑袋缩在头罩里，故意站在戴着手套的手腕上等候着。”多萝西说，“‘扁帽子’把它放到天上向我们的荷马发起进攻呢。”

“我们就不能做点什么吗？”提提说，“嗨！嗨！”为了吓退老鹰，她又是大叫，又是疯狂挥动手臂。

可在这时，荷马好像看到了面前的危险。它不再升高了，而是再次下降，同时忽左忽右地迂回飞行。老鹰像石头一样猛然插下。

“它逮住了它！”提提哽咽着说。

“没逮着！”罗杰喊道，“躲得巧！”

老鹰再次升高，就在鸽子上方飞着，鸽子现在距离地面不远。两只鸟靠得很近，老鹰猛扑过去，荷马好像在空中侧身一滑，转瞬之间就冲进了林中那片绿色树冠之中。

“干得漂亮！”罗杰欢叫起来。

“可是老鹰跟在它后面呢。”提提说。

“它没逮着。”罗杰说，“看！”

他们看见老鹰再次飞到林子上空，盘旋了一会儿，最后转身而去，越飞越高，直至他们看不见它在耀眼的天空中的影子为止。

“‘扁帽子’竟然玩弄这么讨厌的手段，想必是他觉得必须孤注一掷了吧。”多萝西说。

“万一荷马待在树林里不走怎么办？”提提说，“我们又派不出另一只鸽子。”

“最好去问问南希和佩吉。”多萝西说，“咱们回到冲沟去吧。现在迪克该要一批新鲜水了。”

他们走回营区，观察了鸽笼，同时指望看见荷马会拍打着翅膀等在笼子外面。可它不在那儿。

“一路躲进了树林，”罗杰说，“了不起的荷马呀。”

他们在提提的水井那里把水壶灌满，再次动身朝冲沟走去，一路上轮流提着水壶。虽然还没到达，但他们早就听到了研钵“砰砰砰”的响声。

“‘扁帽子’也完全听得见呢。”多萝西说。

“嗨！”当他们从陡坡走下冲沟时，提提说，“嗨！”她高喊着，为的是让自己的喊声能在研杵连续不断的砰砰声中被人听见，“‘扁帽子’会听见你们的声音呢。他不会过来看你们在做些什么吧？这是一种可怕的响声——”

南希停下了捣碎的动作，于是他们听见锤子在矿里面敲打着錾子，那声音很弱，好像来自遥远的地方，这时，约翰和佩吉正从矿里搬出更多的石英。迪克和苏珊正忙于淘洗，同时轻轻颠摇着煎锅。

“避免不了呀，”南希说，“我们有大量的侦察人员嘛。把所有的东西藏进矿里面是用不了一分钟时间的。再说，我们在这里的时候，他是绝对不会来霸占的。事后才会有危险呢，他可能会提前在没人的时候过来刺探。”

“他刚才试图逮住荷马呢，”多萝西说，“他从他的衣袖管里面放出了一只猎鹰。”

“我们没有完全看见他这么做，”提提说，“可是我们看见，荷马刚一出发，老鹰就朝它飞扑下来了。”

“它没有抓住荷马吧？”南希立起身来。

“没有，”罗杰说，“荷马做了个漂亮的躲闪，冲进了树林。后来老鹰就飞回去了。”

“荷马会不会安全到达贝克福德呢？”提提说。

“会的，”南希说，“它可能会稍许迟一点到达，别的没什么。以前也发生过类似情况。或许碰到的是同一只老鹰呢——”

“不是‘扁帽子’的。”多萝西带着失望说。

“怎么不是？”南希说，“是的，这正是他可能会干的事情。眼下‘扁帽子’正在捣鼓什么名堂？”

就连南希都高兴停下手头的研捣劳作。她和他们爬上冲沟，朝山坡望去。“扁帽子”就在那儿，他上方的岩石又出现了他新涂的白漆标记。

“把约翰叫过来。”南希忽然说，“天啊……这事挺严重的。”

罗杰去了。他跌跌撞撞滑下冲沟的陡坡，朝矿里喊着：“快呀，快呀，约翰，南希要你过去呢——”

约翰马上就出来了，佩吉紧紧跟在后面。苏珊和迪克早就爬上去，和南希站在一起了。

“怎么回事？”

“白漆标记。”南希说，“我们真傻，没有早点注意到它呢。它们就在一条连线上——”

“就像是指示灯，”约翰说，“它们真像。”

“可是，公山羊烧烤！”南希吼道，“你们就看不见吗？它们正好指向咱们这儿呀。”

确实是。所有的白色标记彼此形成一条线，如果这条线伸下山坡，再越过高顶岗子，就将触及金冲沟。

“而他新涂的每个标记都越来越近呢。”约翰说。

“他现在站得比底部的白记号近多了。”提提说。

“而且与其他所有的标记都在一条线上。”迪克说。

“眼下他正在涂另一个呢。”多萝西嚷道。

甚至就在他们注视的同时，他们都能看见一个白白的色块正在变大呢。他们看见他再次弯下身去。“正在把漆罐藏起来呢。”南希说。只见他抬头看看山坡上别的那些标记，然后转过身去，长久而仔细地望着高顶岗子。接着，仿佛是完成了这一天的工作，他捡起外套，披到肩上，迈开大步，走下山坡，朝褐谷路艰难跋涉。就在他待过的地方，另一个白漆标记使他所标画的线段与冲沟之间的间隙又缩短了三四百码。

“事情因此就定下来了，”约翰说，“我今天夜里睡在这里。”

“让我们留下吧。”罗杰说。

“密切注视。”提提说。

“营地怎么办？”苏珊说，“还有水呢？牛奶和所有的一切呢？”

“得有个人拿过来呢。”约翰说。

“我会去拿的。”南希说。

“噢，不。”佩吉说，因为她不喜欢独自一人睡在帐篷里。

“根本不会打雷嘛。”南希说。

“可能会的。”佩吉说。

“嗨，我要留下来，不管怎么样，”罗杰说，“是我发现的嘛。”

“不过就两夜嘛。”约翰说，“假如明天晚上我们淘到很多金子，我们第二天就拿去给石板瓦匠鲍勃看，他一旦参与进来了，‘扁帽子’就完蛋了。”

“帐篷呢？”苏珊问，于是罗杰知道她已经妥协了。

“不需要啦，”约翰说，“有睡袋呢……”

那天夜里，金冲沟绝非毫无戒备。就在他们回营吃晚饭时，南希和约翰轮番爬到瞭望树顶守望。吃过晚饭，约翰和罗杰每人卷起一条睡袋塞进旅行背包，再次朝暮色中走去。其他人目送着他们，直至好久以后看不见那些幽暗身影了，他们还等在“长城”顶部眺望着高顶岗子。

最后，黑夜笼罩下来，苏珊对他们说，该上床睡了。这时他们看见了远处一支手电筒在闪光。

“出事了！”多萝西说。

“来自火星的信号，”迪克说，“你还记得吗？”

“闭嘴！”南希说，“是一条信息。谁的手电筒有电？闪光回复吧——连闪三次，他们就知道我们正在注视呢。”

佩吉用自己的手电筒进行闪光回复。

那边又有电光在黑暗中闪烁。长长短短，短短长长。南希一边识读闪光信号，一边念出字母。

“G……O……O……D……句号……N……I……G……H……T……(晚安。)”

“继续发，佩吉。回复他们说‘晚安’。”

停顿了一阵，荒野上再次出现闪光。

“Y……O……H……O……句号。”

“那是罗杰。”大家都笑了。此后再也不曾有闪光了。

“约翰叫他睡觉去了。”苏珊说。

“好吧，”南希说，“约翰做得很对。我干了一整天的碎石作业，都快累死了。明儿还要干一天呢。”

第二十三章　玩偶匣子

罗杰早早就醒来了。前一天夜里，为了铺一张真正舒适的石南床，他很晚才睡觉。虽然如今他对睡在帐篷里已经习惯了，但在野外睡觉还是有点不同，太阳照到脸上的感觉，以及髋骨的疼痛，都比闹钟管用。他看了看约翰，可是约翰的头埋在臂弯里睡得正香。他试图再睡，却难以入眠，于是就躺在那儿想想白天的计划。还有更多的碎石和淘洗工作。哎呀，他估计只能这样了，不过，发现不了别的东西，几乎是一种遗憾。最后，他爬出睡袋，把冲沟打量了一遍。夜里没有来过不速之客，今天早晨也不见一个人影。只有炭石堆那长长的坡上留着那些白色斑记，显示“扁帽子”正在如何逼近。他朝泰森农场的树林望过去。不是。是的。先是淡淡的一缕轻烟，然后是连续不断的蒸汽直接向树林上空喷吐。

“喂，约翰！”罗杰大声喊道，“该起来了，苏珊开始烧早饭了！”

约翰打打哈欠，伸伸懒腰，坐了起来，踢开睡袋，然后把睡袋翻过来，推到太阳下面晒一晒。罗杰一边看着，一边照办。他们带着哈欠和惺忪的睡眼朝高顶岗子走去。

“没人来过。”罗杰说。

“我们要是没在那儿守夜，他可能就来了呢。”约翰说。

“咱们今天干什么？”

“碎石和淘洗。”

“我们大家吗？”

“南希要到贝克福德去带鸽子，我们当然还要把侦察员派出去。”

“我去侦察吧。”罗杰说。

“喂！燕子号的听好啦！”南希正从“长城”顶部喊话。

“喂！”

“最新消息！”南希喊道。

她手里拿着一封信过来与他们会合。

“来自我妈妈。是苏珊下去拿牛奶时得到的。我妈妈把鸽子们送回来了，所以今天谁都不需要去贝克福德啦。”

“哦，好啊。”罗杰说，“看来荷马成功逃脱了老鹰的追杀，回到了家里呢。”

“到家很晚——她说。可那不是重要消息。有一大箱东西是给吉姆舅舅的。里面没有蒂莫西——不过，如果它是同时寄出的，那它随便哪天都有可能露面的。我妈妈还说，她认为吉姆舅舅一定离家不远了。我们一分钟都不能耽搁。”

“假如我们整天干活，那么到了夜里，我们就会淘到足够的金子。”约翰说，“明天我们就拿到石板瓦匠鲍勃那边去做成一个金锭。”

早饭匆匆吃完了。约翰和南希轮流上树放哨，但是至少今天“扁帽子”没有早早起来。早饭以后，每个人动身往金冲沟那里走。昨天干的活儿才勉强把一只可可粉的小罐头装到一半。

“这还不够吗？”迪克说着，就把一根手指头伸进金粉，望着它在阳光里闪光，“现在就拿去给石板瓦匠鲍勃测测是不是吧。”

可是，约翰和南希早就拿定了主意。他们想给老人带去够做一大块金锭的金粉。他们想把可可罐头装得满满的。

这一天的工作开始了。约翰、南希、苏珊和佩吉分别采矿、碎石、淘洗。迪克、多萝西、罗杰和提提分别就位于理想的埋伏点上，一旦“扁帽子”走近了，马上就发出警告。绝对不能让他窜到金冲沟那儿，从而发现采矿人员居然在忙着挖金子。工作稳步开展了一阵之后，“扁帽子”出现了，他正从褐谷路走上来。信号一路传到了金冲沟。为了预防万一，工作停了下来，一切全部藏进了矿里。侦察员们伏在蕨丛里，注视路人走过。今天，他不是爬上灰石堆走向他的白漆斑记，而是穿过高顶岗子，直奔鳕鱼断崖——那条长长的山岭从干城章嘉峰下来，一路连到亚马逊河谷。侦察员们望着他朝上攀呀攀，直到最后消失在天边。他们发出信号说“警报解除”。金冲沟边的石南里面挥动起一只手来。一两分钟后，他们听见碎石钵再次响起单调沉闷的“砰砰砰”声。

“不管怎样，他们暂时还一切顺利。”罗杰说，其实他有了自己的主意，“寻找钻石怎么样？到另一条巷道里面去找。”

“最好先向指挥部报告。”多萝西说，于是四名侦察员乖乖地回去了。

“好。”南希船长暂时停住手头的碎石工作，听他们说出要说的话，“步行吗？他是在去某个地方呢，还是仅仅在荡来荡去？”

“他是直接步行往前。”迪克说。

“而且很快。”罗杰说。

“就好像是去赴约的人。”多萝西说。

“嗨，”南希说，“他从石板瓦匠鲍勃那里是得不到任何东西的。”

侦察员们等了一阵。要不要他们干别的事情呢？南希拿起研杵，又开始碎石。苏珊带着新的一批石英从矿里走了出来。

“走吧。”罗杰说。

“你们要去哪里？”苏珊问。

“去采钻石。”罗杰说。

“谁去？”

“我得去写封信。”提提说。

“不管怎样迪克和多萝西是要去的。”罗杰说。

“行，”南希说，“同时还要做侦察。在他回来的时候留心看好他，我们可能不得不把他截住呢。”

“是的，遵命，长官。”罗杰欢欢喜喜地说。

“你拿提提的线绳干什么？”苏珊说。

“为我们探路呀。”罗杰说。

“可你们千万别走进老巷道哇。”苏珊说。

“哦，听着，”罗杰说，“要是那样，我们怎么能够找到钻石呀？”

“嗨，凡是我和约翰没有进去过的，你们都不准进去。就连南希都说它们有很多是不安全的呢。”

“有两个是我们那天进去过的穴洞，”约翰从矿里走出来说，“它们是够安全的。你们高兴怎么探索它们都行。我说，南希，这一批怎么样？挺好的，不是吗？”

“目前是最好的。”南希说。

“那么我可以把线绳带上吧。”罗杰说，“喂，提提，把你的手电筒给我，我找金子时把我的电池用完了。”

上半天一晃就过去了。苏珊和佩吉用掷钱币的方法决定由谁烧饭，谁赢谁烧。苏珊叫了“正面”，结果赢了。于是她离开其他那些还在冲沟里干活的人们，走回营地，发现提提已经给正在中国的爸爸写完了一封信，又在忙着给妈妈和咳喘着的布莱基特写信。苏珊把水壶放到火上。这天早上，她在下山取牛奶时悄悄向泰森太太借来了一只平底锅。其他人以为，所有的炊具都在冲沟里被用来淘金，因此这顿午饭一定最差，而苏珊打算给他们一个惊喜。她正在热两罐牛排和腰子布丁，一份土豆和一些菜豆。提提写信写得很慢。她已经写了，由于土著人的最佳关照，他们一切安好，他们还发现了金子，弗林特船长将会欣喜若狂……“可是犰狳始终没来，多萝西认为它可能葬身大海了。发现金子的是罗杰。我用一根叉棒找到了水源。起初它很恐怖，但是我第二次就满不在乎了。你们过去有没有干过这事？布莱基特好吗？一定要快点回来。现在我们已经发现了金子，我们打算让一位真正的矿工把它做成一块金锭。我们准备好了，弗林特船长一来，我们就到野猫岛去。但是，我们要等他们到达以后才能动身，因为我们必须把金矿看守好。你们亲爱的提提。罗杰本想过来传达爱意，但是他正在寻找钻石矿。非常爱你们。我说话算数。提提。”

“午饭差不多好了，”苏珊最后说，“最好去给罗杰和迪克森家姐弟发信号，而我们嘛，咱就送到冲沟去……”

钻石矿的勘探并不是太成功。

罗杰、迪克和多萝西由于对已经探索过的洞穴有点厌倦，就在高顶岗子北边的石南丛中休息，那里的鳕雪断崖（同时就是干城章嘉峰陡峭的支脉）就像一堵墙高耸在他们上方。

罗杰正把滑落出来的几码长的一段线头绕回到线团上。它一直没怎么派上过用场。探索那些老巷道可以不要绳子，没有哪条巷道的深度超过几码。

“真的不太公平，”罗杰说，“如果不是因为我在等别人的时候走进了冲沟里的金矿的话，我根本就发现不了金子。”

迪克什么都没说。他正仰卧着，两手捂在眼镜上，同时透过指缝窥看烈日炎炎的晴空。他曾努力使用护目镜，但却发现在戴着近视眼镜的同时也把它戴上很不舒服。就在空中某个地方，有一只老鹰，或许就是扑下来攻击过荷马的同一只老鹰——一个黑点——它又来了……还是已经飞走了？天空如此明亮，他的眼睛看着看着就涌出了泪水，于是他闭上眼睛，这就好像一顶温暖的红色布帽遮住了一切——他想起了血液循环，接着就想，每一滴血会不会流遍全身，那要多长时间……

多萝西的想法与罗杰不谋而合。他们在鳕鱼断崖下面沿着高顶岗子边缘前进，在山梁侧面看到一个又一个洞穴，而且一个比一个诱人。在你随身带着没有打开的线团（这比任何类似汉森和格雷特尔丢下的任何面包屑残痕好得多）的情况下从这些洞穴跑开，简直是大大的浪费。万一他们三个人真能发现什么东西呢？既然能够发现金子，怎么就不会发现钻石？无论如何，不去看看，未免显得可惜。同时，她也理解苏珊的感觉。

“她不可能一边做饭一边留意看住我们……她也知道别人都忙得不可开交。”

“假如我没有发现金子，我们大家就仍然还在寻找呢。”罗杰说。

“那不就糟透了吗？”多萝西说，“南希说了，眼下时间可耗不起呀。还真是这样呢。他随便哪天都会来呢——”

“我妈妈和布莱基特也快来了，”罗杰说（这时他看到了新的光明），“然后就进行爆破……我们还要上岛……在船屋打一场战役。我会围绕岛屿给你们表演游泳，或者从岛屿游到湖岸——距离更长呢。你们会游泳吗？”

“他当然会啦。”多萝西说，“嗨，上一个假期时，当他从船上掉下去的时候——”

话还没说完就没声音了。

“迪克。”她悄悄地说。

罗杰已经看见了她所看见的情况，并且就像蛇一样贴住一块岩石。迪克从眼镜背后睁开一只眼睛，发现多萝西的脸正和他的脸靠得很近。她的脸色足以让他保持沉默。不一会儿，他也明白了是怎么回事。

距离他们不到三十码的地方，高顶岗子的干苔藓尽头就像被山岭阻住一样，“扁帽子”站在几块岩石旁边对着阳光眨着眼睛。他摘下他的软呢帽朝袖管拂了拂。接着，他脱下外衣看了看，把看到的一些尘垢掸掉。显而易见，他毫不疑心除他以外还会有别人在这里呢。可他是怎么来到那里的呀？短短几分钟之前那里还没有人呢。早上他们亲眼看见他走上那条山岭的。哪怕在他们寻找钻石的时候，他们都始终没有忘记自己还是侦察员。

只要看见“扁帽子”或者什么人走在高顶岗子上，他们立刻就会因此产生警觉。而他现在就是，靠他们很近。假如他是从岭上走下来的，他们肯定早就看见他了，而他肯定也看见他们了，但是谁都觉得他并不知道这儿还有他们呢。他们蜷缩在一块岩石后面监视着。

“扁帽子”转脸朝高顶岗子张望，仿佛是在选择方向，然后，照例跨出长腿，迈出了稳健的步子。

“我们该不该把他截住？”多萝西说。

“他没接近冲沟呀。”罗杰说。

“可他是怎么来到这里的呢？”迪克说。

他们看着那个瘦高个在苔藓上大步前进，然后，他们像印第安人那样蹑手蹑脚地朝第一眼看见他的那个位置移了过去。

在那里的岩石当中，他们发现了不比他们高多少的一个洞。他们朝黑暗的洞中望去，但是因为外面有明亮的阳光，他们什么也看不见。

“是个矿穴。”罗杰说。

“他肯定是躲在这里的。”多萝西说。

“可是我们明明看见他往岭上走的嘛。”罗杰说。

“假如他是从这里进去的，我们早就会看见他的呀。”迪克说，“肯定还有另外一个入口。”

“本事真的不亚于一条蛇呢。”罗杰说，“假如说他在没被咱们发现的情况下来到了这里——喂，里面可是一条像样的巷道呢。”

他把提提借给他的手电筒掏出来，朝洞里照过去。迪克和多萝西越过他朝里面探望着。

“它以前肯定有过更大的开口呢。”迪克说。

“等会儿，”罗杰后退几步说，“我得系上线头。”

“哦！可是听着，我们该不该这样？”多萝西说，“苏珊说过——”

“‘扁帽子’比约翰和苏珊大得多。”罗杰说，“苏珊说，凡是她和约翰没进去过的洞，我们就不能进去勘探，从而确保安全。好吧，他比他们两人加起来都大，而且他还是个土著人。可以绝对肯定这个洞是安全的……而且这里还有一片石南，所以肯定行……”

他蹲在地上，把线头拴在石南那多茎的褐色根部。然后，他边走边放长线绳，再次走进隧道。

“来吧，迪克。”他说，“得另外有个人拿手电筒，还要两个人照看这根线绳。”

“肯定能行，”迪克说，“我们刚才看见他走出来的嘛。”

“就一点点地方啊。”多萝西说。

不一会儿，他们三人就在山旁边消失不见了。刚一进洞，他们就停下脚步，转身从黑暗的洞中向外看看阳光普照的高顶岗子。“扁帽子”正一步一步走远呢。

“不应该有人监视他吗？”多萝西说。

“他又不往靠近冲沟的地方走。”罗杰说，“走吧。这是一个比咱们那个更大的洞，我们可能会发现什么东西呢。”

“你在我们那洞里是怎么发现金子的？”多萝西说。

“哦，就只是用锤子敲的呀。”罗杰说，“快点，咱们再往里走一点吧。注意线绳。”

“它不像咱们的洞那样干燥，”迪克边说边仔细看看侧壁上一处潮湿发亮的地方，“可能因为咱们那个洞浅，这个洞一直深入到山的内部的缘故。”

“哎呀，不管怎样，我们可别往里走太远，”多萝西说，“不过一定得让咱们发现点东西。”她已经可以看见他们得意扬扬地回来了，把双手捧着的宝贝展示出来。可能不是金子……而是别的东西……银子可能不怎么值得炫耀……钻石吧？有什么不可以？地下，像这样的一处地点，他们是有可能发现任何东西的呀。

“一定要注意线绳，”罗杰说，“你们要是把它踩住了，弄断了，我们就会找不到返回的路呢。”

“但是，我们能够看见洞口的亮光嘛。”迪克说。

“我现在就看不见呢。”罗杰说，“隧道有点弯——你的手电筒呢？我说，这可是真正的勘探啊——”

“别太远。”多萝西说。

“喂，”迪克边说边用锤子敲打着，“是木头，他们曾经支撑过一点——”

“或者是个隐藏点。”多萝西说，“他们可能曾经把各种东西隐藏在木头后面呢。”

“是做支撑的。”迪克说，“它出现过松软的现象呢，你从这里就能看见。这儿勉强可以挤过去。”

“或许这里就到头了呢。”多萝西带着希望说。

“不是，”迪克说，“它变大了，又走得通了。”

“你慢慢挤过去吧，多特。”罗杰说，“或者是我先过去，你来暂时拿住线绳。别走，也别再把它踩住。”

他们爬上刚才那些几乎挡住通行的松动木块，还用手电筒朝坚固的石壁这里照照那里照照。

“呼——呼——”罗杰为了适应隧道而发出带着空响的声音，“注意，我们的绳子快要到头啦。”

“我们无论如何必须往回走了。”多萝西说。

提提已经看见他们远远地躲进石南丛中，于是她就隐藏起来监视“扁帽子”。大约就在这时，她再次搜寻他们，却看不见他们了。她必须把苏珊的信息传给他们，因此必须找到他们。眼下，他们全都无影无踪。这当然属于很好的侦察工作，但目前却成了一个讨厌的负担。

第二十四章 活 埋

提提确信自己曾经看见他们就在鳕鱼断崖下面，断崖其实就是干城章嘉峰的长长支脉，犹如一条臂膀揽抱着高顶岗子的北部。她首先瞥见“扁帽子”，他正在起伏不平的地上朝她这边走着，她猜想：“可能赶不上阿特金森农场的晚餐了。”她一直仔细监视着他，确信他不会走近金冲沟，否则，她就必须抢在他的前头去向勘探人员发出警报。后来，当她再次寻找迪克、罗杰和多萝西的时候，她却看不见他们的身影了。他们曾经躲在一些岩石背后，免得让“扁帽子”看见。这一点她表示理解。但是，到了现在，他已在他们这一侧走得相当远了。那边没有蕨丛可供他们用来迂回潜行。他们已经没有时间走多远了，提提拿起望远镜瞄准一堆堆岩石，试图寻找一顶帽子、一只手或一条腿，寻找诸如此类可能暴露他们藏身之地的影子。

“迂回潜行的本事真棒。”提提自忖了一下，然后，由于需要发出一条信息，而且又不可能向你看不见的人发信号，她就赶紧奔过干枯的苔藓。

这里肯定就是她上次看见他们的地方。这就是他们注视过的岩石表面。原因是，还有他们的锤子留下的痕迹。她上下左右仔细打量，还有三颗吸干的橙子整整齐齐地摆放在石南的根部。“他们应该把它们带回营地去烧掉才对。”提提暗暗想道，“不过，他们可能只是暂时把它们放在那里的呢。”可是，他们在哪里呀？她回头望望高顶岗子。“扁帽子”已接近褐谷路，要赶回去吃饭呢。她喊了起来，当然声音不是太响。

“喂！”

她又静听了一阵。

“喂，你们这些白痴，”她又呼唤起来，“吃饭啰！苏珊说了，你们必须回来。”

那是什么？是不是有人在答话？可声音是从哪里来的？

提提扫视了断崖底下一个个黑暗的洞穴。既然苏珊已经说过了，那么谁都不会走进任何一条旧巷道——哪怕是为了躲避“扁帽子”。就在这时，她看见一簇石南猛然出现了颤抖。这可是个无风的日子。或许石南丛中有只黄鼠狼吧。提提轻手轻脚地朝它移过去。它又颤抖起来，而这一次她看见那根线绳从石南那里拉向一条巷道，然后就不见了。

“罗杰！”她喊道。

假如苏珊知道罗杰走进了一条没有探索过的巷道，她会说什么呢——提提不敢往下推想了。

“罗杰！”她又喊了一声。

绳子抖了一下，但却没有别的回应。如果他们三人正在里面，而且正在说话，他们可能根本听不见她的呼唤。真倒霉，她居然把手电筒借给了罗杰。必须立刻把他带出来。提提拿住线绳拽了一下。线绳另一头微微抖了一下。她没有再拽。万一它在锋利的岩石边缘被扯断，其他几个在里面的人没什么依靠了怎么办？提提再次从洞口向外张望。那里没有别人，只有“扁帽子”，他刚刚走下高顶岗子，踏上褐谷路，即将无影无踪。没有苏珊的影子，没有金冲沟采矿人员的影子，没有一个可以让她发去信号的人。无论如何，最好还是趁早把罗杰找出来，别等约翰或者苏珊（特别是苏珊）得知他已经进去了。

提提把线绳轻轻抓在手里，毅然朝黑暗之中走去。

起初几码远，她倒是看得相当清楚。由于是刚从干燥的丘原走进来，双脚踩在潮土或者至少是踏在粘脚的地面上，有种怪怪的感觉。她想起了自己和另外几个人去看石板瓦匠鲍勃的情形，想起了隧道中的水坑以及狭窄车轨旁边的水滴。但是，巷道很快就变得越发黑暗，这样一路摸索着粗糙的岩石表面，还要让手指在线绳上轻轻滑过，实在是感觉不到一点儿愉快。

“喂！停下吧！罗杰！”她喊道。

“喂！”出现了一声回应。非常近呢，但是为什么没有亮光？她可以肯定，迪克和多特出发时是带着手电筒的，而她把自己的手电筒给了罗杰。

“喂！”她又朝里面喊，“你们在哪儿呀？”

“喂！”又传来一声回答，更像是多萝西，而不是罗杰。

“哎哟！”她撞上了前面的东西，是粗糙而又潮湿的木头。响起了一阵小石头和松散泥土掉落的声音。

提提站住不动。至少她还有火柴呢。她掏出火柴盒，划亮一根火柴。她看见自己处在巷道的转折位置上，它先是向右一个急转，然后又向左拐过来。拐角之处在许多年前曾用木料支撑过，头顶上方是一些扭曲的木板，它们搁在竖直的木料边上。泥土和小石头正从上方木板的缝隙中往下掉落，有些撑木好像已经滑移，因此巷道已经很窄了，为了绕过拐角，她不得不爬上一堆石头和泥土。这恰恰就是苏珊所担心的那种巷道，恰恰就是连南希船长都说过不太安全的那种地方。她必须立刻把罗杰从里面拉出来。

“罗杰，”她喊道，“等一会儿，别再走远啦。”

“喂！”

他们在里面，靠得很近呢。就在她的火柴烧到指尖快要熄灭时，她看见线绳在拐角转了弯。过了一会儿，她在黑暗中看见了洞壁上的光影，她朝前一爬，只见在她前头不远处有些黑影，还有三位勘探者的手电筒。

她在巷道一侧再次撞上一根旧木料。又出来一些东西，那些细小的东西一下子从老木板之间倾泻到她的头上，那些木板是很早以前矿工们用来为狭窄巷道做顶板的。

“罗杰！”她大声喊道，“停下！你们必须立刻就出来。苏珊说了，我们不得走进巷道的任何地方，除非她和约翰首先肯定安全可靠。”

“但这是安全可靠的嘛。”罗杰说，“‘扁帽子’本人就是从这个洞走出来的，而他的年纪比他们任何一个人都大呢。”

“可它正在塌落碎片。”提提说，“听，在我刚才撞到的那一侧还有东西往下滑落呢。就听听吧。你们马上回来！快！当心！你是亚马逊号的船员，不是吗？船长们会气疯的，苏珊也会气疯的呀——”

“他恰恰来自地球内部。”多萝西一半是对别人说，一半是对自己说。

“他刚才就像一条蚯蚓一样冒出来了，”罗杰说，“还甩了甩他的旧帽子扬长而去。”

“但是听听吧。”提提说。

迪克正用手电筒照向巷道的各个侧面，这里没有橡木，全是坚固的岩石。这里的一切都是够结实的。可是，在他们身后，就是洞顶用木柱支撑、上方顶板鼓胀着的那个隧道转折点处，再次响起泥土倾落的响声。

“我们通过那儿时还相当好呢。”罗杰说。

“可你听听吧。”提提说，“走吧。我们应该赶快出去。”

他们身后传来一块更重的石头落在巷道上的响声，还有木料吱吱嘎嘎开裂的响声，以及泥土滑落的响声，响声突然持续加大。又是一声吱嘎，接着是一声闷响和一声哗啦，随后就是石头砸在石头上的微弱声音，最终渐渐安静下来。

罗杰和多萝西用各自的手电筒照向对方的脸。迪克早就朝刚才出现响声的地方走了回去。提提一把抓住罗杰的胳膊，而她本人则沿着巷道开始往后退。

“当心，”罗杰说，“注意绳子，别让它缠住你的脚。”

“我们不能从这里出去了，”迪克低声说道，“那些老木头肯定滑掉了，巷道已经堵住了。”

“被关在里面了。”多萝西说。

“但是我们必须出去。”提提说。

“被活埋了。”多萝西说。

他们的手电筒照出了一大片松动的泥土和石头，而且还有一根烂木头从石堆里暴露出来，巷道被堵住了。古老的顶板已经垮塌，于是沉重的东西就和它一同砸了下来。

“假如我们想要往上爬，更多东西就会掉下来。”提提说。

“他们会过来把我们挖出来，”多萝西说，“他们会发现线绳仅仅通进了泥土里。”她这时在打量脚下的线绳，它被掉落下来堵住隧道的东西埋得看不见了。

提提突然提高嗓门。“可是他们万万不能啊！”她说，“他们万万不能。苏珊会以为罗杰死了呢。我们必须自己动手把线绳挖出来……快呀……快，要抢在他们对所发生的事情进行猜测之前哪。”

“注意，”迪克说，“这些木头也在垮塌。闪开！回到全是岩石的地方去。”

他们赶忙沿着巷道往回走。

“哎呀，我真抱歉，提提。”罗杰说。

“算了，我们还是往前走吧。”迪克平静地说，“我们能够从‘扁帽子’进来的地方出去呢。他不是从这里进来的——”

迪克的话或多或少让每个人都感到惊讶。洞口突然在他们身后堵上了，别的人顿时忘记了，即使不能往回走，他们还是能够往前走的呀。

“快走，”提提说，“我们越快越好。苏珊差不多马上就要来找我们了。她是派我来叫你们回去吃饭的。”

罗杰拽了拽线绳，没有拽动。他使出全身的力气一拉，绳子就断了。提提明白，搜索人员将会发现什么情况——一小丛石南，从石南引出的线绳进入山洞，然后在可能需要好几天才能搬掉的泥石重压之下未见踪影。一旦他们看到这种情况，那就什么都无法阻止他们认为罗杰、提提和迪克森家姐弟已经被埋在下面了。

“哦，别浪费时间了！”她声嘶力竭地说，“快走！用不着把线绳绕起来啦。”

“我们可能需要用到它呢。”迪克说，他已经不再神不守舍了。就像在寒假里发现被困在悬崖上的绵羊时一样，他似乎顿时就把一切都想全了，而且懂得该做点什么。

“别浪费手电筒，”他说，“以防万一。把你的关掉，多特。还有你的，罗杰。咱们先使用我的手电筒吧。我们必须有个人把脚印看清楚。”

“脚印？”

“‘扁帽子’的。”迪克说，“就在我们听见你的喊声之前，我就正在看它们呢。地上潮湿，脚印非常清楚……不是在这儿……”

“我们大家踩来踩去就像野牛。”提提说着，差点宽慰地笑了起来。

“在这儿呢，”迪克说，“这是我们所能找到的。这儿有‘扁帽子’的靴子印。”

提提在迪克靠近地面的手电筒的照耀下打量着它们。他曾穿着一双大靴子，沿着靴底边缘的是些防滑钉。

“你找不到另外更棒的马蹄印子。”她说。

“它们多着哩，”迪克说，“而且都朝着一个方向。他不止一次从这里走过呢。我们只需跟从它们往前走，就一定可以在某个地方出洞啦。”

第二十五章　赶路的鼹鼠

在巷道里排着一路纵队跟随一支手电筒往前走，可不太容易，但是他们知道迪克的建议是对的。当你让手电筒一亮一熄的时候，电池可以长时间持续有效，但是，你如果让它一直亮着，还想靠它进行阅读或者干些类似的事情，那电量就会很快用完。他们只有三支手电筒，那就不能随便耗费了。谁能说清这条隧道有多长啊？

迪克弯着腰走在前头，同时把清清楚楚印在巷道的潮湿地面上的足迹照亮。年复一年过去了，却不曾有人经过这条通道。尘土飘落下来变成了烂泥，如今，出现了“扁帽子”留下的大脚印——脚尖和脚跟。这是不难跟踪的，比迪克和提提在干燥的林中小道上努力跟踪南希的足迹要容易得多。

罗杰和多萝西跟着迪克一路走来，越过弯着身子的迪克，朝黑暗的前方望去。岩石重叠的洞壁和洞顶被迪克的手电筒光照得时隐时现，因为迪克在寻找一个个脚印时，手电筒拿得很低，距离地面仅有一尺。提提走在最后，而他们三人都尽可能地紧靠迪克和他的手电筒光，同时提提还在催他再走快点。

“她肯定要来找我们了，”她说，“可得快点走啊。别管脚印了。只要巷道不分岔，我们就走对了。”

“到目前为止，所有的脚印都是朝这个方向的。”迪克说。

“那就往前走呗。”提提说。

迪克加快了速度，至少他没有细看每个孤立的脚印，而是一路朝前走着，同时满足于能够看见一路脚印。他在一步一步前进，其他人紧紧跟上。巷道虽窄，但是洞壁和洞顶都是岩石。

“这样挺好，”他低声说道，“只要没有更多的木头。除非担心有东西往下掉，否则谁都不会费心撑上木料的。”

他把越来越暗的手电筒光打向洞壁和洞顶。

“‘扁帽子’一定是从某个地方进来的。”他说。

脚步突然停顿了。提提感觉到了异样。他们走上了坚硬的岩石。迪克再次弯下身子。

“看不见更多脚印了。”他说。

“咱们还是应该往前走呀。”提提说。

“咱们换一支好些的手电筒吧。”迪克说，“嗨，罗杰，你那一支还不赖，你到前头来吧，让我的手电筒休息一下。它快完了。”

罗杰跟迪克对调了位置，然后急匆匆地朝前奔跑。突然他停住不跑了。

“现在咱们怎么办？”他问。

巷道通到了一个穹顶洞窟，另外还有四五条巷道在这里汇合。它们看上去大小相仿，没有哪条正好与他们过来的巷道直接相对。

罗杰把手电筒挥了一圈。

“别动！”迪克说，“我们是从哪条巷道出来的？我们在弄清楚以前绝不能动。”

“这一条。”提提说。

“注意，”迪克说，“你就站在原地，这样我们就不会糊涂了。”

“要是我们原路回去就太糟了。”多萝西说。

“我打算把每条巷道都试一试，直到找出更多的脚印为止。”迪克说。

“把线绳带上。”罗杰说。

“好主意。”迪克说。

“咱俩一起过去行吗？”罗杰说。

“不行！”提提说，“你不擅长认路，还是迪克行。”

“你看好绳尾，”迪克说，“而且要看着这里。把手电筒给我，你暂时把我的拿去。”

他带着罗杰的手电筒向前行进，对其中一条巷道的地面进行搜索。提提就站在他们刚刚走出来的那条巷道口上，起初那会儿，她还能看见他手电筒后面的阴影。后来他的巷道拐弯了，穹窟中的三人陷入了彻底的黑暗中。

罗杰揿下迪克的手电筒开关。里面没电了。它发出一束微弱的光，但是即使这样也比没有好。

“别放掉线绳尾巴，罗杰。”提提说。

“不会的，”罗杰说，“我已经把它绕在我的指头上了呢。”

“他正在往回走。”多萝西说。

一丝亮光，起初微弱，接着增亮，然后，迪克拐了个弯，径直走来，同时束起线绳，手电筒随即大放光芒。

“里面什么都没有看见，”他说，“我去试试下一条吧。”

“想必‘扁帽子’是从其中一条巷道过来的。”多萝西说。她的声音很低，同时注意听着迪克的脚步声在第二条巷道中渐渐远去。

“情况会好起来的。”罗杰既是在对多萝西说，也是在对自己说。

“重要的是时间。”提提说，“他又回来了……情况不妙？”

“我一直走完了这根线绳的长度，”迪克说，“地上相当黏，足可以显示有人走过没有。很可能就是这条。这两条当中的一条必定是主巷道，它们都大致与我们走过的那条相对。你没有移动吧？”

“一寸都没动。”提提说。

不一会儿，他们就被迪克的欢呼吓了一跳。他的声音在穹窟里嗡嗡回响，就像一下子从所有的巷道同时发出来似的。

“好啦，”他大声喊道，“又找到它们了！”

“我能在前面走吗？”罗杰说。

“最好还是让迪克先走吧。”提提说。

“也行，”罗杰说，“不管怎样，我来拿绳子。”

这支小队赶忙向前走了起来，好一阵子没有说话。

“它肯定穿过了整座山呢。”多萝西终于开口说道。

“采石场就在它的另一个出口。”罗杰说。

“可那得有好几英里呢，”提提说，“我们必须往回走。”

“手电筒坚持得了吗？”罗杰说，他们的第二支手电筒已经暗了下来。

“还有我的呢。”多萝西说。

“听着，”提提说，“没准儿这就是老平巷。南希的确说过，它可能贯穿全山。没准儿‘扁帽子’在跟石板瓦匠鲍勃谈过话以后是从这里往回走的呢。”

“我们肯定已经走过一半路程了。”迪克说。

他们跌跌撞撞，尽力赶路。

“可惜我们没在手电筒有新电池的时候遇到这种情况。”罗杰说。

“用你的手电筒吧，多特。咱们最好让罗杰的手电筒休息一下，那样它就有可能再次振作一会儿呢。”

迪克停下来，把手电筒还给罗杰。多萝西把自己的手电筒递给了他。

“它也好不了多少，”她说，“前天夜里，我用它把我一时忘掉的直到半夜醒来才想起的东西写了下来。”

“比另外两支要好些。”迪克说。

“听！”提提厉声说道。

“另外又有哪里塌方了。”多萝西说。

“不是，是有人在干活。”提提说。

“肯定是石板瓦匠鲍勃。”罗杰说。

“走吧。”提提说。

两分钟后，他们停下不走了。一种新的噪音近在咫尺，就像一辆货车撞在铁路的尖角上发出的轰隆声和铿锵声。突然出现一道亮光，一辆载货小车从一条侧洞转了出来，在他们面前咔嗒咔嗒滚向远处，车子后头跟着个一路小跑着的人。

“石板瓦匠鲍勃！”罗杰叫道，“我早就知道是他。那一定是从他的石板矿通出来的巷道。我们快到出口了。”

“别喊！”提提及时提醒了一句。他们现在安全了，因此她可以想想别的事情了。“注意呀，”她说，“我们首先得搞清楚‘扁帽子’有没有跟他谈过。”

过了一会儿，他们来到鲍勃采石场侧道与老平巷汇合的地方。

“我们上次来这儿好像多年以前的事了，不是吗？”多萝西说。

“他已经来过这儿了。”迪克说，“‘扁帽子’的脚印越过了副巷道。如果他是直接走过的，那么脚印就不会那样。”

“石板瓦匠鲍勃是朋友还是敌人？”多萝西问。

“问题就在这里，”提提说，“我们不知道。不管怎样，现在快走。我们先要使劲往上爬，然后再往回走。”

他们大家沿着老平巷跑了起来，但是其实跑不快，因为总是在小车轨道上跌跌撞撞。他们在巷道里来到拐弯处，前方的黑暗中出现了针孔大的亮点，他们能够看到入口处的亮光了。

“得救了。”多萝西说。

“假如苏珊发现了那段线绳就不得了啦。”提提说。

“她发现之后可能会把索福克勒斯放出去求人过来把我们挖出来呢。”多萝西说。

“真糟糕，”提提说，“一定要振作，罗杰——”

这时，这群喘着粗气赶路的鼹鼠终于发现自己摇摇晃晃地来到了豁然开朗的天空底下，顿时就被突如其来的阳光照得眼前发黑。

“你们是从哪儿过来的呀？”

一个肩膀宽阔、双臂过膝，正要用他的大手卸车的老人打量着他们。这位老矿工就是石板瓦匠鲍勃。

他们朝他眨着眼睛，望着他。

“在我推着车子出来时，你们是不是躲在里面？我什么也没看见……什么也没听见呢。”

“我们是直接从高顶岗子穿过来的。”罗杰说，就在他即将原原本本讲出一切时，忽见提提在对他使眼色。

“你们没直接穿过老平巷吧？”

“我们别无选择啊。”迪克说。

提提瞪住迪克。谁知道说出来到底是不是安全呢？

“我们得赶回去呢。”提提说，“其他人不晓得我们在哪里。”

“那一头不合适。”老矿工说，“你们没在老平巷里跟他们分手吧？南希小姐应该知道那一头是不安全的呀。”

“他们挺好的。”提提说，“他们不可能往里走，好多石头塌落下来了。”

“天哪，”老人说，“你们还真幸运。可是你们在巷道里干什么来着？”

“我们看见有人从里面出来，”罗杰说，“所以我们知道不会有事。”

“对他那样的人来说是没事。嗨，他是个矿业老手呢。自从个头儿这么高的时候，他就上上下下找矿啦，找钻石，什么都找。老平巷甭想让他这样的人送命呢。嚯，他和我一样，也是个很棒的矿工。他今天早上才对我说，他打算从那头开始放些新木料进去呢。现在它就垮塌了。幸好你们没在那下面啊——”

“他以前穿过那里没有？”罗杰说。

“穿过。”老人说，“不止一次，他当时还跟我闲聊过呢。你们在高顶岗子做什么？你们可以把我的话告诉南希小姐，她应该知道，还是不让你们大伙儿走进老平巷为好啊。”

提提开始穿过石板堆往前走了。谁知道罗杰接下来会说出什么话呢？有一件事是清楚的，“扁帽子”好歹赢得了石板瓦匠鲍勃的好感，所以说什么都不会安全。无论如何，一分钟都不能耽搁。虽然撒腿就走可能显得鲁莽，但是苏珊、南希、约翰和佩吉在山那头并不知道他们现在怎么样了。假如他们发现那段线绳伸进了巷道，那他们就会想到最坏的情况。

“我们非走不可了，”她说，“再见。我们一开始并没有打算穿过整条老平巷呢。”

“还好，没有人受伤。”老人说，“它早就有可能随时垮塌了。斯特丁先生主要是从丘原上面过来。”

“那个戴扁帽子的人吗？”多萝西问。

“是呀，他的帽子没啥不合适的，”石板瓦匠鲍勃说，“也不影响他的矿业嘛，听他聊聊是件快活事儿呢。”

“再见！”提提大声招呼道。

“再见！”其他人也一齐喊着。

“我们如果直接走过去可以到达高顶岗子吗？”迪克问。

“是呀，”老人说，“你们不会走错的。可是从大路走，你们会发现更加容易些。”

“来不及了，”提提说，“我们应该直接往前冲呢。”

“祝你们愉快！”老人喊完，就转身伸出一双大手把一块块大石板从他的车子上搬下来，与其他需要加工的石板摆到了一起。

“你听见他说什么了吧？”他们在老平巷出口处离开了松动的石头，朝上方的石坡攀爬的时候，提提悄悄地说，“你都听见了，他和‘扁帽子’站在一边呢。南希还想请他帮忙哩。我真担心，你每一分钟都有可能把咱们发现金子的事儿告诉他呢。”

“我没有。”罗杰说。

“你能肯定咱们没走错吧？”多萝西问。

“只要咱们是直接往前走，”提提说，“而且干城章嘉峰就在那儿呢。”

“可是他呢？”多萝西说，“我们看不见他的头顶了。”

“没走错。”提提说。

“我们要是有罗盘就好了。”罗杰说。

“即使有了你也会迷路的。”提提说，“还记得在返回燕子谷的路上遇到的大雾吧？”

迪克停下来掏出他的手表。“有个办法，”他说，“我上学期在一本书上看到的，你把时针指向太阳，那么南……或者北就在这个钟点与十二点钟的中间点上呢。”

“是朝南，”提提望着迪克摆在手掌上的手表说，“不可能有别的情况。可是高顶岗子在哪里呀？”

“也在南边。”迪克说。

“我们走对了。可是一定要加快速度。”

他们尽可能快速攀登着。提提由于呼吸急促而觉得胸腔隐隐作痛。迪克额头上的汗水不断滴在他的眼镜上。罗杰弯下身子，用双手把自己撑住。多萝西气喘吁吁地对自己说（声音不高，但在她的耳朵里就像在敲鼓）：“再走一点儿就是山顶，再走一点儿就是山顶了。”

“坚持，多特。”迪克说着，试图在不停攀爬的情况下擦擦眼镜。

“加油，罗杰。”提提说，“别忘了可怜的苏珊。”

“可怜的老母鸡。”罗杰刚说出口就想起来了，这次主要是因为他的过错他们才走进了老平巷，于是补充说，“我不是真的说她是老母鸡。”

“只要咱们别太耽搁就好。”提提说。接着他们好久没说一句话，都在奋力攀登。

最后，就在快要筋疲力尽时，他们来到了山脊顶上。从那里往右看，干城章嘉峰高高耸立，向左展望则是燕子谷的丘原，它就在亚马逊河谷更远的那一侧。虽然他们处在山脊的最高的地方，但是他们却看不见高顶岗子。山脊本身很宽，他们必须再往前艰难行走一百码左右满是岩石和石南丛的路程，才可以看到比“长城”边上的树林一角更多些的地方，看到远处褐谷路那不长的白色曲带状地段。

“可他们在哪儿呢？”罗杰说。

“他们奔出去求助啦。”多萝西说。

“哦，不……不。”提提说。再没有什么比这种情况更糟的了。

“无论如何有那条冲沟啊，”迪克说，“那儿没人呢。”

他们跑下一条斜坡，接着又爬上另一边，那儿的陡峭岩石得以让他们从鳕鱼断崖朝罗杰、迪克和多萝西先前看见“扁帽子”的地方眺望——当时“扁帽子”刚从山里走出来，挥了挥旧外套，抬腿走掉了。

“他们在那儿呢！”罗杰喊了起来。

“喊吧，喊吧。”提提说，“他们正在朝洞那边走呢，他们还不可能看见呢。他们看见了没有呀？把我们带来的东西挥一挥吧。你为什么没带手帕呢，罗杰？现在你明白了临走不带块手帕会怎样吧。”

他们的喉咙发干，好像他们的嘴里全是灰尘。他们所能发出的最大的叫喊声又短又无力。

“喂——咦——”提提把她母亲这位最最友好的土著人教给她的呼唤本事拿了出来。可是这种喊声好像根本送不出去，可能就像是在伸手可及的地方跟罗杰或者迪克交谈差不多呢。

“喂——”罗杰喊了起来，但是却没力气把后面的拖调喊得比一声蛙鸣更好听些。

“走吧，”提提说，“下坡啦——可是看一看怎么走。可别再把另一只脚脖子扭崴了。”

“他们看见我们了。”多萝西用沙哑的声音轻轻地说。

远远地看见下方的高顶岗子上，那四个大孩子的身影突然停住不走了。

“把你的手帕给我。”提提说，“哦，但愿咱们有两根树枝就好了。”

提提爬到一块巨岩顶上，一手拿一块手帕，胳膊挥了一圈又一圈。没错，他们正在高顶岗子上看着呢。她把左手别在背后，伸出右臂向下倾斜。然后她又伸出左臂向上倾斜，同时右臂向下倾斜。她又做了一遍，然后把两只手旋转了一下，表示完成了一句话。

迪克使劲找他的小本子。

“到目前为止，说了什么？”他找到了南希在圣诞假期为他画的旗语的那页纸，同时悄悄地问。

“A……L……L……All（都）。”罗杰说。

“W……E……”迪克在提提做动作的时候找出了字母，“L……L……Well（挺好）。”

“他们正在干吗？”罗杰说，“苏珊转过身去，走掉了。”

“她要气疯了。”提提说。

“约翰正在打手势，”多萝西说，“于是佩吉朝苏珊跟了过去，要把她拉回来呢。”

“注意啦。南希要打信号了。哎哟，她正在使用莫尔斯密码，而且动作快得要命。”

南希拿着一块手帕飞快地来回挥动，有时从一边朝另一边宽幅度地一扫，有时在头顶上短促地一挥。迪克和多萝西不指望把长长短短的含义识读出来，但是提提和罗杰却把一个个字母读了出来。

“P……U……D……D……I……N……G.”

“布丁。”罗杰说，“他们为我们留了一些呢。”

“她还没发完这个词语呢。”迪克说。

提提还在一个劲儿地念出来：“H……E……A……D……S……句号。傻瓜们……”

傻瓜们？好吧，他们本以为会被骂得比这难听得多呢。他们四个人反而感觉好受了不少。但愿苏珊别太像土著人才好。在向山脊下面冲刺时，他们又是跑，又是跳，跌倒又爬起，滑倒再狂奔。

“听着，提提，”苏珊在被带回来以后，还在和其他人一起等待他们的时候说，“你应该更加有头脑才对。你明明晓得已经是开饭时间了，还把他们带到那种丘原地带去。”

“可是，她没有呀。”多萝西说。

“是的，她是那样做的。”苏珊说，“我叫她立刻把你们带回来，而那是好几个小时以前的事啦。”

“她没带我们到顶上去。”罗杰说。

“她只是从那儿把我们带回来了。”迪克说。

距离老平巷那黑暗的入口才不到二十码，多萝西和提提的眼睛不由自主地望着洞前那一丛石南发愣。南希也把目光跟了过去。

“都怪我不好，”罗杰说，“我们不是故意的。起初不是故意的，但我们一直穿过——”

“穿过什么？”

“天呀！”南希突然失声大叫，“看看这个吧——你的意思不会是说你们曾经穿过——”

“那是老平巷呢。”佩吉说。

苏珊转而望着罗杰：“你答应过，凡是我和约翰没有首先进去过的任何矿道，你们绝对不进去的，而且还说照办不误……”

“没错，但是‘扁帽子’是土著人，而且年纪也比你们大，我们看见他从那里出来的，”罗杰说，“所以我就知道能行。于是我们走了进去，提提就来找我们了。”

“那你们为什么没有过来呀？”

“我们不能啊，”提提说，“但是情况相当好，于是我们就往前走啊走啊，出来就到了石板瓦匠鲍勃的采石场。现在不能进去，约翰——”

但是，约翰手握手电筒，正跟循线绳朝巷道里走。“你是不是说你们一直穿过去到了石板瓦匠鲍勃的工作地？”南希说，“嗯，他对我说过，这一头全是撑木，而且烂了，不安全呢。我们现在就穿过去吧，我们就一直穿过去吧，这样会节省一天的时间呢。我们越是快点请他做成金锭就越好。听着，我这就奔回冲沟去拿金粉。我们也需要马灯——”

“可是我们不能啊，”提提说，“鲍勃再也不在咱们这一边了！他和‘扁帽子’是一伙儿的——他一再和他见面——他自己承认了，是吧，多特？把任何东西告诉他都不安全。我当时一直很着急，就怕他问起金子的事呢——”

正准备撒腿就跑的南希立即停住了。

“你们没告诉他吧？”她说。

“一个字都没说。”提提说，“可他告诉我们‘扁帽子’在采矿方面样样都懂，你从他讲话的样子就能看出他站在谁的一边了。”

“哎呀，一切都完蛋了！”南希说，“怪不得‘扁帽子’一直在暗中监视我们，而且越爬越近呢。想当初，鲍勃还答应不会理他的呢。当土著人聚到一块儿的时候，你简直不能信任他们啊。”

“我们该怎么办呢？”多萝西说。

“我们就不能自己做块金锭吗？”南希说。

她看着迪克。

就在这时，约翰又从巷道里走了出来，他手上拿着断掉的线头，正在把它束起来。他把线绳另一头从石南丛那儿解下来了。他的脸色已经变得煞白，疑惑不解地打量着提提和罗杰。

“走吧，”佩吉说，“不管怎样，就让咱们往巷道里走吧。”

“什么也看不见，”约翰说，“现在不行——”

“把苏珊支开吧，”约翰只对南希一个人悄悄地说，“别让她往里走——”

南希只迟疑了一会儿，然后她那响亮的声音再次响起。

“穿过去找敌人是没什么好处的，”她说，“浪费时间。假如石板瓦匠鲍勃和‘扁帽子’是与咱们对立的同伙，就不能找他谈。喂，教授，人们是怎么从那种原料中得到金锭的？得啦，苏珊……”

约翰和南希已经动身离开巷道口的岩石，其他人也跟着离开。只有佩吉暂时恋恋不舍，她很想探探巷道的终点，但却看见南希使了一个眼色，于是只好放弃想法，匆匆跟了过去——但她并不明白个中缘由。

“罗杰，你在干什么？”苏珊突然问。

“在紧裤带子。”罗杰说，“吃过早饭到现在，我们什么都没吃呢。”

“谁都没吃，就因为你们这帮人呢。”约翰说。

“现在全都毁掉了，冷掉了，油也凉了。”苏珊说。

“我敢打赌它还是挺好的。”罗杰说。

“咱们去吃吧，不管怎样。”约翰说。

他们快步走过高顶岗子，一路上的话题不是穿过山中通道，而是石板瓦匠违背诺言，跟敌人做朋友的背叛行为。

“苏珊，”他们走近“长城”时，提提忽然说，“鸽子放飞了没有？你没有告诉布莱凯特太太说有人失踪了吧？”

“我们正准备这样做呢——”

“多可怕呀。”提提说。

“我们应该立刻把它送出去。”南希说。

在他们坐下来吃苏珊早就烧好的午饭之前，索福克勒斯正在飞行途中。

它正在捎去的信息和早先可能捎出的信息究竟有多么巨大的差别，谁都无法想象。

“我们必须嘱咐妈妈不向任何人透露我们找到金子的事，”南希说，“她可能很容易碰见石板瓦匠鲍勃。”

于是那条信息说：

务必替我们保密，哪怕是可敬的老石板瓦匠也不行。这很重要。一切安好。没空多写。S.A.D.M.C。

第二十六章 “我们只好自己动手干”

对牛排和腰子布丁来说，如果一点钟煮沸、两点钟倒出、六点钟冷得油脂凝结了才吃，这在一般情况下谁都不会很喜欢。不过，今天饿坏了的勘探者们唯一的念头好像就是还能再多吃一点。只见有人老是用面包屑把油脂刮一刮，而且吃起这些面包屑来似乎还很喜欢的样子，然后还舔舔手指头。豆子已经空瘪瘪了，但是苏珊在大家吃着布丁的时候，又把马铃薯热了热。他们把布丁当成了另一道菜，而且还发现姜味啤酒对于清除每人舌头上的那一层油脂非常有效。

他们吃掉了马铃薯，并且早就开始吃起了苹果（翠玉苹果各两个），这时他们才忘掉饥饿，开始了严肃的话题。

“唔，”南希说，“我们必须不靠石板瓦匠鲍勃的帮助就能够应付，大家同意吗？”

迪克擦起了眼镜。起初，他听见鲍勃说到“扁帽子”时的口气，曾经赞同过提提的观点。可他现在就不那么吃得准了，他有很多东西要问呢。

“我们就不能过去看看他，什么也不告诉他吗？”他说。

“可咱们不想找他，”南希说，“既然他跟‘扁帽子’成了铁哥儿们，咱们就不去。”

“不过，没准儿他们不是呢。”迪克说。

“他们当然是！”提提说，“鲍勃说的你可都听见了呀。”

“我们把我们的东西给石板瓦匠鲍勃看看，而不说我们在哪儿找到的，不行吗？”

“为什么？”

“就为了搞清楚。”迪克说。

“注意呀，”南希说，“‘扁帽子’知道我们去过的确切地点，假如我们把发现的东西拿给鲍勃看，那么他们就会把头凑在一起，从而知道我们发现的是什么东西，在哪儿发现的。然后，不等吉姆舅舅知道我们已经竖立了标桩，矿址就会被霸占掉。”

“其实我们并不是真正知道，”迪克说，“而且，石板瓦匠鲍勃什么都懂——他会告诉我们该做些什么的。”

“书上没有所有的东西吗？”南希说。

迪克看着自从考察开始以来从未离开过的那本红封面的书。他把采金的章节一读再读，但是来自一位真正采矿人的几句话抵得上大量的阅读。书上充斥着分析和化学测试。有一章是谈冶铁的，他以为可能有所帮助，但是关于把金粉变成金锭，书上只字未提。

约翰第一次没有附和南希，他倾向于迪克的意见。

“如果他们真的在一起工作，”他说，“‘扁帽子’为什么不来冲沟看看我们在干什么呢？”

“他正一天天靠近呢。”南希说，“假如我们不是一直都在那里的话，他早就闯进去了呢。”

约翰船长顿时立起身来。

“那里好久没人守卫啦！”

“而且我们把金粉留在了矿里面呢。”南希说，“我们真是傻瓜，彻头彻尾的大傻瓜呢。快走，现在他可能到了那里啦。”

苏珊刚刚开始用几块苔藓把盘子上的油脂擦掉，她把苔藓朝火里一扔，于是油脂嗞嗞作响，火花飞迸。

“今晚做不成饭了，”她说，“不过最后只剩热可可了。我们因为喝酒不喝茶而省下了好多牛奶，我们还有可可能够派上用场。为了用罐头装金粉，我把可可装进一只纸袋子里了。”

“谁要一起过去呀？”约翰说。

“我们都去。”提提说。

“我和佩吉得洗锅碗，”苏珊说，“罗杰也累了一整天，他不能去两趟冲沟呢。除非他不吃可可——”

“哦，我说——”罗杰说。

“要不然，他就换个地方，睡在自己的帐篷里也行——”

“不行，不行。”罗杰说。

“好吧，”苏珊说，“那你现在就留下来，帮着洗洗泰森太太的平底锅。”

“谁要过来的最好就快过来吧。”约翰说，“自从咱们停止干活，去找其他人以来，那儿一直没人把守呢。”

“我看见他回家去了。”提提说。

“那是老早以前的事了。”南希说，“走吧，约翰。”

两位船长匆匆赶往金冲沟，后面跟着提提、多萝西和迪克这位忧心忡忡的地质学家。

“天哪，”约翰弯腰爬进矿里时说，“我走的时候灯还亮着。如果他进到这里一看，肯定发现了一切东西呢。”

“没事儿，”南希说，“任何不晓得的人要是闯进来，就会在研钵上绊个重重的大跟头。我正好把它放在门口了，它还在那儿呢。”

“上面没有血吧？”提提说。

“一滴也没有，不管怎样，它正好还在我放的位置上。”

“金子在哪里？”多萝西说。

“在这儿呢。”南希说，“他肯定没来过，否则他早就撞在上面了。当苏珊焦急万分地跑来说你们这些白痴失踪了的时候，我就把所有的东西都留在了煎锅里面。”

在昏暗的灯光下，她把金粉小心翼翼地收罗到一起，倒进可可罐里。

“哟，”提提说，“你的成果不小啊。”

“你们这帮人要是没有失踪，我们的活儿还要干得更多哩。这听可可罐才装了一半多点儿呢。”

“一块金锭应该多大呢？”多萝西问。

“不会太大。”提提说，“你觉得这些金粉能够做出多大的金锭呢？”

迪克用怀疑的目光看了可可罐里的金粉，又看了看仍旧粘在煎锅底上的那些熠熠生辉的潮湿粉末。

“全部熔化之后肯定会小得多呢。”他说。

“你能把它做好的是不是？”多萝西说。

“我真希望你们让我首先过去问问他。”

“谁？‘扁帽子’？”南希说。

“石板瓦匠鲍勃。”迪克说，“如果他没来过这里，那可能就说明他们根本不是同伙。”

在短短的一段时间里，就连南希也似乎有些疑惑不定了。她心里在想，假如他们在不透露已经发现可以制作金锭的金子这个秘密的前提下，向鲍勃请教点制作方法，或许是可以的吧。毕竟鲍勃曾亲口向他们讲过寻找金子的地方呢。“扁帽子”一直在山坡上瞎折腾，把白漆标记排成一条直线，不祥的箭头正一天天地逼近他们的金矿。可是如果“扁帽子”知道了石板瓦匠鲍勃告诉过他们的所有情况，他还满足于远远窥探，而不趁他们如此长久无人把守的机会从山上走进冲沟看个究竟，这当然没法解释呢。

“哎呀，我不知道。”南希说。

以前从来不曾有人听见她说过这样的话。

约翰把灯拿了出来，他们弯腰穿过洞口，立直身子，来到了八月的夜色之中。

就在这时，他们当即决定一直怀疑下去。

多萝西踩到了一只火柴盒。

它在她脚底下嘎嘎直响，于是她弯腰把它捡起来，发现它有点奇怪。

每天他们都很注意，不在冲沟留下任何可能把老巷道入口的秘密泄露出去的东西。警告霸占者的告示插在小溪谷中间，就是为了让人发现它、阅读它并且乖乖走开，而不会发现哪里藏有石英和黄金的矿脉。如今，当苏珊像土著人那样忧心忡忡跑来喊他们去把在山里失踪的四人找回时，约翰和南希并没有立即丢下一切而不收拾就离开冲沟，他们甚至还把研钵藏到了看不见的矿道里面。有这么一阵子，她心里想，他们毕竟忽视了营地上的一只火柴盒，它们多的是。就连罗杰也有一盒火柴用来点亮帐篷里的油灯。但是，暮色中仅仅朝脚下的火柴盒扫视了一眼，多萝西就发现了异常。

她吓得倒吸一口冷气。

其他人纷纷转过脸来看着她。

“你没把脚脖子扭伤吧？”提提说，因为她想起了罗杰扭伤时的叫声。

“看！”多萝西说。

“他来过这里！”南希叫了起来，差不多好像有点喜悦似的。

她拾起火柴盒端详着。其他人都围了上来。谁都看得出来，它不是他们自己的。首先，形状不一样，没那么深。其次，不是眼熟的挪亚方舟图案，而是中间带只眼睛的红三角，还有向各个方向照射的红光。

“哎呀，”南希说，“天啊！根本不是英语。这是什么呀？Phosphoros de Seguranca……Marca Registrada.Compannia Fiat Lux……”

“有点像拉丁文。”约翰说。

火柴盒被踩扁了。南希又把它挤回到原来的形状。

“嗨，”她说，“他没有进矿，但是他已经走得很近啦。”

“这事我们怎么办呢？”约翰说。

“去把它丢在阿特金森农场那儿，”南希说，“那样他就明白我们对他的所作所为是了解的。这样总该把他吓退了吧。”

他们爬上冲沟的侧壁，朝高顶岗子上面眺望。在那儿没见到一个人影。

“走啊，”南希说，“正好天还没黑。我们去把它丢在阿特金森家的门廊里头，然后你在回来的路上接一下罗杰。他们也该把可可准备好了呢。走吧。”

提提、迪克和多萝西虽然累了整整一天，但是，当约翰和南希动身往褐谷路走的时候，他们还是赶紧跟了过去。他们始终都留意朝四下里看着，但是却没看见什么东西在移动。

“他要回家了，我可以拿任何东西打赌。”南希说，“嗨，还有谁会认为他如今不是在花心思挖咱们的金子？想必鲍勃把什么都告诉他了呢。”

谁都不想在高顶岗子边上站岗放哨。五个人一路走过去，约翰和南希带头，在大车车道边的树林子中间，像蛇一样悄悄向阿特金森农场一路潜行过去。

夜幕正在降临，农场底楼的一扇窗户已经亮起了一盏灯，灯光向外照进了小花园。

“嘘，”南希说，“等一等——”她独自一人顺着花园壁根溜了过去。有一阵子他们看见她猫着腰进了门廊。过了一会儿，她又来到他们中间。

“听，”她悄悄地说，“阿特金森家的人都在屋子的那一侧，这是他的窗子呢。就让咱们看看清楚，他确实是回家了。朝墙壁靠近一点。我们如果朝那片矮冬青树走过去，就可以看到里面呢。”

当他们爬着绕过花园，到达冬青树的时候，抬头一看，正有一群蝙蝠在苍白的天空下面转着圈子飞呢。

“他在那儿。”约翰说。

“那是什么？”南希喘着粗气说，“看看桌子上吧——”

窗子开着，他们可以看到里面。“扁帽子”没穿外衣，坐在扶手椅上，脚上穿着拖鞋，跷着二郎腿。桌子上还有吃剩的晚饭，但他们大家盯着看的并不是这个。白色台布只盖住了半张桌面，另外一半桌面上是些书籍，书籍上面还随意放着一张地图，书籍旁边是十多块白色石英，被油灯照得熠熠生辉。

“咱们直接冲进去吧。”提提说。

“别作声，”约翰说，“不要踩着树枝。现在我们证据确凿了。这就够了。咱们出去吧。”

直到再次走到褐谷路上，他们都没说一句话。

“哎呀，”南希说，“这就说明跟任何人说句话都不安全呢。我们索性只能靠自己把整件事情做完了。”

“迪克能行，没问题。”多萝西说。

“我们需要大量的木炭呢。”迪克说。

“我们知道怎样做木炭，”南希说，“我们经常看比利做。”

“还要一个合适的鼓风炉，”迪克说，“采用任何别的办法都不能得到足够的火力。”

“它需要一个风箱。”迪克说。

“我妈妈有一个漂亮的风箱，”南希说，“我放在了客厅里。去告诉其他几位吧。现在就连苏珊也会明白这事很严重呢。”

他们回到营地，只见苏珊正一丝不苟地搅拌着可可，罗杰正目不转睛地望着她，而且异常安静。最终，她还是听到了巷道是怎样在勘探者们刚刚离开不久就垮塌的事情。你会认为，到了这个时刻，眼看每个人都活得好好的，就连一个土著人也感到不安吧。但是，苏珊却不由自主地觉得，这事未免也太容易了吧。

他们把在冲沟发现火柴盒子以及如何发现“扁帽子”在阿特金森家的房间桌上放着的大块石英的情形告诉了她。

“所以事情完全确定了，”南希说，“我们必须自己动手，不靠任何帮助。明天得有人到贝克福德去拿客厅里的风箱。迪克还要一只坩埚和一根吹火管。”

“做什么我不管，”苏珊说，“只要不再往巷道里钻就行了。”

“不会的。”南希说。

约翰和提提对视了一下，又把目光移到别处。假使苏珊其实看到了约翰所看到的情况，看到了线绳进了山里，最终被塌落的岩石和烂木头压在下面，她会说些什么呢?

“再有三天就能干完。”南希说，“我们可以避开‘扁帽子’那么长时间。但是，我们千万不能再让他有机会到冲沟附近去刺探了。”

他们围着营火坐着，一边喝着滚烫的可可，一边开着讨论会。等到约翰和罗杰一路摸索返回冲沟去守夜时，明天的行动计划已经制订完成。罗杰和多萝西将被派出去侦察。约翰、苏珊和南希将最后一次从事碎石和淘洗，然后着手为烧制木炭而收集木柴。佩吉、提提和迪克将去贝克福德买东西、借东西。确切地说，至少算不得是借，因为根据当时情况做出的决定是，即使到了贝克福德也不提发现金子的事。所以，派去的人当中就有佩吉。无论是提提，还是迪克，他们都不赞成到贝克福德偷偷拿走风箱的主意。他们不介意把弗林特船长的东西拿来，因为他们是因为他的缘故才要拿来的。但是偷窃布莱凯特太太的风箱就得由布莱凯特太太的女儿去干。

南希朝高顶岗子上约翰那鬼火般闪闪烁烁的手电筒望了一会儿，就朝下面的营地走去。“不管怎么样，”她说，“一等水手们穿过了山洞是件好事。否则如果我们明天带着金粉过去，把所有的一切都展示出去，那就糟透了。”

第二十七章　抢购吹火管

两部风尘仆仆的脚踏车拐进了贝克福德的院门。佩吉骑着她自己的车子，站在踏脚板上，提提坐在后面的位子上。迪克骑着南希的车子，他发现车架子太大，哪怕已经把座位调到最低还是那样。他有两三次差点摔下来，不过大多是因为他在考虑别的事情。南希把他尊为教授，希望他什么都懂，这倒挺不赖。他参照书上把炉子的示意图部分地绘制出来了，但他还没有想出怎样把坩埚固定在烧红的木炭正中呢。

不管有“扁帽子”，还是没有“扁帽子”，他就是很想跟石板瓦匠鲍勃谈谈。

他们到马厩的院子里停了下来。

“我们把脚踏车靠在墙上，”佩吉对迪克说，“把它们放到这儿没事的——你好，厨娘！”

“哎哟，佩吉小姐，你可是个稀客呀——露丝小姐好吗？”

“南希挺好的。”佩吉说，“你好吗？我们没带吃的过来。”

“我刚才以为不会是厨娘在和别人说话哩……”

布莱凯特太太斜靠着楼上的一扇窗户：“厌倦了勘探吧？你好吗，提提？还有你，迪克？这儿有你们两人的信呢。附近有没有更多的采矿人？没有？你说我们有没有东西给他们吃呀，厨娘？”

“干面包一直都有呢，夫人。”

“就给他们吃这个吗？”布莱凯特太太说，“哦，对了，迪克，你来了正好……你的那个铃儿已经变了，昨天它丁零一下就不响了。要不是我碰巧就在过道里，你们的鸽子回来了可能我都不知道呢。它又回来得很迟呢……”

“我们直到很晚才把它放掉的。”迪克说，“你瞧——”就在这时，他看见了佩吉使的眼色，于是记起来了。正如南希所说的那样，毕竟每个人都安全地从山里面走出来了，事后把它拿出来打搅人家就没什么意思了。

他们穿过厨房门和后走廊，进到屋子里，屋子看上去仍然有一种被龙卷风和飓风穿堂而过的样子。布莱凯特太太从没铺地毯的楼梯上奔下来亲吻佩吉和提提，再跟迪克握手。

“你们的信件，”她说，“一封给迪克，一封给多萝西，一封给提提——哦，对了，还有给一对外甥女的两张普拉特河彩照明信片。”

“是吉姆舅舅寄来的！”佩吉说。她和迪克一样，心里正在考虑一件事情，而且已经转身朝客厅门口走去。她接过明信片，看看自己另外是不是没想起什么东西。“蒂莫西没有消息吗？”她说，“什么都没来吗？”

“只有些板条箱。”布莱凯特太太说。迪克拿着打开到一半的信件，望着门厅地上两只大板条箱上的印刷标签。“国际矿业设备总公司”。他很希望看看里面。“就在昨天我又再次给火车站打了电话，”布莱凯特太太继续说，“但是那儿什么都没有，甚至明信片上都没有一个字。我真希望你舅舅写信呢——”

“他画出了河上一条船的桅杆顶上的大象旗呢。”佩吉说。

“他只要说出在哪条船上，什么时候到达，这都花不了一半的工夫呢。”她母亲说。

“我妈妈要我向您问好，”提提说，“布莱基特也是这个意思。我妈妈还说，希望我们在这儿不太讨人嫌。我们没有，是吧？从目前来说……我的意思是，到目前为止，当然。”

“还没有呢，无论如何，”布莱凯特太太说，“就像金子一样好呢。凡是能够发现你们的优点都值得肯定——到客厅外面来吧，佩吉。我们是刚刚开始整理的呀。”

佩吉只闪到门里面去了短短一会儿，但这已经是够长的了。她再次从那儿走进门廊，而且没有转身，就像螃蟹一样迅速闪开，刚一走开就消失在过道里了。

正在慢慢读信的迪克对于所发生的事什么都不说，但是迅速把信浏览了一遍的提提瞥见了佩吉藏在背后的东西。“像金子一样好吗？”她的两颊有点发烫。唉，谁都不想在夏天的中午把客厅的炉火点燃。

“你们有什么打算呢？”布莱凯特太太这时说道。

“我们必须到对岸的里约镇去一趟，”提提说，“我们已经用完了手电筒里的电池。”

“可能还有其他的事情要办，”迪克说，“我们首先得去看看弗林特船长的房间。”

佩吉回到门厅。“你不是要去给书房来一次大扫除吧？”她说。

“他喜欢让它保持原样呢，”她妈妈说，“我们哪怕用一根掸子把东西掸上一遍，东西都好像总会弄丢呢。不过，你们能到村镇上去跑一趟，我是很高兴的。这就省得我跑一趟了——我来给你们写一个采购清单——我只需要看看厨娘要些什么。你们最好吃了午饭再走。”

佩吉朝迪克看看。

“有好几件东西要去看呢，”他说，“还要把铃儿修好。”

布莱凯特太太走了。“哎呀，厨娘，这不是挺幸运的吗？我们的购物清单怎么样了？绵白糖快用完了——这是什么？桂皮吗？”他们走进弗林特船长的书房时没法听见她在厨房里快活地唠叨了。

“好歹拿到了风箱呢。”佩吉说。

“我看见了。”提提说。

自从他们上次见到书房以来，已经过了十天时间。那里有死了好久的金盏花的气味，迪克并没有注意到它。他直接走向玻璃门的书架，弗林特船长在那里存有各种仪器、衡器、瓶子、滤器、酒精灯和六排试管。

“好，”他说，“他有一些挺棒的坩埚呢。我还以为曾经见过呢……”

但是提提和佩吉没怎么听他说话，她们正在看着装饰犰狳睡笼的褪色花环呢。

“哦，”提提说，“全都死了。真幸运它还没来。”

“那些明信片昨天才到的嘛。”佩吉说，“如果吉姆舅舅是把蒂莫西放在同一条船上寄出的，那它随时都会出现的。人们总是首先收到邮件的呀。”

“‘欢迎回家’这几个字看上去还挺好呢。”提提说，“可我们必须把一些鲜花放上去。”

“我们如果把它们放在水里，它们可能会比花环更新鲜呢。”佩吉说。

“我来跟你说说吧，”提提说，“它可能更适应热带植物呢——”

“我们可以为它借来一棵仙人掌。”

“它会喜欢的。”提提说，“客厅里不是有一棵棕榈树吗？还有些羊齿植物——你觉得咱们可以问问吗？”

“把它们拿到这里来，从而摆脱灰尘，这样挺好的，”佩吉说，“我妈妈会喜欢的。”

“我们要为它营造一块林间空地。”提提说。

于是，就在迪克从百科全书中查阅吹风炉，并且与他画的示意图进行比较时，褪了色的花环被扔掉了，蒂莫西的睡笼，带着红蓝色“欢迎回家”字样，被放置于棕榈树荫底下，一看就大不相同了——前门靠近带刺的仙人掌，后面五六株展开的羊齿植物形成了一个热带草木庭院。

“我认为我们应该把最大的坩埚拿去。”迪克说。

“通通拿去。”佩吉说，这时她悄悄站远一点，想更好地看看犰狳的林中小屋。

“就连最大的我也嫌小呢。”迪克说，“不过，我想行了——但是，我找不到一根吹火管呢。”

“它是什么样子的呀？”

“就是一根吹得通的管子，”迪克说，“一头大，另一头有个很小的喷嘴——”

“他身边可能带着一根呢。”佩吉说。她在架子上翻找了一阵，差点把全套坩埚碰落到地板上，可把迪克吓坏了。

“我要在里约买一根，”迪克说，“会一直都用到它的呢。”

布莱凯特太太站在门口，朝人造树林望着。

“哦，佩吉呀！”她说着，就不由得笑了起来。

“不会把他们扎痛的。”佩吉说。

“我得说，”布莱凯特太太说，“它看上去真可爱。假如那个可怜的动物在航行中死掉，那就真可惜了——你干得怎么样啊，迪克？鸽铃怎么样了？再过半小时就吃午饭。”

迪克赶忙奔向鸽子楼。想必有一根钢丝滑落了，别的不会出差错。他要马上把它纠正过来。他一边往外跑，一边还满脑子想着百科全书中关于吹风炉的知识。他爬上通往阁楼的梯子，把门打开。

“你好，索福克勒斯！”他嘴里虽然这么说，可心里其实还在想别的东西，“你好，荷马！”于是他不说话了。荷马……荷马。在他低头检查钢丝时，那两只鸽子在他脑袋旁边直扑棱翅膀……两只……可是……肯定的……哦，对了，提提知道呢。他朝梯子顶部的外层门那儿退回去。

“提提！”他喊了一声。

“哎！”

它们俩正在飞过庭院。佩吉拿着一把犒赏索福克勒斯的豌豆。

“那儿应该有几只鸽子呀？”迪克说。

“一只，”提提说，“我们有两只在家里呢。”

“可这儿是两只呀。”

佩吉自己冲上了梯子。

“是荷马。”她说。

“它一定是溜出来的。”迪克说。

“看看它的腿吧！”提提大叫道。

“把滑板拉上！”佩吉喊道，“快，迪克，你这个笨蛋，别让它往外飞呀。它带着信息呢。咻……咻……咻……”她呼唤着鸽子们，它们安静了下来，并且走近一点看看豌豆。紧接着，她逮住了荷马，并且从它腿上的橡皮筋里面抽出一个薄纸卷儿。

发抖的手指把纸卷儿打开了。

纸上有常见的骷髅，还有两句话：

敌人全面撤退。侦察员看见他开车走了。

“如果他走了，”迪克松了口气说，“我们就能找石板瓦匠鲍勃帮忙呢。”

十分钟后，钢丝已经被拨正了。已被捉到外间的荷马又闯进去吃了些豌豆，于是把厨房过道里的铃儿弄得特别响亮，厨娘差点又吓得扔下一堆盘子。迪克目前的活儿干成了，所以乐呵呵地进屋去吃午饭。布莱凯特太太注意到了。

“喂，迪克，”她说，“情况怎么样了？我们该不该祝你‘生日快乐’呀？”

“真是好消息呀。”佩吉说，“南希派荷马过来，让我们知道敌人撤退了。”

布莱凯特太太看来也很开心。“他在见到南希之前就走了，我也高兴啊。”她说。

但是，他们得到好消息后却没有高兴多久。午饭过后，干面包全部没了，布莱凯特太太在那段时间告诉他们该去哪些商店，该买哪些东西。“别买橙子，如果它们干掉的话……巧克力是什么牌子？我没写……有没有罗杰特别喜爱的一种呀……提提是知道的……掰开来是方块的那种……”他们在炎热无风的下午划船直奔湖那边的里约。佩吉和提提各带两只篮子，把迪克留在药店买电池和吹火管。

药店相当拥挤。顾客们正在购买防晒护肤品和防止花粉热侵蚀喉咙的药物。而在迪克看来，药店总是有趣的，他并不介意排队等候。他找到一个地方，可以看见柜台上一堆堆专利药品一直朝化验室摆过去，那里面有个人正在开着处方。迪克注视着他一一摆弄的试管和带有玻璃塞的瓶子。过了一两分钟，他估计该轮到他了，可是售货员还在忙碌，药店的人好像比任何时候都多。又进来了许多新顾客。紧靠迪克的是又长又肥大的法兰绒裤腿，裤袋里的钱币正在叮当作响。“呃……呃……”裤子的主人羞答答地开口说出想买的东西。迪克抬头朝裤子上面看去——一件灰色法兰绒外套松松垮垮地下垂着……一顶褐色旧帽子……迪克焦急万分地看看门外——别人会以为他要干吗呢。迪克还没来得及行动，这时，柜台后面那个人朝一只包着白纸、封着红蜡的药盒拍了拍，就交给了另一个顾客，接着转向“扁帽子”……

“您需要些什么，先生？”

“呃……呃……”“扁帽子”说，“我想问问你们有没有类似一种小吹火管的东西——”

迪克的嘴张得大大的，他又把嘴合上了。他摘下眼镜擦了起来，手指直发抖，眼镜差点掉到地上。

柜台后的男子拿出一把吹火管让“扁帽子”挑选。

“它们都带有一点灰尘，”他说，“难得有人向我们打听这些呢。”

“这根挺好。”“扁帽子”说，“你说过这是多少钱的？哦，不了。不需要包起来。”他把吹火管往胸袋里一插，付了钱，就神情紧张地从顾客和柜台之间挤了出去——柜台很窄，里面挂着海绵袋和热水袋，堆着热水瓶、牙刷和专利药品。

“我能为你做点什么？”

迪克定了定神。

“我要一根吹火管。”他说。

“嗨，怪事儿呢，”柜台后的人说，“它们很少有人问津，简直是千载难逢。我刚才卖掉了一根，现在又是一根。你要吹火管做什么？收集禽蛋吗？”

“不是。”迪克说着，脸都红了。可是，那人实在不知道他对鸟类感兴趣，对收集鸟蛋却十分反感。

“今年还没到时候，对吧？”那人说，“现在我就不知道那个先生买下它去干吗的……”但是还有其他顾客在等，他把吹火管拿给迪克，并且收下了钱，而且不等迪克回答他的问题，就开口对一位重感冒女士说，治花粉热最好的药还是西姆斯嗅盐。

迪克跌跌撞撞走出了药店，直接奔向其他同伴，她们提着装满东西的篮子在人行道上缓慢走着。

“注意，迪克，”佩吉说，“我们可得小心。‘扁帽子’没有撤出呢。他就在这儿，在里约，我们刚才看见他了。”

“我知道，”迪克说，“他在药店，他在买吹火管呢，他把它往口袋里一放就走掉了——”

“畜生！讨人嫌的畜生！”佩吉说，“那就说明他已经得到了一种需要使用吹火管的东西呀。”

“我们的金子。”提提说。

“快点，”佩吉说，“咱们快走！我们应该让他们知道‘扁帽子’的情况。我们买好了东西，就差姜味啤酒了。电池在哪里？”

而迪克除了吹火管之外，别的都忘了买。他们回到店里，这次不需要久等。

佩吉把那人的目光吸引过来，选中了他们想要的八节小电池，付了钱，不一会儿就走回到人行道上。

他们把街道上上下下看了一遍，又看看前方的小船码头，并没有见到“扁帽子”的身影。他们来到两年前约翰船长和苏珊为燕子号船员买酒的那家小店。“两打汽水。”那人非常热情地帮忙搬酒瓶，一打一捆，分别装进迪克和提提的旅行背包里。佩吉的背包跟脚踏车留在贝克福德，因为那里面已经装了东西。装满水瓶子的两只背包正好是迪克提得动的，他一手提一只包。另外两人拿着杂物，已经腾不出手了。南边吹来的一阵好风让这三人很欣喜，它把船码头边的水吹起了阵阵涟漪，还让他们把亚马逊号一帆风顺地驶回贝克福德，除了河口那段之外，基本不必划桨。

他们把货物卸到船库，再经过草坪，搬进屋子，这时，他们才知道，他们买来的那些东西大多是为他们自己的宿营地采购的。布莱凯特太太主动提出要把老旧汽车开过溪谷，送货物到泰森农场去。他们有过短暂的犹豫，而佩吉则说，好歹脚踏车要驮些东西到营地去。

“随便你们。”她妈妈说，“再过半个小时茶就准备好了，你们最好还是等一等。”

“‘扁帽子’还没走呢，”佩吉说，“我们必须让他们知道。”

“你们准备好了，茶也就准备好了。”她妈妈说。

他们走进马厩院子，把东西装上了脚踏车。现在谁都没法骑车。装满姜味啤酒瓶的两只旅行包挂在南希脚踏车的车座两边，里面装着荷马和索福克勒斯的旅行篮绑在行李架上，一只杂货备品篮子则用绳子系在把手上。佩吉的脚踏车载着四打鸡蛋的纸盒子、一篮橙子、一篮面包、饼干和一大罐特殊用途的牛舌，另外还有一些小包裹以及佩吉那只装着风箱的旅行背包。风箱藏得很好，但却显得怪模怪样，而且不管她多么想方设法，铜喷嘴还是在顶部显露了出来。这事让他们为难了好一阵子……

正如佩吉所说，布莱凯特太太整个下午都在客厅里忙个不停。真倒霉，虽然那是个最最炎热的夏日，可她那只挂在墙钉上的风箱不见了，而火炉围栏和火炉用具却被挂回了原处，于是她把这间屋子总的看了一遍。敲过唤人用茶的铜锣以后，她仍旧怏怏不乐，就在这时，她走进院子，准备欣赏“大客车”，并且建议最好推迟到晚上凉爽了再带着沉重的脚踏车动身……

“一样东西接着一样东西，”她说，“你差不多会觉得家具真像闹着玩儿似的，有的东西丢失的方式——就说那个旧风箱吧……我差不多可以肯定我昨天还见过的呀——”

她看见了佩吉的脸，于是就停住了。“嗨，”她说，“你知不知道这方面的情况？我可以猜一猜，你把它藏在哪里了呀——”接着，她跟从佩吉的目光朝佩吉那部靠在墙上的脚踏车看过去。她看到了一篮橙子、旅行背包，然后就是背包顶部顶出来的风箱铜喷嘴——它正在太阳下面闪闪发光呢。“佩吉，你这个坏孩子！”

“我们实在需要嘛。”佩吉说，“风箱放在客厅里，要等冬天才会用到呢。我们只需要占用它几天时间——”

“没有风箱，你们就不晓得怎样把营火点着吗？”她妈妈说。

“不是营火，”迪克说，“而且没有风箱就不行呢——”他突然就不说了。再说下去，他就可能把他们的计划和盘托出呢。

提提的一句话帮了个大忙。

“我们会好好照看它的，”她说，“苏珊知道我们是来拿风箱的。”

“好吧，”布莱凯特太太说，“如果苏珊知道的话——可是，如果你们让许多烟沾在那漂亮的铜喷嘴上的话——”

“我们会让罗杰把它擦亮的，或者我来擦亮。我们好多年没有擦过黄铜物件了呢。”

布莱凯特太太就此罢休了。“过来喝茶吧。”她说，推脚踏车的这几位一致认为，如果赶紧喝杯茶，可能一路上走得更快一些。

回去的路程真可算是长途跋涉。他们很少说话。每次让一个人休息，可以自由地走走，而另外两人则推着载货的脚踏车。上坡时，休息的那位就帮着推。下坡时，休息的那位就在后头拉住车子不让它快速下滑。到了最糟糕的地段，唯一能做的就是一次只让一部车子行进。

距离泰森农场将近一半路程时，他们身后突然响起喇叭声。一部汽车匆匆驶过，丢下他们在路上呛灰尘。可他们都看见了谁在车子里。

“开车的是迪克·埃勒里，”佩吉说，“肯定是‘扁帽子’雇了他一天呢。”

“哎呀，他没走呀，”提提说，“他已经回来了。”

“还带着一根吹火管呢。”迪克说。

三个人穿过了泰森农场的院子，全部来到树林下面休息。他们把一部脚踏车留在那里，接着就发现另一部车和这部一样，装得要多满有多满，又是推，又是拉，连撞带滑，才上了陡峭而又曲折的山林小道。

他们可累坏了。

他们先把它撑到这一边，接着又把它撑到那一边，一程一程地向上攀爬。汗水灌满了眼眶，又顺着鼻子流下来。

树林顶上的声音是在响了好一阵之后，他们才真正注意到的。砰咚、砰咚、砰咚，还有哗嚓哗嚓的锯子声！砰咚……砰咚……砰咚……

“烧炭人！”提提惊呼起来，“是他们弄出来的声音。”

“很可能是烧炭人呢。”佩吉说。

他们一下子不那么累了，于是继续赶路。

他们终于穿过树林，走进营地。乍一看这里好像变了个地方。其他人在那里干了整整一个下午。老窑场的圆形空地上的枯叶已经被打扫一空，露出了当年地地道道的烧炭人留下的黑色灰渣。在旁边是一大堆绿色树枝。约翰挥起斧头，砰咚、砰咚、砰咚，把细树枝通通劈得一样长短。南希正在用锯子锯粗树枝，多萝西和罗杰正把它们摆起来，以便投入使用。

“好样儿的，”南希高声喊道，“他们把鸽子带来了！你们把风箱拿出来了吗？你们收到消息了吗？另一部车子呢？”

“在林子下面，”佩吉说，“车上装得满满的。”

“车杠都快断了呢，”提提说，“就像这部似的。”

“好的，我们下去把它弄上来，你们觉得这样可以吗？”

“‘扁帽子’没走呢，”佩吉说，“刚才回来的时候他从我身边超过去了。我们是在里约看到他的。”

“他和迪克进了同一家药店呢。”提提说，“可恨的事情是——”

“什么？什么？”南希说。

“他也在买吹火管。”

第二十八章　烧炭人

早饭吃过了。工作开始了。苏珊在井边洗锅碗，罗杰在水曲柳树顶上瞭望放哨，迪克独自一人留在营地。他要不是如此专注于他正在做的事情，就会听见砍树的声音。他们还需要多一点的树枝就能使之成为尖尖的炭堆了，目前树枝尖头对中摆放，貌似蛋糕——像被切掉一片的蛋糕。其他人正忙着拿来树枝把那缺片补上。

但是，迪克什么都没听见。他俯卧在地上，用他新买的吹火管把蜡烛火焰吹进一块木炭上的微小洞孔。那是真正的烧炭人很久以前留在窑场上的一小块木炭，他在木炭上挖了那么个小孔。小孔首先发红，然后由于加热而发白。他停下来吸了口气，把小刀伸进盛有金粉的可可罐头，用刀尖挑出一点点放在木炭的小孔里。

“现在应该能成。”他对自己说，而且话音不知不觉就脱口而出了。

一个阴影掠过他的双手，提提和多萝西把一批树枝往柴堆旁边一倒，就凑过来看他。

“我去把南希叫来好吗？”多萝西说。

“还是等到金子冒泡了再去吧。”迪克说。

他深深吸了口气，又开始干活。他的腮帮子由于尽量吸足空气而鼓胀起来，这样他就可以一边用鼻孔吸气，一边通过管子徐徐吹风。火焰嗞嗞作响。小孔周围的木炭再次发红，接着发白。那一小堆金粉变暗了。

“都在同时进行呢。”多萝西说。

“正在熔化。”提提说。

粉末不见了，取代它的是一个又红又热的液滴。

迪克继续吹风。那发亮的液滴在喷嘴喷出的烛火驱动下滚进了小孔中。

“他成功啦！”多萝西大叫起来。

“是个金块雏形呢，”提提喊道，“过来看看吧！”

约翰和南希扔下一捧又一捧树枝，从营地那边奔了过来。

“天啊！”南希说。

迪克停止了吹风，汗珠挂在他的额头上。他小心翼翼地放下吹火管和木炭，身体一翻转就坐了起来，摘下眼镜擦了擦，又重新戴上。木炭正在冷却，发亮的小液滴变得越来越暗。

其他人都带着一个疑问看着他。发生了什么事情？他们大家都曾以为，等它冷却以后，它就会成为一块闪闪发光的金块呢。只见它没有光泽，发暗，几乎发黑。

“哪样东西出了差错呢？”迪克说。

“没准儿外层沾着污垢呢。”约翰说。

为了把那个黑乎乎的滴状物从木炭的小窝窝中取出来，迪克的手指尖被烫了一下，接着就改用他的刀尖去拨。

“它太小，很难刮。”南希说，“把它切成两半，看看中间怎么样。”

迪克把那黑乎乎的滴状物拨到一块扁平石头上。它太小了，小刀也不容易发挥作用。有一两次，它差点从石头上滚下去不见了。后来，它卡在一个缝隙里，迪克用小刀边缘往它上面一压。它裂开来成了黑粉。

“有趣，”他说，“它熔化得挺好的呀。”

“我敢打赌，它跟木炭掺和在一起了。”南希说，“你自己也说过应该放在坩埚里的嘛。”

“当然，它不是一块十分清洁的炭啊。”迪克说，但他说这话时是非常疑惑不定的。

“不管怎样，只用一小撮来试试是没什么用的。”南希说，“你将看到，一旦我们做法得当，结果就会相当的好。”

“书上说的是用坩埚呢。”

“让我们动手烧炭吧，”南希说，“而且也要建造熔炉呢。明天我们就把全部的原料熔掉，从而得到一块拳头大的金块。天哪，罗杰，你真的把我吓了一大跳呢。”

“喂！”水曲柳树顶上再次响起罗杰的尖叫，“喂！他正在走出农场！”

“两个侦察员到冲沟去吧。”南希下达了命令，“罗杰，你可以去了，还有提提。万一他像是要非法霸占，就把他挡住。你们要是需要帮助，就发信号，我们会留心看着的。悄悄过去吧，首先赶到那里。”

“他这是去哪儿？”

“他不是在往这里走。”

侦察员们在相互耳语，他们的身子在冲沟里，脑袋正好够得着往沟外面看出去。

“扁帽子”短暂地察看了他涂在最下面的那个白漆标记之后，已经开始在高顶岗子上朝着鳕鱼断崖的方向步行。他们长时间地望着他走啊走啊，一直走到山岭脚下为止。

“他是要穿过巷道去看石板瓦匠鲍勃吧？”提提说。

“他是不能走过去的。”罗杰说。

“他还不知道呢。”提提说。

“我在想，他是不是知道从哪个洞往里走呢？”

“扁帽子”似乎对那个洞没有怀疑。他走上前去，然后，就在两天前他突然吓着守望者们的地方消失不见了。

“用不了多久，”罗杰说，“这次他将会比任何时候都更像一个匣子里的玩偶呢。”

他们在冲沟里面不可能望见山洞，但却看得见洞附近的岩石，因而知道它的确切位置。他们注视着。一分钟又一分钟过去了。

“他是不能一路挖过去的呀。”提提说。

“可能又有一大块东西从他的头顶上方掉下来呢。”罗杰用期待的口气说。

“哦不，不行。”提提拒不接受这个可怕的念头。“扁帽子”可能是个对手，他可能会勾结石板瓦匠鲍勃，他有可能成为非法霸占采矿权的人。不过，没有关系，提提巴不得他太太平平地过去呢。“哦，行了，”她说，“他在那儿呢。”

“肯定很生气，我打赌。”罗杰说。

“扁帽子”看上去已经把衣服弄得很脏。他们看见他把外衣脱下来抖了抖，还尽量用手帕把它擦干净。然后，他们看见他在努力整理裤子的膝盖部位。

“在巷道里跌跟头了。”罗杰说，口气不是同情，而是幸灾乐祸。

“现在他会做什么呢？”提提说。

他不久就拿定主意了。“扁帽子”把夹克衫披在肩上，转身朝山梁上爬。两天之前，四个水手就是从那里飞奔下来的。

“他要去跟石板瓦匠鲍勃说点东西。”提提说，“我不知道他发现了什么。我看他用吹火管忙活了一个通宵呢。”

“他爬到山顶的时候肯定会非常热呢。”罗杰说。

“扁帽子”慢慢爬上了山梁的陡坡。守望者们不必使用望远镜，他的衬衫成了容易跟踪的白色斑点。白色斑点一再上升，而当攀登者稍事休息时，它也停了下来，接着它又继续动起来，向上再向上，继而消失在满是岩石和石南的溪谷之中，接着又出现在溪谷的那一边，一直向上升高再升高，终于到达天际线，再也看不见了。

有那么一两分钟，他们望着空无一物的山坡。这时，提提跳了起来。

“走吧，罗杰，”她说，“我们去报信儿吧。”

“好，”南希说，“说不定他的吹火管也出问题了，他是为这事儿过去请教石板瓦匠鲍勃呢。”他们发现她和迪克正拿着小锹在“长城”顶部忙活着。

“我希望我们能够办到。”迪克说。

“你们在干什么？”罗杰说，“搞园艺？”

“长城”顶上一长溜岩石上的草皮已被清除。那儿的土层很薄，很容易被小锹铲起来。他们看着南希把小锹插到草皮底下，往上一撬，再切成一些方块。旁边已经摞成一堆了。

“用来给木炭布丁做外壳的。”南希说，“继续吧，拿得越多越好，把它们搬下去，你们会明白的。”

迪克帮着搬运，他们摇摇晃晃地走下溪谷，来到营地，半路遇到过来接运另一批草皮的佩吉和苏珊。

木炭圆堆已经大为改观。缺掉的那一块已经得到填补，只留下贴着地面直达圆堆中间的一条小小通道。他们搬运的那块草皮已经把圆堆顶部覆盖住了。约翰把整个手臂朝那条小通道伸了进去。

“这次行了。”他拔出手臂，立起身来说，“通道已经塌过两次了。”

“我们是不是也把这些外壳放上去呢？”罗杰说。

“先把它们弄湿，”约翰说，“把它们跟其他的摆在一起吧。”

“木炭蛋糕”已经成了“木炭布丁”，在它旁边则是一排排等着派上用场的方块草皮。多萝西从井边拎着水壶走出了树林。

“好啊！”她一边朝草皮上浇水，一边说，“但是，因为我老去打水，井水正变得越来越混浊了。”

“这是难免的。”约翰说，“我们很快就准备点火了。当心，罗杰，别把那些树枝踢掉。在我们点着以后，就要把它们塞进那条通道呢。”

苏珊、佩吉、迪克和南希每人都尽力捧着许多切好的草皮朝营地里走了过来。

“这下够了，是吗？”南希说，“通道现在怎么样？”

“完全畅通。”约翰说。

南希掏出一盒火柴。

“拿去吧，约翰，”她说，“你的手臂最长。”

约翰再次趴下，划着火柴，把手臂伸进通道。

“熄掉了。”他说。

他又划了一根火柴。

“为什么不到处点燃呢？”罗杰问。

“青树枝嘛。”迪克说，“他把干树叶和干树枝直接放到了中间了。”

第三根火柴熄掉了。

“我们必须把它扒开来点火。”南希说。

“那样的话，烧起来就像是一堆营火啦。”约翰说。

迪克正在专注地看着。南希看到了他那真挚热切的表情。

“有话就直说吧，教授。”她说。

“咱们可不可以在树枝一头做成火把呢？就用干苔藓行吗？”

“我知道哪儿有。”罗杰说。

他一会儿就弄来了几捧干苔藓。约翰在一根树枝梢头上绑成一束，他再次趴下去。

“你把它点着，南希，我把它送进去。”

苔藓一下子点燃了，约翰把它一直送入通道。圆堆中间突然噼啪作响。约翰把手伸向青树枝，它们全都切得一般长短，就为了塞入通道。他把它们塞了进去。

烟从草皮外壳的缝隙中冒了出来。噼啪噼啪的响声更大了。

“快，快……把它们贴上去。”南希说。

“它凹下去了，”提提说，“它凹下去了！它马上就会烧着呢。”

“绝对不能啊，”南希说，“快！要湿草皮，不是干草皮。”

圆堆冒起了浓烟。就在危急的几分钟里，他们好像就要一败涂地了。但是，八个人奋力堵漏，终于减弱了大片着火的概率。他们把一个又一个漏洞堵上，圆圆的炭堆终于处在草皮外壳的包裹之下——每块草皮的草面都朝内，根土都朝外，乍一看就像一个死气沉沉的土堆。

“我们有没有把它扑灭？”

“我还能听见呢。”提提把头靠上去听了听说。

“最好开一两个洞，”南希说，“人们在烟的颜色没有改变之前是绝对不把它完全封住的。”

他们随意掀开一块草皮，于是烟冒了出来，有黄褐色的，也有浅绿色的，很呛人。

“还行，”南希说，“里面正在得到控制。只要不让整个圆堆烧起来就好。”

“现在几点钟？”佩吉问。

“点燃状态必须保持多久？”迪克掏出表来问，“快到三点钟了——”

“难怪有人觉得饿了呢。”罗杰说。

“我也没做饭，”苏珊说，“只得吃沙丁鱼了。”

“烧炭人让他们的柴堆闷烧好几个礼拜呢。”佩吉说。

“但是我们不能啊。”提提说。

“我们有些土著人要过来，还真不能啊。”多萝西说。

“无论如何都不能。”南希说，“吉姆舅舅——也就是弗林特船长随时会回来，他现在可能已经回来了，他有可能溜达过来，就为了说声你好，而我们又拿不出一块金锭给他看。就连一天时间也不需要呢。人家的柴堆大得足够把整个营地都覆盖起来，而我们的柴堆才一点点——到明天晚上我们的柴堆就该熟透啦。好啦，苏珊，快跑过去把沙丁鱼拿出来吧——”

“游泳过去拿吧，”提提听见罗杰正在喃喃自语，“或者小跑过去，反正要最快。”

佩吉已经走向接骨木树丛下面的贮藏点，为了保持阴凉，所有罐头食品都保存在一个地洞里面。

“九听罐头。”她说。

“只留下一听没什么好的，”罗杰说，“每听罐头里有十六条沙丁鱼，所以我们每人有一听罐头，吃完以后每人还能额外享用两条沙丁鱼。”

“行啊，”苏珊说，“我们就拿热的碎肉饼和熟的马铃薯当晚饭。午饭就实在对不住了。”

其实谁都不计较。圆圆的炭堆就像冒烟的大布丁，本身就是一种烹调形式。谁都没空同时考虑煮午饭。大家一边用汤匙把罐头里的沙丁鱼舀出来吃，一边围着炭堆转圈，就连最后一滴油都舔了个干干净净。提提的水井还没有沉淀，所以考虑泡茶是不现实的。为了赶快打水把草皮浇湿，井水已经非常混浊了。

“我本该把一壶水放在旁边的，”苏珊说，“我们用平底锅去给草皮外壳浇水也行呀。”

“我们也需要水壶呢。”多萝西说。

“虽说饿死渴死过许多矿工，”提提说，“但是一天不喝茶是完全可以挺过去的。”

“汽水还有挺多呢。”罗杰说。

“我们可以把剩下的牛奶分享一下，”苏珊说，“今晚得有人到山下去拿些新鲜牛奶过来。”

“让我去。”多萝西说。

“我们两个人都去吧。”提提说。

与此同时，木炭堆跟前一刻都离不得人。他们必须让水分蒸发掉，同时又不让火焰得到太多空气。下午晚一些的时候，烟才开始转色，草皮缝隙中冒出来的淡绿偏褐色的烟被来自干树枝的清晰蓝烟所取代。

“它正在煮熟呢。”佩吉说。

“一直煮个不停。”南希说，“现在只需要把火控制在下面。我们往草皮上再多浇些水吧。”

“这次就用平底锅装水吧。”苏珊说，“等半分钟，让我把水壶灌满，我们得为晚饭烧茶呢。而且井水又变得相当清澈了。”

不时有人跑到“长城”上，或者爬上那棵树去瞭望，不过，无论在高顶岗子上，还是在阿特金森农场，都不见“扁帽子”的人影。

他们派出荷马去送了一条开心的消息：

的确样样都好。

直到晚上他们才获得了敌情。提提和多萝西到泰森农场去拿了牛奶，一直跑到小桥那儿，到河床里所剩无几的水中冰冰脚。她们坐在石头上泡脚的时候，猛然听见上方的大路传来脚步声。

“快躲！快躲！”多萝西悄悄地说。

但是已经来不及躲了。“扁帽子”手臂上搁着外衣，在路上走了过去。

“他已经和石板瓦匠鲍勃在一起待了整整一天。”提提说。

她们向上奔往树林，来到营地汇报了她们所看到的情况。

“谁管呢？”南希说，“他们聊得越多越好。现在咱们远远超过他了。迪克已经为吹风炉收集了大量石头。我们明天就会有木炭，后天就会有金锭啦。”

为了弥补沙丁鱼当午餐的缺憾，苏珊正在烧一顿丰盛的晚餐。马铃薯正在锅里慢慢煨着，牛肉糜压缩饼在绞肉机里绞碎以后，正被放在煎锅里加热——再也不需要拿煎锅去淘金了。而在窑场中间，圆炭堆正悄悄地冒着蒸汽。他们将手放在带泥的草皮根土外壳上感受着传出来的温暖。

“谁打算留下来为它守夜？”罗杰吃过晚饭问。

“不会是你，”苏珊说，“你不是要到冲沟去吗？”

“没人到冲沟去，”约翰说，“我们必须通宵观察火势。‘扁帽子’不会在黑暗中做什么的，而且天一亮我们就再次设岗放哨。”

“一等水手们必须准时上床睡觉。”苏珊说。

“万一睡不着呢。”罗杰说。

但是，当夜幕笼罩营地，猫头鹰在远处鸣叫，欧夜鹰也在树林里啁啾之际，罗杰跟别的水手一样，眼皮都耷拉下来了。他们都上床了，只是没有立刻入睡。他们躺在自己的帐篷里望了一阵微红的营火。约翰和南希、苏珊和佩吉在轮流烧炭。一等水手们躺在那儿，不时听见一块草皮被扣在圆堆漏烟的位置时的闷响。他们睡了，但是即使处于睡眠状态，仍然知道有人在营地上忙碌。当一支手电筒扫过提提的帐篷时，她正半睡半醒着，只听见约翰在悄悄地问：“那个热水瓶在哪里？”她又听见南希在悄悄回答：“我把它倒空了。别踏烂泥。几点钟了？”手电筒又闪了一次，她又听见了约翰的声音：“我们再过一个小时喊醒苏珊。”提提把睡袋往耳朵上拉了拉。一切顺利。

第二十九章　吹风炉

提提刚一醒来，鼻孔就被树林里的烟味熏得直发痒。

多萝西是不是正在她的帐篷门外低声说话?

“别叫醒南希，先让提提照看着——”

“船长和大副，真地道！”那是罗杰的声音。

“喂，多特！”提提说。

“嘘！”多萝西边说边打手势。

提提从帐篷里爬了出来。烧炭作业仍在继续，可是烧炭人怎么啦？迪克和罗杰这些靠不住的人正在浇水，并且悄悄地把一块块带泥的草皮扣到漏烟的柴堆上，多萝西则不声不响地指指南希和佩吉合睡的帐篷。南希躺在那里，头枕在胳膊上，睡得要多沉有多沉。佩吉也在熟睡，约翰和苏珊也一样。

“多亏咱们醒了。”罗杰说。

“迪克听见了火在噼啪噼啪地响呢。”多萝西说。

“我们正好及时赶到。”罗杰说，“有一串小火苗已经烧穿了，但是我们马上把它弄灭了。他们四个人都睡得像死猪，这就是个明证。他们本来就该让咱们守夜嘛。”

“咱们把水壶放到炉子上去吧。”多萝西说。

“好吧。”

“要把衣服穿好吧？”

“等会儿再穿。”提提说，“让他们一觉醒来发现一切都已经准备就绪了。”

但就在这时，南希的头突然动了一下，她睁开了眼睛。她开始打哈欠，哈欠打到一半就恢复了记忆。

“老伙计们哪！”她喊了起来，“嗨！苏珊，轮到你们值班守望呢，你和佩吉的班。”她使劲拽佩吉的脚和睡袋等东西，“醒醒吧。我不该给你们更长时间的呀。想必我在刚才的几分钟里睡着了呢。”

“呵呵。”罗杰笑了起来。

“你们起床干什么？”南希眨了眨眼睛说，后来发现多萝西和提提朝她看看，又朝明亮的太阳看看，于是她也笑了起来。

“公山羊烧烤！”她感叹道，“全都睡着了。一等水手们真棒！你们没让木炭燃烧起来吧？”

“它很想燃烧呢。”多萝西说。

约翰和苏珊昏昏欲睡地走出了各自的帐篷。

“这很不像话，”南希说，“我本来就该在几小时前把苏珊叫出来的。当时天刚蒙蒙亮——听着，你必须多烧些茶，让我们今天夜里保持清醒——”

“今天夜里？”

“吹风炉嘛。”南希说。

约翰伸了个小懒腰。

“好歹我要拿牛奶去呢。”他说，于是不一会儿他就沿着林间小道奔了下去。

就在其他人尽量洗漱了一番，而且早饭基本就绪之际，他又气喘吁吁地赶回来了。

“你的头发都湿了呢。”苏珊说。

“就在她把牛奶灌进罐子的时候，我下河泡了个澡。”约翰说。

“幸运的家伙。”罗杰说。

“还有一天时间，”南希说，“我们还得肮脏到明天。然后我们就把金锭带给我妈妈，并且在湖里游个泳。有的上午游，有的下午游。到那时，我们不会有更多的事情要做了，只不过还是要保持戒备，不让‘扁帽子’过来霸占。顺便问一下，他还没出来探头探脑吧？”

“还没呢。”提提说，因为她已经朝高顶岗子上扫视了一眼。

“我们打算什么时候把‘布丁’切开？”说着，罗杰看看覆盖着褐色草皮根土的圆形柴堆，那上面有几处在冒出缕缕蓝烟。

“要等到最后一分钟。”南希说，“我们打算把时间尽量拖长一点，熔炉还没砌呢——”

“石头已经准备好了。”迪克说。

“让我们看看那个计划吧。”

迪克掏出他的小本子，向南希展示了一份图纸。

“这其实是截面图，不太清楚呢，应该还有份计划。它是圆的，不是方的。我也没把尺寸注上去。中间应该正好够搁坩埚，木炭就在坩埚周围，风箱从侧面通到坩埚底下。”

听迪克娓娓道来，谁都不会以为他是个正在吩咐船长和大副该干什么的一名水手呢。

“我们没有一个可以开开关关的门，”他继续说，“但是那也没关系。我们必须在最后时刻把坩埚放进去，再在顶部倒进少量的木炭。我不懂怎样装烟囱，但是因为风箱一直吹风，所以我们应该会有足够的外部通风，你不觉得吗？”

“我可摸不着头脑，教授，”南希船长说，“但我希望是可以的。”她把小本子交还给迪克。

“你打算怎样修理风箱？”约翰问。

“其实不必修理，不是吗？”迪克说，“就只有风箱喷嘴上的一个孔，风箱的其余部分都在外面。当然，它不像书上画的那些样子，不过原理都相同。”

“看上去它的形状是对的。”南希说。

吃过早饭，甚至不等洗完碗碟，砌炉子的工作就开始了。它耗费了大量时间，远比任何预想都长久得多。唯一的原因就是它不同于迪克草图中的熔炉。他们发现，如果要坩埚在石块上保持水平状态，就没有办法让它处于火焰中间。坩埚有个古怪的造型，像只有盖子没有手把的茶杯，底部不如上部粗。需要的是一些铁棒，佩吉记得泰森家花园墙根后头有一排正在锈蚀的旧栏杆。约翰再度奔下树林，拿回一根旧栏杆来。他用锉在栏杆上锉了三个深槽——那把锉是他在圣诞节得到的小刀子中最最有用的工具。然后，他把锈栏杆这样那样折弯之后，深槽断开了，于是成了四根铁棒。这四根铁棒往炉膛里一架——两横两竖，这样就可以把坩埚固定在中间了。

熔炉才筑到一半，苏珊就把筑炉的和烧炭的喊去吃饭，她已经打开牛舌罐头，省得再下锅煮了（佩吉说“这是个特殊情况”）。哪怕是在用餐期间，人们都得每隔一分钟就起身去把一块草皮扣到圆炭堆上，并且朝显得过于干燥的草根泥块外壳浇点水。筑炉子的人吃完自己那份牛舌以后就回去干活，一只手上拿着葡萄干糕饼，另一只手把石头放到位置上去。

罗杰把他的饼子拿到瞭望树上去吃，正当一切都在顺利进行的时候，他赶紧滑下来说，“扁帽子”正在灰石堆下方的那片岗子上，离冲沟不远了。

“哦，甭管他了，”南希说，“每个人都在忙着哩。”

“我和迪克可以去。”罗杰说，因为他觉得侦察比砌石块和给草皮块浇水都更重要。

“教授无论如何都不能去。”南希说。

“让我去吧，”多萝西说，“迪克必须留在这里。”

“最好就你们两个去。”约翰说。

罗杰和多萝西带上望远镜和《湖区逃难》一起走掉了。

几小时（可能是三小时）以后，多萝西脸色发白，眼睛睁得大大的，气喘吁吁地冲进营地。

“出了什么事情啦？”提提说。

“因为热吧，”苏珊喊道，“你最好躺下。”

“他企图霸占呢！”多萝西说。

约翰差点把即将砌上去的石头掉在地上。南希吓了一跳。

“现在他在哪里？”她大声问道。

“走了。”多萝西说，“罗杰正在悄悄跟踪他呢。”

“怎么回事？”提提说。

“我们正在冲沟里，”多萝西说，“就在我给罗杰读书的时候，我猛地一抬头，嘿，他就在那儿，正低头看着冲沟边缘呢。”

“他说了什么？”南希问。

“他说‘对不起，我不知道这里有人’。”

“我敢肯定，他是不知道，”南希说，“不然他就不会尝试占为己有了。天哪，我们没把金子拿给石板瓦匠鲍勃看，是件好事呀。你说什么了？”

“我什么都没说，”多萝西说，“罗杰也没说。‘扁帽子’转身就走开了。他没有回去看他的白漆标记，他直接走回家去了。”

“被挫败了。”提提说，“真希望当时我也在场呢。”她看看南希。她当然会号召全营立刻武装起来，向山下的阿特金森进发的。

但是，南希根本没有这样做。她看看圆圆的木炭堆，它到处都热气腾腾，因为佩吉和苏珊刚刚在上面洒了水。她看看只差一点就完工的熔炉，像根圆石柱，中间是空的，而且越往上越细。她看看自己的帐篷口，那儿放着的可可罐头盛满了金粉，正等着倒入坩埚呢。

“哎呀，”她说，“我们是不可能一下子把什么都做了的。就把金锭的事作为当务之急吧，我们即将做好开炉准备呢。只要他没有实际霸占——喂，迪克，坩埚在哪里？咱们还是把一切办妥以后再把木炭打开吧。”

迪克从他的帐篷里拿来了坩埚。他之所以把它放进帐篷，是出于安全考虑，因为有这么多烧炭人和采矿人在营地上走来走去。南希郑重其事地倒入金粉，迪克盖上盖子。

“我们再次看到时它会是什么样子呢？”提提说。

“上头都是浮渣，”迪克说，“底下会是纯金。”

“把它放进你的帐篷，直到我们点好炉子。现在该关心木炭了。快，大家动手切‘布丁’啊。首先，再往上面多泼些水，准备好另一批湿草皮。”

“还有灭火扫帚。”约翰说。他把扫帚垛子打开，摆在便于拿到的地方，以防万一。

“首先往上面多泼些水吧。”南希又说了一遍。

“我们最好把地上都浇湿。”苏珊说。木炭堆不再是先前那种圆布丁的样子了。到处已经凹陷下去，也有反扣的草皮膨胀隆起。苏珊用水壶，约翰用平底锅，向草皮外壳洒水，营地上冒起一大团蒸汽。水壶和平底锅再次舀满了水。每个人都准备着一块湿草皮。

“从这里开始吧！”南希喊道。她从炭堆侧面揭起一大堆草皮根土，抛到顶上。“就用这种办法，”她说，“中间将是最烫的，土块会把它压住的。”

没有燃烧的树枝开始显露出来了。圆堆内部突然噼啪作响。南希抽出一根树枝。它的末梢烧得通红，还在掉着火星。她把它放在潮湿的地上，又朝它扔过去一块草皮根土。树枝断成了几截。

“木炭烧成啦。”迪克说。

“热烈欢呼三声吧！”提提说。

“三百万声！”南希又抽出一根说，“哇！烫手呢！”

里面的响声加大了，烟也冒了出来，还与蒸汽混合起来。

“注意！马上就会熊熊燃烧呢。”苏珊说。

“不会的。”南希说，“再浇水！站远点，别靠得太近。我和约翰这就把它打开。”

约翰和南希在圆堆边掀开一块块草皮根土，抛到中间，并且抽出一根又一根树枝，让每一根都单独横放在潮湿的地面上。佩吉和迪克用土块压住通红发烫的枝头。提提和多萝西在营地和水井之间来回奔跑，把已经干掉的土块浇湿。苏珊把水壶和平底锅里的水泼向任何眼看即将着火的部位。没过多久，木炭圆堆就一点不剩了，只有一小堆热气腾腾的土块。

“没有完全变成木炭呢。”迪克望着散落在土堆周围的那些发了黑的树枝说。

“我们碰到了大大的好运气啦。”南希说，“上帝啊，我原本就怕它完全烧起来呢。”

“土块下面，中间还是通红发烫呢。”苏珊说。

“那是咱们需要的。”约翰说。

罗杰来到营地时，他们还在忙着给木炭浇水冷却，并且把它弄小，从而便于使用。

“为什么没有人过来？”他说，“多特没跟你们讲吗？哦，我说，不等我来，就把布丁扒开了，一群什么样的蠢猪。”

“你正好赶上点炉子呢。”南希说，“‘扁帽子’在干吗？”

“吃面包和奶酪。”罗杰说，“他的桌子上还有一些石英和一些蜡烛，他也在吹火，就跟迪克一样。我在冬青树丛后面看得可清楚了。”

“好，”南希说，“这样他就有事干了。听着，约翰，咱们到底拿什么当铲子用呢？”

“只有煎锅。”约翰说。

“哦，不行！”苏珊说。

“这是非常事情。”南希说。

一分钟之后，约翰开始清除留在圆堆中心的草根土块。南希用一只煎锅从它们下面抄起满满一锅通红的木炭，小心翼翼地往熔炉那边端了过去。为了把火点着，那里已经铺了几把干树枝。南希用自己的小刀从煎锅里挑起红通通的木炭放到了铁棒下面。干树枝腾地一下子就着了起来。

“快呀，再加木炭！”她喊道，“来呀，迪克，把坩埚推进去吧！”

一些乌黑的木炭被放了进去。迪克拿来宝贵的坩埚，不顾高温，就把它轻轻放到交叉的铁棒上，动作就像是在放一颗蛋。

“我的风箱可以开始了吧？”罗杰说。

“等一会儿，首先我们必须把坩埚周围拥起来，然后从顶部把木炭加满。”

约翰和南希在一起忙得热火朝天，他们把刚才让坩埚就位的那个洞孔堵上了。先把大石块摆好，然后再放小石头，然后放上泥土。其他人把小块黑炭丢进烟道。迪克靠上去朝炉内看，但由于烟太浓，什么也看不见。

“越满越好。”他说，“我们必须让它满满的，红红的。”

“都快放不下了。”苏珊说。

“风箱动起来吧，罗杰。”南希说，“手别停下，同时我们来堵住所有的漏洞。做得对，提提。你只要看见哪里的石头之间冒烟了，就把泥土铲到哪里。”

罗杰已经把风箱喷头插入炉底专门留下的洞孔。他开始打气。“呼——呼——呼——呼——”

罗杰加快了鼓风速度，空气吹在火上的咝咝声变成了规则的呼噜呼噜声，于是提提说：“它发出的是正常的响声呢。”

“我们还得放进多少炭，迪克？”多萝西一边问，一边用沾满木炭的手擦擦面孔。佩吉看见以后，突然放声大笑。可是，多萝西也大笑起来，因为佩吉不久之前也这么擦过自己的脸。

“哎呀，”苏珊瞧了瞧她们俩说，“这是难免的。”

“喂，”罗杰说，“该轮到另一个人啦。”

风箱比研钵还难伺候。由于靠地面太近，就连罗杰都得趴下去才可以操作。

南希接替了他。她也是一上来动作飞快，一分钟后就慢了下来。她先是蹲下，然后又靠着炉边弯下身子，试了一种又一种姿势，确保既能鼓风，同时又不至于扭断腰背。

“天啊，”她说，“比烧炭困难得多，而且我们得让它烧个通宵呢。”

“通宵？”提提说。

“正常的吹风炉是从来不熄灭的。”南希一刻不停地操作着风箱，“而且我们必须让它沸腾再沸腾，这样所有的金子就会沉到底部，所有的垃圾都会浮在上面。至少得二十四小时，迪克说的。”

“不需要你们四个人。”苏珊说，“吃过晚饭，你们照常去睡觉。昨天晚上太糟糕了，我不相信你们哪个做到了一觉睡到天亮。今天夜里所有水手都必须在八点半上床——”

“轮到你了。”南希喘着粗气说，于是约翰接替了她。

“一开始别太快，”南希说，“它比你所想象的难多了。”

约翰本人也发现了这种情况，排在他后面的是佩吉。让风箱稳妥工作下去可不是儿戏，当提提、迪克和多萝西请求获准依次参与鼓风作业时，船长和大副们谁都没有不乐意的表示。

“真不容易干，是吧？”罗杰两手插在口袋里，一边看着他们，一边说。

“要干二十四小时呢。”南希说，“真像折磨人的短吻鳄鱼！现在几点钟了？”

“哦，”苏珊说，“我应该想想晚饭的事儿了，就只有午餐肉罐头了。这是个难挨的日子呀——”

“而且鸽子还没飞走。”多萝西说。

“天啊！”南希说。

“该轮到萨福了。”提提说。

“还是派索福克勒斯为好，”南希说，“天已经晚了，咱们不能指望萨福。我们不想叫土著人在夜里狂奔。假如鸽子不露面，他们就会恐慌。明天倒没什么关系，我们自己会过去的。我们将把金锭带给我妈妈看看。”

南希草拟了信息：

胜利在望。来自全体 S.A.D.M.C. 成员的爱。

“这将让她摸不着头脑呢。”她说，她捡起一块木炭，在纸的反面画了一个骷髅，“仅仅是让她知道，什么都不必担忧。”

“轮到多特去放飞了。”提提说。

“呼——呼——呼——”风箱一刻不停地工作着。一旦有人累了，马上有人接着干。木炭从炉顶倾倒下去。苏珊正在忙着做晚饭。大家被一个土著人突如其来的说话声吓了一大跳。

“你们到底在干吗？”

泰森太太就站在营地上，看着木炭堆的剩余蒸汽，看着吹风炉。一眼就可以发现她是又惊恐又生气。

“你们肯定会给树林带来火灾，总之我要告诉你们。看到冒出的浓烟，我早就以为林子着火了呢。不行，这事我不能不管。万一飞出去一颗火星，那就什么都阻止不了了……南希小姐！南希小姐！”

采矿者们朝她眨巴着被烟熏红的眼睛，他们的手上、脸上和衣服上都沾着黑炭。

“非常安全，”南希说，“你看到的不是烟，只不过是蒸汽。继续干，佩吉，别停止鼓风。”

“呼——呼——呼——”短暂松懈的风箱再次发出规则的鸣响。

迪克又把一捧木炭从炉顶加了进去。

“不行，快停下！”泰森太太说，“你们如果有什么东西要煮的话，可以下来使用灶具嘛。”

“现在我们不能停下呢。”南希说。

约翰和苏珊互相看了看。

“我们现在非常小心。”约翰说。

“小心？”泰森太太轻蔑地说，“就像那样生火。人家在湖那边弄出了火，有很多乡亲来扑灭。可是这里没有谁来帮我们，火烧起来就会像一团麻丝呢。把它灭掉吧，南希小姐。我得告诉布莱凯特太太，我不能把你们留在这里了。你们明天回贝克福德去吧。你们即使不高兴，也得忍一忍。把火灭掉，南希小姐。灭了它，不要多说了。”

“我们到明天就完事了。”南希说。

“明天你们就回家去，从这儿搬走啦。”泰森太太说，“你们大家都疯了吗？”而她在转身走下树林时嘴里还在嘟哝着。

“喂，”约翰说，“我们做点什么才好啊？”

“什么都别做，”南希说，“继续干，佩吉——哦，对呀，轮到我了——到明天我们就要把金锭铸好啦。等她看到没出什么事，她就会平静下来的。天太晚了，她是不可能在今天夜里去找我妈妈谈话的——”

“她要是像迪克森太太就好了。”多萝西说。

“如果迪克森先生在这里的话，他就会帮忙的。”迪克说。

“光是说也没用，”南希说，“总不能因为泰森太太急了，咱们就马上把它通通倒掉吧。”

提提和罗杰看着苏珊和约翰。对于这样处理与土著人的冲突，他们的妈妈会怎么说呢？但最好还是什么都别跟南希说，他们现在是骑虎难下。现在泰森太太已经走掉了。苏珊叹了口气，继续把罐头肉摊开，她本人的样子就酷似一个土著人。约翰把烧炭过程中掉下的几片发红的余烬扑灭了，再向炉顶添了几棒木炭。

工作一刻都没停歇。人们在空下来的时候轮流吃晚饭，那里很少有人说话……只能听见火焰在炉子中发出的响声，还有就是风箱“呼呼呼”的响声。

“你们可得让我们熬夜呀。”罗杰说，这时他一边在晚餐结束前嚼着苹果，一边注视着苏珊操作风箱的动作。

苏珊什么都不说，只是比以往更像土著人了。

“八个人总比四个人强，”罗杰说，“今天早晨就连南希都呼呼大睡起来了呢。”

“呼呼大睡？”南希船长说，“真见鬼！”但她看了看苏珊，又看了看约翰，于是补充说，“人手多，好办事。”

“这也难怪，”约翰说，“总得有人一直鼓风呢，而且还得有人一直添炭。”

后来，就连苏珊那不肯动摇的决定也渐渐地软化了。现实太强大了。他们采矿的全部成果都放在灰色石头炉子中间的坩埚里呢，只好不惜一切代价给它鼓风添炭了。这种伺候风箱的活儿不一会儿就会把所有人都累垮。人手多了，对谁都好，这可以让每一轮的持续时间尽量缩短，个人休息的时间变长。到了最后，迪克是唯一真正了解吹风炉和坩埚的人。如果迪克应当保持清醒，而且他们又离不开他，那么怎能指望其他人去睡大觉呢？结果事情就这样顺理成章了。晚餐丢下的碗碟一直没有清洗。水壶烧了一滚又一滚。人们饿了就吃吃巧克力和奶油面包。不论什么时候，喉咙干了就用淡淡的热茶润上一润。当一个采矿者伺候风箱累了，就有另一个接上去干。给炉火添炭的人不忙时就在营火旁边躺一躺，蹲下来用发烫的眼睛瞅瞅火焰。夜色在营地周围暗了下来，营火的光亮恰好使天空显得一片漆黑。谈话声没有了，工作还在继续。由于八个人轮番上阵，每个人都有空稍事休息，但却不能躺下安睡。没等头顶上的天空泛白，天幕下的树影显现灰色，他们就觉得已经伺候了一辈子的吹风炉了。沾着炭灰的脸蛋没把任何人逗笑，因为大家都一样的脏污不堪。

第三十章　灾难来临

太阳爬上了东北角的群山，照亮了树林顶端，原先灰色的树叶再次葱绿。以烧剩余的树枝为燃料的营火，在勘探者们走动于工作场所时也不再照出他们的凌乱黑影了。他们的眼睛被烟熏疼了，而且缺乏睡眠，脸上沾着炭灰，看起来像一群野人。

那儿好久没有人说话。唯一的声息就是炉子连续不断的低鸣声和风箱呼啦呼啦、吱嘎吱嘎的响声，只有当一双疲劳的手把风箱交给另一双手的时候才会短暂停顿。

“还要多长时间？”苏珊终于开口说。

“能坚持多长是多长。”迪克说。

“我们很晚才开……开始的。”南希说着就打起哈欠，还用一只黑手遮住大花脸上张开的粉红嘴巴，“到今天夜里，我们就会把所有的木炭烧掉……噢……我不困，真的。”

就这样，他们必须干上一整天。唉，为什么？他们累过了极限。他们用风箱鼓风的时间太长了，仿佛已经连续工作了好几个礼拜并且还会干到时间终止似的。还得干八个小时呀。此刻罗杰正在操作风箱，迪克刚刚给炉子添过新炭，多萝西和提提为着搬来更多木炭而来回走着，约翰在长时间操作风箱之后伸了个懒腰，佩吉正在把营火烧得更旺。

“我也不困。”罗杰坚强地说，“让咱们坚持到后天，从而才能更有把握。”

于是，他在操作风箱时又稍稍加了把劲。

“呼——呼——呼——”

风箱已经连续不断地工作十几个小时了。

“呼——呼——呼——”

“坚持住。”罗杰对自己说。

就在这时，响声突然变了，风箱不需要施加任何力气了。他就像是使劲地推了一扇关着的门，却不知道门闩早就滑落了。风箱只是微弱地喘息了一下就没声音了。他可以任意让它开合一百次都不费力，根本没有空气打进炉子了。

“哦，罗杰！”提提说。

“风箱怎么啦？”南希说。

“破裂了。”罗杰说，“我不知道怎么回事。就在那个地方。”

谁都可以看见那个地方。一小时又一小时的连续工作已经把皮革磨穿了。

“整条接缝都裂了。”南希用指头戳了戳说，“哎呀，好歹结束了。”

“布莱凯特太太会怎么说呀？”苏珊说。

“我们就在里面打个补丁。”南希说，“我有一只旧皮夹子，等我们把金锭带回家的时候，我们就去拿。可是请问，迪克，没有坚持干个一整天，关系大不大呢？”

迪克正在掏那本红封面的书：“书上没说应该熔炼多久。”

“这跟有着大批量的金子不是一回事呢。”南希说。

“它会自动继续一段时间吗？”约翰说。

“热力不够呢。”迪克说。

炉子的响声早已消失。

“它已经熊熊燃烧了很长时间啦。”苏珊说。

“可能完成了吧。”南希说。

“咱们打开来看看金锭吧。”罗杰说。

“你就试试吧。”南希说着，忙不迭把靠得太近的手上下挥个不停。

“咱们得让它冷却，”迪克说，“金子会完全熔化的。我们必须让它再次凝固了才能试着把它拿出来。”他试着从炉顶往里望，看看最后一批木炭有没有在风箱破裂之前烧红。他听了听，火已经静息无声了。

采矿者们互相看看，然后又看看曾经由于发烫而不能触碰的石头炉子。他们突然疲惫了。这就如同一根突然被扯断的项链，所有的珠子滚到地板各个角落那样。曾经让他们大家警醒不睡的工作现已停止。没有风箱要操作，也没有炉子要添炭，他们不再成为团队了，每个人都很纳闷：怎么可能坚持这么长时间不睡觉呢？

苏珊发现自己眼皮打架，就马上振作起来。

“人们有没有开始挤奶呢？”她说完，接着就想起了泰森太太，“可是没准儿她不肯再向我们提供牛奶了呢。”

“我去。”南希说。

“可别吵架啊。”约翰说。

佩吉拿起奶罐，而且无意间在打着瞌睡的眼睛周围涂上了一层黑斑。

“最好还是我去。”她说，“想吃的是南希，而不是我。”

大家知道她说对了，佩吉离开营地，动身朝林间小道走了下去，手上的奶罐甩起来用力过猛。

谁都无意去睡上一觉。罗杰蹲在炉边，脑袋侧歪，好像不怎么打算再次站起来。约翰把他拖到他的帐篷门口放下。罗杰朝里爬了一半，又打起了瞌睡，耳边依然听见风箱那早就结束了的“呼呼”声。提提好像在梦中看见南希摇摇晃晃地走过营地，她自己的眼睛一直紧闭着。

“去躺一会儿吧，”苏珊说，“还有你，多特。那东西在冷却的时候没有必要保持警觉……”她走向井边把水壶灌满，搁到火上。约翰已经进了自己的帐篷。多萝西爬进自己的帐篷。提提先把双脚伸进帐篷，让自己的脑袋留在门口，双手托着腮帮子，呆望着还在冒着缕缕轻烟的营火和炭堆余烬。苏珊眼睛盯着水壶，她侧着身子，歇在胳膊上。只有迪克看上去完全清醒，他正在冶金著作中查阅金属的熔点。可是，提提很快就再次睁开眼睛，同时对自己刚才闭上眼睛感到有点吃惊，接着她就看见迪克的脑袋耷拉在书上一动不动了。“哎呀，”她在心里嘀咕，“为什么不呢？”这一次她故意合上了眼皮，但却一直看见炉中的炭火在闪动红光。她手上的水泡让她有仍在操作风箱的感觉。她虽不是醒着，但你很难说她完全入睡了。

带回早餐牛奶的佩吉喊了一声“你们好”，于是疲惫不堪、沾着炭污的勘探者们就结束了这种瞌睡状态。每个人都一惊而起，就连罗杰也暂时走出了帐篷。接着，他们看了看佩吉，又相互看了看，他们大笑起来，佩吉也笑了。因为佩吉的头发湿了，她的脸擦洗得很有光彩。彼此望着对方的脸，就像那天是第一次相见似的，仿佛佩吉是被一群南非霍屯督人围在中间的唯一白人。

“脑袋伸到抽水泵下面。”佩吉说，“泰森太太让我照了照镜子呢。”

“她有没有消消气呀？”苏珊说。

“她爽快地把牛奶给了我。可她还是要对我妈妈说，她再也没法容忍我们了。”

“哎呀，”南希说，“反正现在我们已经做完了，我们已经铸造了金锭。而且弗林特船长随时就会回家来啦，他会应付她的。”

早餐已经结束。接下来该由迪克发挥作用了。一旦涉及科学，无论是星体，还是石头，就是在各自的船上担任船长的约翰和南希都乐意把一切交给这位教授。那是他的工作，别人甚至懒得看一眼红皮本子，只有在迪克有意向他们展示时，才会看上一句话或者一幅图。就连正在营地中间慢慢冷却的那座熔炉也是根据他画的图纸筑成的。眼下，时间正一分一秒地逼近，届时他就要把他在数小时前盖在坩埚上的小土盖子揭开啦。风箱破了就让它破了吧。要是连续冶炼二十四小时，他一定会感到高兴得多。不过，十二小时也是够长久的了。写书的人为什么不能说说多少磅或者多少盎司的原料应当给予多少小时的熔炼呢？

“现在怎么样了，迪克？”南希终于开了口，“它还相当热呢。”

“如果低于两千零六十度，”迪克说，“金子就再也不是液态的了。”

“最好从炉顶上拆起。”南希说。

“只要没有一块石头朝里面掉落就行。”迪克说，他本人是准备等到一切都冷却以后再动手的。

罗杰小心翼翼地把炉顶一块石头朝侧面推了下去。约翰推下了一块，南希也推下了一块，提提也推下了一块。

迪克站在那儿看着他们。两千零六十度，看来是个巨大的数字呀。万一就连用了风箱也没有足够的热度又怎么办？不会的。想必有足够的热力呢。谁的小刀上带有一把锉？约翰的小刀。他们可能会需要用刀来把金锭上的浮渣清除掉，让它变成一块闪光的纯金。纯的？克拉。人们是怎么测量克拉的？这事儿弗林特船长会去做的。

“大伙儿别同时拥过来帮忙。”南希说。

一次一个人把石头推下去。人们用土块或者其他石块来推掉炉体上的石头，免得烫着自己的手指。

“它们的确会长时间保温呢。”南希说。

“性能差的导体呀。”迪克说，“如果它们是铁的话，现在早就冷下来了呢。”

炉体的高度越来越低，石头圈子却越来越宽广。

“你能看见坩埚顶部吗？”提提问。

“还不能。”

“我们现在打开侧面，”迪克说，“不然大石头会掉进去的。”

大家都挤了上来。约翰和南希把那些最后封住炉侧开口的石头拉了出来。那些石头是在坩埚放入之后用来封住炉口的。

“要稳住！”南希说。

迪克每时每刻都处于极度的兴奋之中，他摘下眼镜擦了擦。

约翰突然倒吸一口冷气。

“坩埚没有了。”他说。

“胡说。”南希说。

“嗨，它原来是在这个位置的，”约翰说，“现在除了白灰，什么都没有啊。”

“它从铁棒中间滑下去了。”南希说。

“不会的。”迪克说。

“哦，快点。”南希说。

石头在打着哆嗦的手指扒拉之下飞离了炉身。炉身越来越低。他们已经扒到了曾经放置坩埚的四根锈铁棒，坩埚不在那儿了。更多石头被扒到了旁边。

“它还剩下一点点。”约翰不动声色地说。

“爆裂了。”南希说。

约翰用两根树枝从灰中间夹出一块焦黑的陶片，大家都知道它是什么。

“嗨，他有好多坩埚呢。”佩吉说。

“金子是不可能跑掉的，”迪克说，“它肯定成块落在底下了。”

“他才不会在乎它是什么形状呢。”南希说，“动手吧，咱们把它拿出来。”

最后的一批石头被扒到了旁边，接着他们开始把剩下的一堆热灰扒开。灰就像云雾那样朝他们脸上扑来。

“它一定就在底下。”迪克说。

他们发现坩埚的其他一些碎片，有裂成两半的埚盖，还有整体的埚底，以及侧面的弧形碎片。但是，压根儿就不见一块金锭的影子，甚至更糟，金粉不见了。除了苍白的灰和几小块熔渣以外，什么都没剩下。

“可是应该有些东西呀。”南希在石头中乱扒。

“没有呀。”约翰说。

迪克用发抖的手指把两片破碎的坩埚拼凑起来。

“它实在不能就这样消失掉呀。”他说。

“可它已经消失啦。”南希说。

他们绝望地对视着。整整两周没有了，金粉也没有了，假如弗林特船长这时回家来了，他们就没有什么东西给他看了。碎石、淘金、烧炭和冶炼……他们的全部劳动成果就是小小一堆烫人的石头和带烟的灰烬。

“噢，迪克！”多萝西说着，泪水无论如何也止不住地流了下来，在她那张仍然沾着炭灰的脸上形成条条白色的河道。

“我们应该拥有一条走运的蛇，”提提说，“就像真正的烧炭人那样。”

“我们本来应该向石板瓦匠鲍勃请教方法的呢。”苏珊说。

“我们不能啊，”南希几乎是不耐烦地说，“要有点头脑。虽然会有点用处——但他和‘扁帽子’几乎每天相见，就可能泄密啦。”

正在擦眼镜的迪克一边朝一张又一张面孔打量，一边眨巴着眼睛，他却没怎么看清他们。他隐约知道他们都很难受，他自己也很难受。他们对他满怀期望，却一切都失败了，但是他的心思既不在考虑他们的痛苦，也不在考虑自己的痛苦上。一切都失败了。可是为什么？它是怎么失败的？

“我一定是在某个地方犯了错误。”他慢吞吞地说，“我在用吹火管对一小部分金粉做试验时，就发生过同样的情况。”他拿起一根烧了一半的树枝在灰中间扒了扒。“是我的过错，”他说，“我没把那本书吃透。但是，如果热量不够，那就什么都不会发生，而且我相信我们没有能够把它烧得太热。”

“我不明白坩埚为什么破碎了，”约翰说，“我们把它丢在木炭里就不会那样呢——”

“受热不均呢。”迪克说，“但我想不通的是，金子竟然跑掉了——”

“很可能根本不是金子呢，”苏珊说，“我们应该早就弄清楚的呀。”

迪克突然抬起头来。

“有一种办法咱们可以做到。”苏珊说，“我们有没有把所有的金粉放进坩埚呀？”

“除了我们最初得到的那一小撮之外都放进去了。”南希说。

“但是，我把它跟其余的一起放进去了，”佩吉说，“我以为那些是被遗忘的呢。”

“那就全完了。”南希说。

“我们可以用王水试试它的呀。”迪克说，“你知道吧，一种化学试验嘛。书上说金子会在王水中溶解。它如果溶解了，那我们就能确切知道。弗林特船长有酸剂和试管，它们就在玻璃橱里呢。”

南希突然给他一拳头，把他吓了一跳。

“你真行，迪克。”她说，“你肯定能做到吗？”

“两种合适的酸剂他都有呢。”迪克说。

“但是没有时间了，”苏珊说，“假如泰森太太打算叫我们离开的话。”

“走吧，”南希说，“我们马上去再采一些吧。即使咱们没有时间炼成金锭也无所谓，主要是证实那东西是金子嘛。”

但是，苏珊坚决阻止。

“一等水手们不行，”她说，“他们如果没有适当的睡眠，就会通通丧命。”南希看了看他们一张张疲惫不堪的脸，同意了她的意见。

“嗨，反正我是要去的。”她说。

“我们四个人都去，”苏珊说，“但是水手们不行。他们应该上床休息，一直睡到用下午茶的时候。”

“吃午饭的时候吧。”罗杰说。

“可是迪克怎么办？”南希说。

迪克凝视着她。“等我回来以后就睡觉，”他说，“老是在做试验，不搞清楚可不行。”

苏珊没有看他，而是看着多萝西。多萝西还记得，她父亲面对写满埃及象形文字的莎草纸残片，一坐就是通宵达旦，而她母亲只是为他煮煮咖啡，甚至不会试图催他去睡觉呢。假如人家为了思考问题而没法睡觉，那么上床躺下又有什么好处呢?

“他不会有事的。”多萝西说。

“而且他去得越快越好。”南希说，“那只煎锅在哪里?我们也最好把水桶拿上。研钵还放在矿里面。我们把风箱修补修补，再着手炼一块金锭。”

“可是泰森太太——”苏珊开了腔。

“她是不会为了把要撵我们的事情告诉我妈妈而专门大老远地跑到贝克福德去的，”南希说，“我们好歹还有一天时间。来吧。”

“鸽子怎么办?”佩吉说，“咱们这里就剩萨福了。”

迪克隐约听见她在说……鸽子?把鸽子带回来?每个人都怎么啦?听上去佩吉几乎有些欣喜，这是为什么?他丝毫没有猜到，原来是他本人给了他们一种新的希望，把他们从绝望中拉出来了。什么?佩吉又在对他说话呢……

“篮子挂在车头上没关系。我们得把荷马和索福克勒斯带回来。萨福不行。不管发生什么情况，可别叫我妈妈不能适时收到信件，否则她就会在泰森太太火气没消的时候匆匆赶过来呢。”

“另外，我们还要为风箱找一块皮革，”南希说，“我的旧皮夹子，我妈妈会拿给你的。还要些结实的好针。补风箱还要一盒平头钉以便把皮革钉下去，就在门厅那张桌子的右边抽屉里。走吧，约翰。你去不去，苏珊?我们越早为他得到那件东西，他就越能早些动工。”

“我来啦。你们三个去睡觉吧。”

就连苏珊的声音里都带着希望，迪克不再费心去了解什么了。

十分钟后，营地寂静了下来。

罗杰、提提和多萝西睡在各自的帐篷里，累得筋疲力尽。

南希、约翰、苏珊和佩吉正匆匆走过高顶岗子，直奔金冲沟而去。

迪克用带子把鸽篮绑在佩吉的脚踏车头上，把吹火管塞在衬衫前兜里，把红封皮矿物专业书放在背包里，推起车子出了院门。他一心想再看看“试金”效果，于是把脚踏车往树上一靠，就匆匆追赶其他几个人去了。

这天是连续两个炎热星期中最热的一天。高顶岗子上的热空气使得所有的东西都好像在薄雾中抖个不停似的。远处山谷里一辆汽车在穿越树林时传出喇叭声，它隆隆地开出了褐谷路，接着就没有声音了。可能是又来了一批野餐的客人，迪克在暗暗猜测着。简直是热死了。喂，“扁帽子”就在高顶岗子上呢，就在金冲沟的另一侧。靠“扁帽子”很近吧？于是，迪克想起了另一根吹火管，同时自忖起来：“扁帽子”本人有没有做得更加成功呢？想到这里，他再次考虑把他们自己的炉子开动起来。到底发生了什么？他做错了什么？难道金子直接滴进了泥土里吗？或者说，根本不曾有过金子？他现在就想发现确切的原因。

他来到冲沟，在矿井入口处听见里面的研钵正砰砰有声。

“你不需要淘洗多少，是吧？”南希在他走进来时说，“我们得到的这一批几乎全是金子呢。”

约翰刚才采到好多块石英，石缝中间有黄灿灿的闪光。

淘洗比碎石费时得多，但是终于完成了，那发绿的金子沉淀物被倒在了迪克的手帕里。他把手帕四只角攒到一起，约翰则用一根带子扎住手帕，因而宝贵的金粉就像在袋子里一样安全。迪克拿起两三块石英，装入衣兜。

“我可能需要在原材料上试一试。”他说。

“我们会在你回来之前把这一批通通捣碎的。”南希说，“祝你好运，教授。”

迪克走了。

“别把鸽子忘了！”佩吉在他后面喊道。

“平头钉！”南希喊道，“还有用来打补丁的旧皮夹子！”

他再次来到太阳底下，越过狭窄的冲沟，爬上冲沟侧岸，快步走过高顶岗子。他大约走了一百来码就猛然停了下来。

“还是把它们写下来为好。”他对自己说，“如果不写，我肯定会忘掉的。”他掏出小本子，写上了“鸽子，门厅抽屉里的平头钉，南希的旧钱包”。

然后，他继续冒着酷暑在起伏不平的地上踉踉跄跄地跑个不停。

“扁帽子”带着他自己的问题正在走近冲沟。他已经注意到快步穿过蕨丛的少年。他看了看身后那些朝山坡上面延伸过去的白色标记，以及它们在高顶岗子所呈现的连线。想必他白天也曾看过。但愿那些孩子正在别处玩耍就好啦……

苏珊、南希、佩吉和约翰正在矿里面。

多萝西、提提和罗杰正在帐篷里睡觉。

迪克一门心思集中在矿物学上，他踮起脚尖穿过营地，推起佩吉的脚踏车，在多次剧烈摇晃之后才找到了平衡感，接着就使劲捏牢刹把，越过泰森家的树林，开始在陡峭的旧车道上往下骑行。

原先停在褐谷路边的汽车已经不见了。曾在那儿休息，在路旁吃三明治，并且观赏山景的客人们已经去了十几英里外的地方。一缕蓝蓝的烟晕还萦绕在他们曾经待过的草地上，谁都没怎么留意它的存在。此刻，“长城”上没有任何守望者。

第三十一章　高顶岗子上的烟云

营地在闷热中昏昏欲睡。提提、罗杰和多萝西都理所当然地熟睡着。就连大笼子里那孤独的鸽子萨福也在栖木上悄无声息地安睡着，它的喙插在胸前的羽毛中。

一小时又一小时过去了。

空气中有了一种变化。鸽子是第一个注意到的，它在笼中躁动不安起来。一股焦味钻入了三个熟睡采矿人的梦中。梦中的罗杰拍打着地面，他正在为木炭“布丁”的泥壳堵塞漏洞，因为那里在往外冒烟。多萝西梦见自己在将水壶端下火炉时把手帕烤焦了。提提是真正因为新来的一股怪味而醒来的第一个人，她翻转身子，嗅了嗅。那是不是苏珊烧饭的炉火呀？是不是那里烧炭的余烬死灰复燃了？至于那台熔炉，她还深切地记得一切事情是怎么出岔子的，炉子是怎么被拆散的，火焰是怎样被那些渴望从灰烬中找到金子的人们弄灭的。想必苏珊正在烧茶呢。或许时候已经不早了。她已经睡了多久啦？提提并不知道，或许已经到了第二天吧。

“苏珊，”提提为了不把别人吵醒，就压低声音说，“他回来了吗？它到底是不是金子？”

没人答话。

相反，头顶上有受惊的松鸡在拍打翅膀，失声大叫：“咯咯（归窟）！咯咯（归窟）！咯咯（归窟）！”在过去十来天里，勘探人员曾多次把松鸡从石南丛中赶走，有一次，一只雄性老松鸡突然从提提脚旁呼啦一下子飞了起来，嘴里还失声大叫，吓得她差点向后栽倒呢。

苏珊为什么不答话呢？要不然，就是别人在生火？提提坐了起来，同时猛然转过身子，从而可以看见帐篷外面的动静。营地上没有人，营火已经被苏珊烧灭，它正在土块下面静静睡去，只有一缕细烟在升腾。焦味不可能是从那里出来的，而且那是一种异常不同的气味。熔炉的废墟和炭灰也没有余火在闷煨，剩余的木炭也不在闷煨。然而，焦味是多么浓烈呀！营地周围有些怪怪的。自从他们驻扎以来，第一次出现了所有东西在大白天没有阴影的情形。淡黄色的帐篷帆布上不见树叶婆娑起舞的生动图案。太阳遇到什么情况了？

更多的松鸡呼呼飞过头顶。

提提爬出帐篷，她趴在门口嗅了又嗅，听了又听。一种着火的气味，但是又与柴火的烟味有所不同。那是什么声音？突如其来的噼啪声非常刺耳，还有树顶上那一层雾霾是什么？

“罗杰……多特……起来……马上起来！”

她来到罗杰的帐篷，抓住他的一只脚把他倒拖出来。多萝西的脸上带着疑问，表明她至少是醒着的。

“出来！”提提说，“那是——至少我认为那是——有个地方起火了——”

“在哪里？”罗杰说，“不管怎么讲，你不该那样拖我——那是我的脚呀——”可是提提已经走掉了。

“真的起火了！”多萝西说。

提提冲出营地，走上通往水井的小道，走向刺猬待过的黑莓丛和通往“长城”的狭窄溪谷。如果那是火灾，就该有人马上告诉其他人，他们才会知道该怎么办。噼啪噼啪的声音相当近了。她现在已经知道，头顶上方的雾霾是烟。她朝溪谷上面奔去。

高顶岗子上横着一堵巨大的烟墙。她蒙蒙眬眬地望见它上方的干城章嘉峰。它脚下是一条噼啪燃烧着的火焰，犹如线段那样时而细，时而断，时而像浪峰那样突然上蹿。岗子那边的一切，直至高入云天的山顶，全被滚滚浓烟隐蔽得不见踪影。冲沟就在那一带，但是提提当即意识到，哪怕奋力赶过去也无济于事。她的头脑里始终没有考虑到哥哥姐姐们可能处在危险之中。他们被这堵烟墙和冒烟的大火阻断了与宿营地的交通。他们要来营救需要耗费很长时间。与此同时，她自己必须竭尽全力。苏珊如果在场又会怎么办呢？换了约翰又会怎么办？无论如何，眼下该做些什么？时间一分钟又一分钟地过去，她仍旧站在那儿呆望着那股浓烟和高顶岗子下面的起火地带。

多萝西和罗杰爬了起来，站在她的身边。

“天哪，”罗杰说，“泰森太太会说‘这事我对你们说过嘛’。”

“迪克现在安全到达了贝克福德，对吧？”多萝西说。

“早就到了。”提提说。

南边吹来一阵小小的风，于是就有了一种突如其来的变化。烟朝他们这边滚滚而来，仿佛是被干城章嘉峰轻轻地吹了一口气似的。不一会儿，它又滚了回去，他们还看见，有十几处曾经潜伏过火苗的地方变得更近了。

“它正在往这边烧呢。”罗杰说。

“是的。”多萝西说。

“我们必须保住营地。”提提说，“火一旦碰到树林，那就什么也挡不住了。快，把帐篷拆掉！”

又一股来自干城章嘉峰的热浪席卷了整个高顶岗子，当火焰向前一蹿，烧到干燥的草梗时，再次响起噼噼啪啪的声音，好几处蕨丛就在火中化为烟雾。

他们三人冲下溪谷，奔向营区。

“把你的睡袋卷好，罗杰，把你的帐篷放倒。你也是，多特。我们应该拆掉每个人的帐篷。然后，我们好歹得把它们运下山去。我们自己根本不可能用小车装运。哦，天哪，还有鸽笼……还有萨福……”

“让它飞掉吧。”罗杰说，“它会照顾自己的。”

提提反应镇定。

“说得好，罗杰。我们要派它去求援，一条紧急呼救信号。哦，要是换成荷马或者索福克勒斯就更好啦——你是不能指望萨福的。但是我们要试试看。无论如何，它会做到的，它迟早会回家的。你在干吗，多特？”

多萝西正在把《湖区逃难》塞进她的背包。

“我必须保住《湖区逃难》。”她说。

“给我一张纸。”提提说。多萝西一刻都没有犹豫，就从她的宝贝小说扉页上撕下半张纸来。

“还有铅笔。”她说。

提提只写了三个字：

快救火。

她把写了字的纸撕下，折成窄条。罗杰由于跟萨福相处融洽，因而毫不费事就把它捉住了。他把它哄得又乖又平静。同时多萝西嘱咐它一直往前飞。“只要避开烟火，你就没事啦。你会在贝克福德找到迪克的。你要一直往前飞，拜托了，就这一次啦。”

提提把那条信息塞进了萨福左腿的橡皮圈里面。

“我该让它走了吧？”罗杰说。

“别在树林里放。”提提说。

他们迅速走回到高顶岗子边缘。一波浓烟朝他们滚来。

“现在就放，”提提说，“快！”

罗杰把鸽子抛向空中。

“你可别到处磨蹭啊，”提提说，“回家去吧。快！快！”

萨福飞升到烟雾的上方，转眼就不见了。

“它可能明天才会到家呢。”多萝西说，“你可不能指望萨福啊。”

“动手把帐篷叠起来吧。”提提说完，接着就想起另外的事情，于是迅速奔下溪谷。“长城”下面是黑莓丛，刺猬就在黑莓丛里面。它怎么样了？把刺猬喊出来是不可能的。假如大火从高顶岗子上下来，黑莓丛就会呼地一下子着火，刺猬就会在大火中煮熟。

“别管帐篷了，”她说，“我们必须搭救刺猬去。”这样可就棘手了。先是要做一件事，接着又要做另一件事。没有确定下来的计划。南希或者约翰就会一下子想到所有事情，因而丝毫不会这么犹疑不定。

“我们有灭火扫帚。”罗杰暗示说。

“如果它烧到高顶岗子边缘，我们就完了。”提提说。

“风正在往反方向吹呢。”多萝西说，这时她背上了旅行背包，里面除了《湖区逃难》之外什么都没有。

就在这时，风向又转了。一阵热浪朝他们脸上吹来，浓烟也朝他们滚来。这只持续了片刻，但是，就在浓烟滚滚而来的时候，他们看见大火把宽宽的一段枯草梗和黑莓丛吞噬掉了。

提提朝四下张望着。他们站在形成“长城”的长岭顶部，那里基本没有可让火焰烧着的草，只有石缝中间和连接下方林间通道的溪谷中除外。“长城”过去一点，南希上次铲草皮的行动对于火种造成了另一道障碍，因为从宽宽的地带铲过那些草根土块，用作了木炭的阻燃材料呢。但愿风不会帮助火焰越过这道障碍，或者说，不要让火星飞过来把黑莓和岩石下的草点燃。是呀，只存在一种概率——假如风向不转的话。

“我们是需要灭火扫帚，”提提说，“但是，首先我们必须把沿‘长城’顶部一线的所有草都浇湿——”

“通过一双双手把好多水桶串接起来嘛。”多萝西说。

“我们只有一个水桶呢，”提提说，“如果他们没把它拿到冲沟去的话。可是有一只水壶，要是昨天我们没有用掉那么多水就好啦——”

罗杰早已走进营地，一路拖来几把灭火扫帚。

“井里有好多好多水呢！”提提喊道，“水壶，多特！”

“水壶是满的！”多萝西大声回答说，“苏珊灌满的！”

“哦，好啊！”提提边说边迅速扫视营地，“可他们把平底锅带去了，他们也拿走了水桶呢——”

“有一个饼干罐头，”罗杰说，“我们可以吃掉饼干或者把它们揣在兜里。”

“那就动手干吧。先把草弄湿，然后再用扫帚灭火。”她拿起装食糖的大罐头，把食糖倒在地上。苏珊本人也不会设法保住食糖的。假如他们事先想过会发生这种事情，他们绝对不会拿走水桶。提提用糖罐把水灌满了，朝拎着水壶疾走的多萝西追了过去。

“我用它干什么呢？”多萝西说。

“把溪谷顶部的草浇湿，”提提说，“把南希挖过的这一侧岩石顶上的草通通浇湿。如果除了石头以外没有烧得着的东西了，那么火就会自己熄灭的。”

提提把糖罐里的水倒了出来。开水壶在多萝西手里成了浇水壶，她把水浇到地面上，由于地面太干燥，浇上去的水没有往土里渗，而是像火花那样留在了滴落的位置上。他们顺着溪谷走向水井，碰上了小心翼翼端着满满一饼干罐头水走来的罗杰。

“你刚才在干什么？”提提说。

“我的口袋装不下所有的饼干，”罗杰说，“所以我就把多余的堆放到了储物帐篷里面。”

“振作啊！”提提说，“我们应该以一当十，应该是三十个人，而不仅仅是三个人呢。”

每当他们走回岩顶时，火就向前逼近一步。它在一条高出石南的山梁那儿停顿了几分钟。他们差点开始觉得火已经就此止步了呢，就在这时，他们看见一些小火团掉落到山梁上，当即朝那些扎根于岩石之间的苔藓和杂草追了过去。当火碰上宽宽的一片蕨丛时，山梁这边就再次熊熊燃烧起来。

他们带着水壶、饼干罐、食糖罐、布丁碗甚至洗涤盆来回飞奔，提提和多萝西还设法把两件事合并在同一次做完。可是，起初几趟来回之后，井水水位就开始下降了。虽然属于一眼好泉，可他们的取水速度比来水还快。

“假如我们是五十个人的话，那就不太好了。”来来回回跑得气喘吁吁的罗杰终于说道，“水井已经打空了，我用罐头盖子把最后的浑水舀出来了。我们可得让它来得及再次注满哪。”

“那就迟了。”多萝西说。

“约翰和苏珊，还有亚马逊号船员很快就会赶到这里的。”提提说着，气急败坏地盯住那高墙般朝鳕鱼断崖涌去，甚至遮没干城章嘉峰的滚滚浓烟，“他们能从它背后绕过来呢——”

接着，就在大火仿佛要从他们旁边一闪而过时，风向一转，浓烟下面的一条火龙从地上蹿了过来，常被侦察员用来藏身的大片欧洲蕨立刻噼里啪啦地熊熊燃烧，就好像有人一下引爆了数千焰火似的。

“它烧过来了，”罗杰说，“我们的帐篷该怎么办？”

“哦，快下雨吧……求求老天下雨吧……”多萝西自己都不知道自己正脱口说出这些话呢。

“扑灭它呀！”提提大声喊道，“扑灭它……不管哪里起火了……小心，你后面有火在燃烧……就在岩石上面。”

火舌正在一路舔着高顶岗子的边缘。假如风向朝西一转，并且持续那样，他们就难以幸免。即使保持现状，他们的眼睛还是被烟熏得难受，空中飞蹿的火花就像着了火的蛾子。他们沿着“长城”来回奔跑，眼睛几乎看不清东西，时常跌跌撞撞，还用灭火扫帚猛扑正在他们脚下燃起的明火和闷煨的暗火。

“我真希望他们动作快一点。”提提心里嘀咕着。“坚持，罗杰！干得漂亮，多特！”接着，她又悄悄对自己说，“我们绝对不会孤立无援——”

第三十二章　在冲沟里

在冲沟里，迪克用手帕包上那一小撮金粉匆匆离开了，当时好像没有任何值得去做的事情了。当他在那里谈着王水和测试黄金的话题时，每个人都觉得还有希望存在。眼下他已经走掉了，就好像他把希望也带走了。他们只能想想烧坏的坩埚和吹风炉废墟中那些毫无价值的余灰。“胜利在望”是上一次发往贝克福德的信息。今天他们就该把金锭带回家去，可是并没有金锭。他们所有的劳动已经化为乌有。就连南希都觉得，在教授还没回来的时候实在不值得继续采石和碎石。

他们已经采集了好多块石英，它们到处都有些在阳光下闪着黄色亮光的裂缝。外表看上去够好，可实质好不好呢？

“我不知道它是不是金子。”约翰翻看着最好的石英块说。

南希没有心思再说“真见鬼”了，她没精打采地说：“我不知道。”过了一会儿，她又补充说，“是我们的过错，真的，不是迪克的。我们早就应该自己刻苦学好化学的呀。”

“迪克在那种事情上差不多总是对的。”佩吉说。

“这一次不算。”苏珊说。

“即使他是对的，”约翰说，“我们也来不及铸造金锭了——”

“假如泰森太太要我们搬走，我们就不能继续留下。”苏珊说。

他们闷闷不乐地走回矿里。

到了里面，只有挂在铁钉上的防风马灯的微弱亮光，四个采矿人在惬意的黑暗之中全都感到越来越昏昏欲睡。毕竟，对他们任何人来说，一夜像模像样的休息已经是两天之前的事情了。谁都不急于回去干活，他们甚至懒得开口说话。当有人说出了什么话，它就像块石头那样，沉闷而没有反应。

“迪克要到很晚才能回来呢。”苏珊说。其他人听是听见了，然而说完了也就没有接话茬的了。

“从南美洲到这里来要多长时间？”约翰说。

“坐快船不会太长，”南希没精打采地说，“但是不定期的货船就得好几年。”约翰太累了，所以懒得反问她一句：像这样的回答又有什么用？

“佩吉，你在打瞌睡呢。”几分钟以后，南希说。

“嗨，为什么不呢？”佩吉打着哈欠，身子向后靠在了岩壁上。南希什么都没说，她发现自己的眼皮正在耷拉呢。

佩吉睁开眼睛，使劲眨了几下。谁在睡觉？不是她呢。这时，她看见南希的眼睛闭着，于是露出了微笑。约翰的脑袋向前耷拉着，苏珊的脑袋则完全歪在了一边。挂在岩壁上的马灯暗淡地燃着。现在是一天当中的什么时辰？或许还不需要把他们叫醒。佩吉站起来，踮着脚尖来到洞口——到底正在发生什么情况啊？那些噼噼啪啪的声音是什么呀？天空全是烟。她一时无法相信，然后，她就明白了。人们担忧了整整一夏的事情发生了。这是一切东西的终结呀。

她回身冲进矿里，拉起南希和约翰的胳膊。

“醒醒吧！”她大声喊着，“南希！约翰！苏珊！快！醒醒吧！丘原失火啦！”

“怎么回事？”南希半睡半醒地说。

“失火！”佩吉大声回答，“失火啦！”

“别犯傻。”南希打着哈欠说。

“起身的时间还早嘛。”约翰说着，就伸了个懒腰。

“火！”佩吉声嘶力竭道，“是一场大火呀！喂，苏珊！快醒醒！”

南希颤颤巍巍地立起身来，伸出双手扶着岩壁，懵懵懂懂地往矿外走。其他几位揉着眼睛，打着哈欠，紧紧跟在后面。还没走出巷道，他们就听见短草怪怪地噼啪作响，并且闻到了空气中的烟火味。

“上帝啊，”南希说，“她说得对！某个该死的白痴给丘原点起了一把火——哎呀，所有的灭火扫帚都放在营地呢——”

“提提和罗杰怎么样了？”苏珊大叫起来。

“还有多萝西呢。”约翰说。

他们出了矿道，进了冲沟。厚厚的烟云在头顶上空翻滚，烟云背后的太阳就像一枚烧红的硬币，烟浓时它不见踪影，烟薄时它就再次露面。

就在他们快步越过冲沟时，猛然发现那儿并不仅仅只有他们这几个人。

在距离他们矿口仅仅几码远的地方躺着一个人，他的头枕在一簇石南上。他们首先注意的是他的脚，这双大脚穿着钉满钉子的登山靴子。他的脸隐而不见。他曾经使用过一张地图，而且正把它平摊在脸上，就像遮阳的帐篷。他正仰面躺着，左手就搁在约翰那天早上从矿里带出来的一堆优良石英上。至少在南希眼里，那只半捏着石英的手再次使它变成了金子。

“这人是‘扁帽子’，”她差不多是在耳语，“他还把他的爪子搁在咱们的金子上——”

“天哪！”佩吉说。

“快点，”约翰说，“我们必须到那边去——”

苏珊已经在往冲沟的另一边攀爬了。丘原着火了，她没心思顾及金子和“扁帽子”了……罗杰和提提被抛在了一边呢……

“他在睡觉。”佩吉说。

“假如我们让他挨烤，那是他罪有应得。”南希说，可她很难做到如此狠心。相反，她用一只脚碰了碰他。

“醒醒吧，”她说，“失火啦！快走，佩吉！”说着，就丢下“扁帽子”，让他好自为之。她和佩吉朝其他人追了上去。

蕨丛在他们面前熊熊燃烧，一层浓烟朝正在冲沟边沿的他们滚滚而来，他们被呛得连连退缩。

“它正在我们和营地之间燃烧呢，”约翰喊道，“我们不得不绕过去。”

“再过一分钟就要烧到冲沟里面来了。”南希说。

“燎原大火啊！”有人在他们下方轻声说道，“一分一秒都别耽搁，我们必须逃离。只要我们往碎岩堆上跑就没事了。”

他们朝下看去，只见是“扁帽子”，他的声音里好歹带有一种沉稳。以往一见到他们，他总是因为内疚而迅速走开。

“我们不能啊。”南希说。

“我们必须赶回营地去。”苏珊说着，就绝望地看看这边，再看看那边，当时的烟雾似乎正一下子包抄过来。

“扁帽子”快步走上陡坡，站在烟雾中。

“你说得对，”他说，“我们去不了碎岩堆。但是我们还有一个机会，”他以同样沉稳的声音继续说，“有一条通向北边的隘口。”

他们一块儿奔跑——四个勘探者和他们的老对手——不久前他们当场发现他的一只手其实就搁在他们的金子上。他们在冲沟底下一直往前奔跑。他们在最北头跑出冲沟，恰好看见火焰再次离他们而去。冲沟于是成了火海中的一座岛屿。

就在火舌在石头之间舔着一堆又一堆干草，轰轰烈烈地烧掉石南和欧洲蕨的时候，这座岛屿正变得越来越小。

“扁帽子”焦急地朝四下里张望。他们看得出，他正在考虑什么是最好的办法呢。他又开了口——这次相当严肃。“再过两分钟，这块地方就会烧起来了，”他说，“我们最好的脱身机会就在那些石头中间——”

“可是提提和罗杰——”苏珊无望地凝视着烟幕说。

“我们必须往回走！”南希高喊着，“快走，你们！”

他们奔了回来。“扁帽子”在一小片石子地面上停住，那里没有多少可供燃烧的野草。

“你在等什么？”南希大声问道。他或许是个对手，是个盗贼和矿藏霸占者，但她不能丢下他，让他在火中烧死。

“扁帽子”正把外衣脱掉。“你们最好把头钻到这件衣服底下。”他说，“不过，恐怕我们已经陷入困境了。”

“来吧，”南希说，“转过身来往矿里面走吧——”

“什么矿？”“扁帽子”说。

“我们的矿。”南希说。即使处在那个倒霉时刻，她的声音里都带着一种得意。他并没有意识到这一点。“我们的矿，”她又说，“我们让你进来，但是你甭想霸占！”

“你这是什么意思？”“扁帽子”说。

就在火团碰到冲沟南头的干草时，突然蹿起了宽宽的烈焰，同时传来巨大的响声。他们头顶上方的烟雾中有通红的火星在飞舞。冲沟另一侧的一堆欧洲蕨着了火，就像一簇焰火似的。

“听着，”约翰说，“我得越过冲沟去营地了。”

“你不能去，”南希说，“到矿里面来吧。这是唯一的希望。你自己被烫伤了也救不了任何人。来吧，进来，佩吉。快！”

佩吉正等在老巷道入口处，她一弯身就不见了。

“嗨，这儿我还从来没有看见过呢。”“扁帽子”说。

“快，苏珊！”

“你自己进去吧！”约翰说。

“真是傻透了！”南希说着，就跟着苏珊往里面跑。

紧靠他们的石南被烧着了。

“你们先请。”“扁帽子”说。

“这可不是你的矿啊。”约翰说。

“对不起。”“扁帽子”说。他俯下身子，弯起两条长腿，艰难地往巷道里钻，而约翰就紧紧跟在他的身后。

他们的时机掌握得恰到好处。就在他们勉强进入矿中的同时，浓烟就把入口处封了个严严实实——巷道里依然亮着的那盏马灯照出了他们惊恐万分的面孔。

“我们索性等它烧完了再走。”南希边说边舒坦地坐在岩洞的地面上，为的是向佩吉表示，其实什么都不必担心。约翰和苏珊朝她审视着。“什么都不必担心！”就在这时，矿洞口上突然出现一道红光，接着熊熊的火焰呼地一下子就蹿了开去。然后，除了浓烟，就再次一无所有了。

“我非常感激你们，”“扁帽子”以认真的口气说，“我在外面一定不会有很大的把握。”

“你本来就不该到那里去的嘛，”南希说，“难道你没看见我们的告示吗？现在它要被烧掉了，但是想必你曾看到过呢。”

“哦，是的，我看到过。”“扁帽子”说，“但我当时正忙着找东西，所以没有想到你们就在附近——”

南希呼的一下站了起来。“那就更糟糕了！”她说，“你在找什么东西？”

“你不会感兴趣的，”“扁帽子”温和地说，“真的不会呢。矿业，你知道吧，那是我的老本行。我在跟踪一条矿脉——”

“什么？”南希满腔怒火，几乎忍无可忍。

“我居然从来没有注意到这个呢。”他说，“我当时心里想，可能会有类似的东西吧。”

“那是我们的，”南希说，“告示上的字你不认得吗？”

“是关于某种比赛活动吧？”“扁帽子”说，“关于骑马或者跳跃，是吧？还画着死人的头颅吧？”

“告诉人们别来霸占采矿权。”南希说，“想必你已经明白——”

但是这个话题没再往下说，因为着火的响声正在远去，外面的烟也在消散，约翰和苏珊已经开始往矿外跑了。

“小心点！”“扁帽子”突然说，“再等一会儿，让脚下冷却冷却。”

“我们非走不可。”约翰说。

“另外几个人不知道该怎么办呢。”苏珊说着，就跟上了约翰。

“另外几个人是谁？”“扁帽子”说。

“我们另外的三个人，”佩吉说，“比我年龄小些，就在树林顶部的营地上。”

“扁帽子”迅速跟在约翰和苏珊后面，南希和佩吉则跟在“扁帽子”后面。

即使刚才在矿洞里面，空气也因为烟火而难闻，洞外就更加糟糕了。大火正在冲沟北头肆虐，它一扫而过，把除泥土和岩石以外的一切全都烧了个精光。一堆堆的石南还处在明灭之间，就像一支支被游行队伍丢弃遗忘的火炬。大地在他们脚下冒烟。他们在攀爬小溪谷的陡坡时手碰到岩石就挨了烫。大火已经向北涌上了高顶岗子，他们可以看见岗子被烧黑了，还在冒烟。冲沟和泰森农场树林之间的片片草地和蕨丛还在燃烧。一道高高的烟幕遮没了“长城”以及那边的树林，他们可以看见烟幕底部还有小片小片的余火。

“树林本身可能着火了。”约翰一边冲过脚下冒烟的余灰，一边说。

“他们可能在帐篷里睡觉呢。”苏珊说。

“哦，不……不会的……”南希厉声大叫起来，“他们不是彻头彻尾的大笨蛋……”

“别朝那边走呀，”“扁帽子”说，“你们跟我来，我们必须从那块地方绕过去。”

他的长臂挥动起来就像一台风车。他跃过在他前面挡道的一块块岩石，遇到跳不过去的，他就绕着走。

四个勘探者追赶着他们的对手。他们现在不是勘探者了，在他们绕过一片着火的欧洲蕨，快速踩过发烫的灰烬，冲向那道烟墙时，他们心里只有一个念头：烟墙后面某个位置就是宿营地。

“但愿他们有点脑子，赶紧逃掉才对。”苏珊气喘吁吁地说。

“他们不会有事的。”南希说，此刻她呛了一口细细的烟灰。

继而一阵风裹着烟朝他们扑来。烟气上升了，不久就消散了。他们隐约看见烟气下方小小的、暗暗的人影正在地上使劲扑打着。

“提提……多萝西……”

“还有罗杰呢！”南希嚷了起来。

那烟再次向下方滚来，比先前更加浓黑。但是，“扁帽子”也看见他们了，他朝他们直接冲了过去，不一会儿就不见踪影了。

“过来吧，”约翰侧头喊道，“他们都挺好的！从这边走！”

第三十三章　在贝克福德

迪克认认真真地握住刹把，先摸摸一只口袋，再摸摸另一只口袋，从而确认没有遗忘任何东西。吹火管和自来水笔放在表袋里，《菲利普斯论金属》在背包里撞来撞去——这可不能忘。几块石英放在他的短裤侧兜里……纸包的木炭放在另一侧裤兜里……宝贵的金粉包在手帕里……小杯子和小刀放在后裤袋里……砰——砰——他的手放回到剧烈震动的车龙头上。当时即将下车了，他决计不让自己考虑别的任何事情，而应当把握好脚踏车的方向——哦，当小道突然出现拐弯时，车子就在一些稀松的石头上打滑，迪克一只脚踩在地上，以便及时确保身体不会跌倒。

他再次往前推，还踩到了踏脚板上——哇，不要让这个畜生跑得太快，也不要把刹把刹死，免得轮子转不动。他们没把所有金粉放进炉子该多好啊。数量多少并不重要。一开始南希就说过，重要的是证明那里有金子——就一丁点儿……一丁点儿金子就足够了。有了吹火管和一盏酒精灯，他就应该能够处理，试用了王水，心里就有底了。与此同时，脚踏车在树林向下的老通道那些稀松的石块上面又是打滑，又是跳动，又是冲撞，差点将他的骨头颠散震碎。你根本意想不到下坡时身上会感到这么热。他终于到达了底部，跌跌撞撞地穿过了农场庭院的铺地圆石，所幸没有碰见泰森太太，接着过了小桥，出来就是谷地道路——它照旧积满了尘土，但却更加便于骑车。虽然那是一辆比他的身体大上两倍的女式脚踏车，可他踩起踏板行进在谷地上，并不比任何人差劲。

贝克福德看上去大为不同了。贴墙纸的、刷油漆的和抹灰的全都不见了。就连楼梯上都铺好了地毯，桌椅全都放回了原处。他在门厅见到了布莱凯特太太。

“你好，迪克，”她说，“你正好赶上了开饭的时间呢。你是想来看看你的鸽铃的吧？我刚刚把滑门推过去复位了。自从那天你把它纠正以来，它就一直工作得非常好呢。每来一只鸽子，我们的耳朵就差不多要被吵聋了——”

“今天不会有鸽子来了，”迪克说，“因为我来了。”

“你们那儿过来一个人，我是很高兴的。我这里有你们大家的消息呢。后天你爸爸妈妈要到迪克森农场，沃克太太和布莱基特要到这里来小住一两天，然后再到湖对岸的霍利豪威去。我想，再往后，你们可能就会把营地搬到野猫岛去呢。我弟弟也在英国。这张盖着伦敦邮戳的明信片是今天来的，是一张塔桥的图片，除了‘代我对蒂莫西转达爱意’之外没有写上任何话语。”

“可是蒂莫西来了没有？”

“没有，它没来。”布莱凯特太太说，“可是我能怎么办呢？我甚至不晓得我那个傻老弟在城里的地址呢，他就是那样的人——”

“想必蒂莫西死在航海途中了，”迪克说，“可能是因为绿色食品不够吧，弗林特船长一定失望透顶了。”

“唉，我真希望他别在世界上东奔西走，把天知道的东西往家里寄。那些猴子和鹦鹉就够麻烦的了。要是万一来了个死掉的蜥蜴——”

“犰狳可不是蜥蜴呀。”迪克说。

“嗨，鳄鱼嘛。”布莱凯特太太说。迪克并没有纠正她。动物学对一些人群来说是毫无意义的。

“我能在弗林特船长的房间里工作吗？”迪克说，“那是一件在他到家之前非做不可的事情——”

“先吃午饭吧。”布莱凯特太太说，“来吧，我们要另外给你找一只盘子。”

迪克于是就在餐厅里吃起了冷牛肉和色拉。真没胃口，因为试验还没做，那些酸剂还在大厅另一头那个房间的瓶子里等待着。但是这也没有办法，而且迪克发现自己是挺饿的，虽然他有两三次差点睡着呢。在多萝西的建议下，他已经尽量把沾在脸上的木炭擦掉了，但是肯定还留有一些污渍。“我希望你们会高高兴兴地从荒野上搬回来，再好好洗个澡。”布莱凯特太太说。迪克向她讲了讲烧炭和冶炼的事，但是并没有讲太多。她问起了风箱的事，他说风箱很有用处，还说，南希需要从她的旧皮夹子上找块皮革打补丁，还要一些平头钉……他还掏出小本子来核实。“在门厅的抽屉里。”他照着本子念了出来。布莱凯特太太哈哈一笑。“我猜想我应该为风箱的最终幸免而高兴。”她说。接着，她一再问起他对报纸的喜爱程度，诸如此类的一大堆的问题是很难回答的，因为他太困了，而且只能考虑金子和王水的问题。

午餐终于结束了，她把他领到了书房门口。

“到了。”她说，“假如有什么是你需要的，你会找到的。在我看来，你巴不得回到学校去呢，这段假期里南希总是叫你干些苦差事。这次是干什么？要找百科全书？”

“只是一小部分，”迪克说，“那是——”可他没来得及解释。布莱凯特太太要忙她的事儿，也来不及听，她甚至没等关好书房门就在门厅那里对厨娘说话了。

迪克确切地知道他自己想要什么，它在哪里。在贝克福德大装潢期间，所幸弗林特船长的书房被搁在一边没动。仪器橱的玻璃门不曾上锁。那里有他见过的小酒精灯，而且，没错，那个贴有“Meth”标签的蓝色瓶子里有些酒精。他给小灯里倒满了酒精，让灯芯浸透，与此同时，他又把百科全书上关于金子的段落看了一遍。然后，他在桌边坐下，点起小灯，打开包着金粉的手帕，拿出吹火管，把一小撮金粉放进一块木炭的小坑里，从而开始了试验。酒精灯比蜡块好得多，他可以把细细的火焰喷在金粉上。但是，所发生的一切都与营地上一样。金粉似乎汇聚成了通红发烫的一团，就跟他所预料的那样，冷却之后，它就变暗了，当他用小刀一压，它就碎成了粉末。他又试了一次，没有进展。放弃这一团东西吧。他将被迫用酸剂对金粉本身进行测试。有什么不可以的？如果奏效，很容易就能看出金子是否消失了。

橱里有一个架子上放着一排试管。迪克把它搬到桌子上，挑选了最小的试管。他把一些金粉放在纸片上，倾倒进试管里。接着，他把试管摆回到架子上，开始配制王水。“硝酸和盐酸……各一半。”要把硝酸瓶的玻璃塞子旋开可不太容易，迪克非常担心，就怕让一滴酸液溅在弗林特船长的桌子上。他最后用自己的手帕裹在玻璃塞子上，这样就稍许容易把它握住了。他并没有把塞子完全拔出来，但是尽管如此，硝酸的呛鼻烟气似乎仍然充满了房间。盐酸的瓶子就比较容易打开了。接着他在尽量不吸进烟气的情况下倒出了同样多的硝酸。好，王水配制就绪。眼下，除了两支试管、两个瓶子、《菲利普斯论金属》和《大不列颠百科全书》之外，迪克此刻好像正独处于一个万物皆空的世界，他听不见屋子里突然响起的骚动……开门关门的响声仿佛是在万里之外，门厅里的说话声很可能是来自于木星或者火星。迪克什么都听不见、看不见，什么都不想，唯一的关注就是终于要做的这个试验。

“金子溶解于王水。”

这就是他心里念叨的语句。嗨，会不会呢？他用一只颤抖得不那么听从大脑指挥的手把王水倒进试管，试管底部早已放好了那一小撮闪闪发光的金粉。

就像液体突然沸腾开了，金粉冒起了气泡，它在酸液中上升下降，仿佛试图挣脱似的。试管发烫，手都不能碰。有一阵子，他都担心试管会破裂，酸液会四处飞溅。沸腾其实并不剧烈。试管底部有了沉淀物，上面的液体透明偏黄。迪克把它凑近亮处。每个发光的颗粒不见了，只剩下没有光泽的沉淀，金粉已经溶解。迪克的脸上缓缓出现了一种幸福的笑容。到底是金子呢。

然后，他慢慢地意识到书房门是敞开着的，弗林特船长就站在门口。弗林特船长的脸比以往晒得更红，还在冲他微笑，同时还用一块绿手帕擦着秃顶的头颅呢。弗林特船长把一顶毡帽往桌上一扔，把一个贴有轮船标签的行李箱从门厅拿了进来，随即关上房门，大笑起来。

“喂，教授，”他说，“这次搞的是什么名堂？上次我在旧船屋发现你的时候，你在搞天文学。这是什么？化学？”

“金子。”迪克说。

“金子？”弗林特船长说，“你可别去对那该死的东西感兴趣呀，不管是金子还是银子。我已经发誓不碰这两样东西了，浪费的时间够多的啦——喂，你那试管里放的是什么？”

“王水，”迪克说，“还有金粉。它真的溶掉了呢。”

“什么？”弗林特船长说，“什么溶掉了？”

“溶解了，”迪克说，“金子溶解于王水。我曾经有点担心，生怕它不是金子呢。”

“可是，亲爱的小伙子呀，”弗林特船长说，“王水几乎会溶解所有的东西呢，关键是金子不会溶解于别的任何物质——”

迪克的脸一沉。

“我又弄砸了，”他说，“首先应该用硝酸和盐酸分别进行试验的呀。请问我能不能每样多使用一滴呢？”

“试就试吧。”弗林特船长说，“还有金粉吗？”

“只有一点点，”迪克说，“已经粉碎好、淘洗好了。”

弗林特船长把小指头伸进迪克手帕中那等待试验的金粉。他掏出一个放大镜，凑到那些闪光的颗粒上面。

“不过，”他最后说，“在我看来，它非常像优质铜矿。你没把我的一些样品粉碎吧？你这是从哪里搞来的？”

“高顶岗子。”迪克说，“我们把它跟炭灰通通混在一起了，坩埚也烧破了——哦，我说，那是你的坩埚，你知道……我们是借的……只有一只坩埚尺寸足够大呢。南希说你是不会介意的。你知道，金子是给你的——”

“给我？但这到底是怎么回事？我姐姐告诉我的话，让我根本就摸不着头脑。”

“她其实是不知道的，”迪克说，“至少不全知道。”

弗林特船长拉过来一把椅子，靠桌边一坐。“让我看看试管。”他说，“你说里面是什么？硝酸、盐酸和一些这种粉末？沿着那个架子找一找，把标有‘氨’的瓶子拿过来……好小子……把塞子拔掉。让我们把它倒出来吧……现在……”

他让氨水一滴一滴进入了试管。里面响起更多冒泡的声音，清澈的液体混浊了一下，然后就变成了鲜艳的蓝色。

“你看到啦，”弗林特船长说，“是铜……究竟是什么让你们认为它是黄金的呀？”

于是迪克说起了淘金计划和石板瓦匠鲍勃的故事。

弗林特船长打断了他的话：“那个小伙子去打仗了，所以他的秘密就中断了。嗨，我小时候就听过那个故事。三十年前是南非战争，再以前是祖鲁战争或者克里米亚战争，而且我敢说，一百年前石板瓦匠鲍勃的爷爷会谈论某个小伙子，说只要他不必去打拿破仑，他就会采到金子呢。可你们是在哪里找到铜的？南希是不可能有丝毫概念的呀——”

迪克本来是想解释的，可他刚一开口向弗林特船长说起冲沟里的老巷道和石英，弗林特船长就跳了起来。

“石英……铜……在一条老巷道里。这里有没有？”

迪克从口袋里掏出一块来。

弗林特船长把它放在手上掂量着，细瞧着，还用小刀在迪克认为是金子的地方刮了刮。

“就跟奶油一样软。”他急不可耐地说，“像这样的东西多不多？”

“很多。”迪克说，“苏珊不让我们搞爆破。我们除了锤子和錾子以外，没有办法把它弄出来。我原先以为它一定是金子。这一下其他人都会非常失望呢。”

“你知道这是我见到过的最丰富的铜矿吗？”弗林特船长说，“假如其余的都及得上试样的话，我们就要发财啦……金子……如果有了足够的铜这种东西，谁还要金子？我早就认为某个地方肯定有。现在，要是蒂莫西没有失踪的话，该多好啊——”

迪克马上记起来了，假如说，南希等人会为金子惋惜的话，那么，弗林特船长也得面对一件难以接受的不幸。

“它始终没有来呢。”他说，“最最糟糕的是，他们实在不知道，把它葬到海里，而不把它带回来放在博物馆里，属不属于一种浪费。”

“你到底是什么意思？”弗林特船长说。

“我们为它准备好了一切。”迪克说，“你来电报说它要在这个房间住下，于是我们就着手准备了。”

弗林特船长的目光跟随迪克移到了那片热带小丛林，以及写有“欢迎回家”和花环装饰的包装箱睡笼。他凑近一看，爆发出一阵大笑。

“哎呀，我写信解释过，现在说也不管用了——我上船以后才发现那封信没有寄掉。可怜的老蒂莫西呀！”他拍着膝盖，又哈哈大笑起来。

“你有没有找个照料它的乘务员呢？”

“可你认为它是什么呀？”

“犰狳呗。”迪克说完，还给出了理由呢。

“皮不够厚呢。”弗林特船长边笑边说，“嗨，我们不去妨碍你们为他准备的睡笼。干草吗？锯木屑？他真应该觉得舒服呢——呃！我的天哪！那是什么？”

就连迪克也被突然响起的声音吓了一跳。

“丁零零零……”

毫无疑问，鸽铃正处于极佳的工作状态。

身为老资格旅行家的弗林特船长事后也承认，他当时曾经大吃了一惊呢。

“丁零零零……”

铃声加上茶盘，还有厨房过道充当音箱，发出的声响震耳欲聋，又急促，又吓人，就像一只靠在熟睡者头边的闹钟。

“那到底是什么玩意儿？”

“丁零零零……”

“是来了一只鸽子。”迪克说，“我今天到了这里，他们还派鸽子过来，真滑稽——”

“丁零零零……”

“我们没法让它停下吗？”弗林特船长捂着耳朵说。

迪克早就听见布莱凯特太太在往楼梯下面奔跑。他迅速冲出书房，赶到门厅里。

“我去把它关掉。”他说，“只会是一条给我的消息，南希在我走后惦记我呢。”布莱凯特太太再次上楼，为弗林特船长收拾房间。

迪克从后门奔出，穿过院子，爬上通向鸽子楼的台阶。到了外面的院子里，铃声就不那么吵了。萨福进到了鸽子楼里面，它对于自己给整座屋子造成的烦人吵闹毫无感觉。它一边喝喝水，一边跟荷马和索福克勒斯窃窃私语。迪克把接触线弹回原处，铃声就停止不响了。

他已经看见萨福腿上的橡皮筋里有张小纸卷儿。以往总是有佩吉、提提、罗杰或者南希在场对付鸽子。他的工作就是跟电线、电池和电铃打交道。但是眼下既然来了消息，他就得把它取下来。他像其他人那样对鸽子轻言细语地哄着，萨福稍稍犹豫之后，也就乖乖就擒了。那会是什么消息呢？是关于金子的事吧？一旦他把那不是金子的沮丧消息带过去，他们会说什么呢？他抽出纸卷，把它打开。只有三个字。他看了第一眼竟没能明白是什么意思，他又读了一遍：

快救火。

玩笑吗？这不可能是玩笑。他立即退出鸽房，顺手关上外层那扇鸽门，把鸽子们吓呆了。他一气跳下最后八级台阶，差点摔个大跟头，刚一站稳就朝大屋子里面猛冲。

“我想看看你设计的电铃。”弗林特船长在过道里一见面就说。

迪克把写有提提绝望求救的那张纸条递了过去。

“我们一直在担心这件事。”他说。

“他们在哪里？”弗林特船长当即就问。

“在泰森农场的上方，高顶岗子的角落上，至少宿营地在那儿——”

弗林特船长奔进花园，目光越过山谷，望向干城章嘉峰和从远方托举着高顶岗子的鳕鱼断崖。

没错！那儿的天际线阴沉而又模糊。迪克及时赶到花园和他站到了一起。

“莫莉！”他喊了一声，这声音与他以往一下子就把布莱凯特太太喊到楼梯顶上来一样。

“怎么回事，吉姆？”

“老乔利斯的号码是多少？”

“打头是7——你可以看看他在电话机上的火情卡。你找他干吗？”

“高顶岗子上着火了。我来打电话，你去把汽车开到外面去吧。”

弗林特船长奔到电话机旁，钉在墙上的是乔利斯中校亲自打得清清楚楚的卡片。

弗林特船长摘下听筒，一股蛮力竟把托架弄得直摇晃。脸色煞白的布莱凯特太太走了出去，迪克没有时间决定自己该干什么。电话那头有人回话了，弗林特船长开了口。

“费尔赛得，七十五号……不……不是九……五……七五……喂……喂……那位乔利斯……我是吉姆·特纳……哦是的，今天回来了……听着！高顶岗子失火了……什么……是呀……从外观看很有把握……从褐谷路吹过来……南风……对……”

院子里突然轰隆隆地响了起来，布莱凯特太太发动了老汽车的引擎。

“走吧，迪克，上车！”

“我的骆驼……脚踏车怎么办？”迪克问。

弗林特船长把它提起来往汽车后面一放，车龙头和前轮子都伸到了汽车后座上方，前轮还在转动着呢。迪克随后爬上了汽车。布莱凯特太太的身子从驾驶座往外一滑，给弗林特船长让出位置。“哦，天哪，哦，天哪！”她说，“天这么干旱，我不该让他们在那里宿营的呀。”

“没事的，莫莉，”弗林特船长说，“别担心。”他咔嗒一声挂了挡。老汽车了解自己的老主人，一下子就俯首听命，乖乖行驶起来。他们穿过大门，直接上了大路。换挡了，第二挡……第三挡……“抓紧啊，迪克，”弗林特船长说，“它只有在下坡时才能开到四十迈，但是拐弯时却有点像脱缰的野马呢……”

那条狭长的路处处有弯道要拐。迪克有时和自己的脚踏车共享这一侧的座位，有时又移到另一侧的座位上。他尽力抓牢位置。老汽车从来没有这么快速行驶过。当老汽车在坑洼和稀松石块上颠簸时，就连坐在前排的布莱凯特太太和弗林特船长都被抛来抛去。他们什么话都不说。有一次迪克听见弗林特船长在说“加把劲，老妞儿”，但他是在对老汽车说，而不是在对他姐姐说。就在他们沿着谷地道路轰轰隆隆、咔嗒咔嗒向前行驶的时候，他们能够看见树林上方有灰暗阴沉的烟在飘动。那上头怎么啦？火是从什么地方烧起来的？营地有没有被烧掉？迪克记得自己是怎样丢下熟睡于帐篷中的多特、提提和罗杰，蹑手蹑脚地走过营地的——而且，金子不是金子了。每样事情都出了岔子。而眼下又是这事儿，最坏最坏的——万一他们行动太迟了又怎么办？

这时，汽车靠着两只轮子完成了急转弯，开上了窄桥，挡泥板也碰擦了几下才进入了泰森农场的院子。那里一片荒凉。车子一停，布莱凯特太太就跳下车，穿过院子，走上通往树林的小路。

“都到火场去了。”弗林特船长说，“喂，好啊，你最好也拿上一把。”

原来摞得整齐的灭火扫帚堆不见了。但是，原来扫帚堆所在的位置上还散落着三四把扫帚。弗林特船长拿起一把扫帚，就跟在他姐姐后面朝树林奔去。迪克也拿起一把，跟在弗林特船长后面，沿着弯弯曲曲的林间小道向上，再向上。

先前骑着脚踏车受够了罪。可是，现在带着灭火扫帚——他的心扑通扑通跳得厉害，他的呼吸感到非常困难。向上。向上。他的两条腿已疼到膝盖以上。他脚下一滑，伤着了脚脖子，但他在使劲赶路时却没怎么感觉疼痛。布莱凯特太太就在前头……他赶上了她……他超过了她……他在超过她的时候瞥见了她的脸，攀登啊，攀登啊……此刻，他可以听见她那清脆的声音。每呼吸一次，欧洲蕨的浓烈焦味就涌进了他的鼻子和喉咙。他把灭火扫帚移到另一只肩膀上，他把它拖在身后的地上往前跑。接着，他又把它扛了起来。快爬到顶上了。金子溶解于王水。他是多蠢的驴呀！多特还好吧？浓浓的烟在树林中间飘，有人在大声叫喊……

第三十四章　土著人

“我们绝对不会孤立无援。”提提自忖着。处处都有小小的火蛇在沿着缝隙疾行。这里刚被扑灭，那里又亮相了。多萝西一边把《湖区逃难》这本书安全地背在背包里，一边用灭火扫帚尽力灭火。罗杰拿着另一把扫帚也在竭尽全力。但是，他们三人不得不一再转脸避开令人无法睁眼的烟气，而且提提知道这场斗争不可能持续很久。风向哪怕一次短暂的改变，大火就可能滚滚涌下溪谷，林子里不管有没有刺猬，那些干树叶必定一碰就着，她、罗杰和多萝西就不得不逃命了。

就在这时，救援从四面八方过来了。

一个身穿灰色法兰绒衣服的长腿男子从浓烟里跳了出来。他虽然弄丢了自己的帽子，但提提认得他是谁，而且根本不能相信自己一看见他，竟会如此欣喜呢。

“我们还有一些灭火的扫帚。”罗杰说。

“把你的给我吧。”“扁帽子”说着，就像旋风那样大干起来。

“你们没事吧？”苏珊喘着粗气问。

“我一只手挨了点烫。”罗杰说。

“你应该涂些黄油。”苏珊说。

“他们都挺好的，约翰，”南希说，“快把另外的扫帚拿过来吧。”他们朝下冲进营地，转眼就拿来了扫帚。

阿特金森农场的三个男人沿着树林边缘奔了过来，每人都带着一把灭火的扫帚。

“扁帽子”头一偏就看见了他们。不管别人对他有什么不利的说法，但他似乎懂得如何对付火灾呢，阿特金森农场的人都认识他。不一会儿，无论是农夫，还是勘探人员，都像一支训练有素的队伍那样工作起来。

“别让它把岩石这一边占据了。”“扁帽子”大声提醒着，那些人则大声回应说：“是呀，是这个理儿……把它挡在那边！”

这时罗宾·泰森和农场雇工带着扫帚赶来了，他们也加入了保卫者的行列，一发现岩石缝隙的干草出现自燃的火苗，就把它扑灭。

接着，泰森太太也来了。

“你们这次真的干完了，南希小姐。什么都没法制止它呢。我昨天就应该把你们赶走的呀。”没等南希回答一个字，她就朝罗宾·泰森身旁边跑去，准备用扫帚灭火。

罗杰被烫的手上已经涂了黄油，这时他朝提提走来，由于又气愤又燥热而满脸通红。泰森太太却已经穿过了营地。

“她认为是我们把火点着的呢。”他说。

“但是我们没有啊，”提提说，“你该对她说嘛——”

这时她看见了苏珊。不久以前，苏珊的脸上曾露出过感激的表情，因为没人被烧伤。可是，现在她也听见了泰森太太说的话。提提觉得苏珊本人的泪水在眼眶里打转呢。本来不该发生任何让苏珊如此难堪的事情啊。

烟在他们面前有所消散了。

“扁帽子”正在发号施令。

“你们孩子就留在这里，别让它再着起来了。走吧，大伙儿，沿着树林边缘走——有谁在另一边灭火吗？”

“有沃特斯米特的娄氏农场，”阿特金森农场来的一个人说，“不过他们只有一个老头和一个小男孩。”

“只要风向不改变，我们就能把火挡在林子外面。”“扁帽子”大声说道，“可是岩石顶头那一带就得有一百个人才能把它挡住……喂，我们必须把那边的火压下去。”于是，他沿着岩石边缘往下冲向那团暗黄色的烟阵。

提提被南希的突然大叫吓了一跳。

“吉姆舅舅！”

她转过脸去。他就在那里，双手握着灭火扫帚，迅速清点勘探者的人数。

“南希……佩吉……提提……苏珊……多萝西……约翰……罗杰……那就好。”

“听着，”南希说，“我们没有点火，他们以为是我们干的呢。”

“对呀，”弗林特船长说，“我才不相信——”

他忽然停住不说下去了。

“什么？”他大叫一声，“喂！那是谁呀？哎呀，我太吃惊了。”

“他是个霸占矿权的人。”多萝西说。

“他想把我们的金子搞到手呢。”提提说。

“他一直在窥探我们，还跟石板瓦匠鲍勃密谋——为了我们应得的一切，我们一直都在抵挡他的入侵——”

但弗林特船长并没在听。他用一只手放在嘴上做成喇叭状，喊出一个词——一个名字。

“蒂莫西！”

“扁帽子”转过身来，挥起一只手，然后就继续在烟火中拍打。

弗林特船长朝他奔了过去。

疲惫不堪而且满面污垢的勘探人员张大嘴巴，面面相觑。当迪克汗水直淌、跌跌撞撞地爬上溪沟时，他们谁都没说一句话……

“多特没事吧？”他喘着粗气问。

他丢下扫把，发疯似的摘下眼镜。他在林子里奔跑得实在太热了，滴在眼镜玻璃上的汗珠让他根本看不见了。

“迪克，迪克，”多萝西焦急地问，“它是不是金子？”

其他人由于灭火的兴奋，加之发现，他们本应欢迎的蒂莫西和他们曾经当作敌人的“扁帽子”竟是同一个人，因而就把别的一切都忘记了。只有多萝西没有忘。曾几何时整个考察队的成败都取决于迪克一个人，她怎能忘记？它是金子，或者不是金子？

“我完全搞错了，”迪克气喘吁吁地说，“根本不是金子，是铜。弗林特船长亲自做给我看了，它在氨水中变成蓝色了——”

一个打击接着一个打击呀。

这时布莱凯特太太赶到了，她也迅速把勘探人员一一点了名。

“南希……佩吉……提提……约翰……苏珊……多萝西在哪里？哦，在那儿呢。罗杰呢？没摔伤吧？你的手怎么样啦？哦，我亲爱的孩子们，万一……你们的父母亲该说什么呀？”

“我们都没事儿，妈妈——每个人都好着呢。”佩吉说。

“可是蒂莫西一直都在这里呢，”南希说，“他就跟吉姆舅舅在那边——他曾在我们的冲沟里面睡大觉，差点就给烧到了呢——”

“小心，苏珊！”约翰大叫起来，“有一点闷火就在你的脚边。”

“快救火！”多萝西边喊边拼命扑打刚窜到一丛枯草并且燃起来的火焰。

“呸，好大的烟哪！”布莱凯特太太咳嗽起来，“你们有多余的扫帚给我用用吗？”

“用我的吧。”罗杰说。他那涂了黄油的手裹着绷带，所以发现他从营地带来的扫帚不太好用。

野火的主体正沿着高顶岗子的岩石边缘滚滚向前。弗林特船长、蒂莫西和农场来的人正跟着火走，大家苦苦奋战，硬是不让它越过多石的空旷地带，进入下面的树林。他们轮流有人出现在飘移的烟气中，用扫帚抽打，而当浓烟包抄而来时他就消失不见了。勘探者们正在沿着已经烧过的空地边缘把突然爆燃的火种奋力扑灭，因为滚烫的火星子就在他们脚下爬行，直到出人意料地燃成明火才会被发现。就有这么一次，生长在岩石下边而且紧靠树林和黑莓丛的一棵冬青树突然就燃烧起来，样子就像一簇焰火，而且响声大作。但是，约翰和南希正好及时赶到了它周围的草地上，把火星子踏了个干干净净。

泰森太太从烟雾中绝望地走了回来。

“没有什么能够把它挡住哇，”她说，“你在这里或许可以沿着岩石扑打扑打，可是等它烧到了格林班克斯你就控制不了它啦。呃，布莱凯特太太，我没有想到是他们哪，我昨天就该把他们打发走的呀。再也不会了，再也不会了——”

“可是乔利斯中校——”布莱凯特太太开了口。

“乔利斯中校，”泰森太太带着怨气说，“乔利斯中校有什么用呢？谁去告诉他呀？等他们远远地看见冒烟时，树林就该烧着了，整个山谷都会化为灰烬啦——”

她忽然不说话了，同时注意听着。

“那是什么？”罗杰说。

一种公共汽车的汽笛声，那种三十年前曾经在山谷上下回荡的四种声调的老汽笛在鸣响，过了一会儿，车子才随着发动机停了下来，那声音相距并不太远。这声音得到了另一辆车的回应，而且更近了。

“嗒嗒啦啦——嗒——嗒——嗒……嗒嗒啦啦——嗒——嗒——嗒……到厨房门口啦，小伙子们，到厨房门口来吧。”

几十个汽车喇叭在远处鸣响。

“是救火队员！”南希叫了起来，“是乔利斯中校。可他们怎么来得这么快的呀？”

“我们刚一接到你们的来信就打了电话。”

“什么信？”

“我们把萨福派回去了。”罗杰说。

“我写的信，”提提说，“可是我们根本没想到它会直接飞回去呢——”

南希双脚一跳，就跳到了半空中。

“干得好啊！”她大声说，“一等水手们干得漂亮！老萨福真棒！约翰！苏珊！佩吉！你们听见了吗？他们借用信鸽发送了一份SOS紧急求救呢，而且萨福仅这一次没有耽搁就直接飞回去了。”

“他们的一只鸽子——”泰森太太以怀疑的口气说。

树林顶部某处响起一阵欢呼声，紧接着是一阵回应的声音。汽笛再次响了起来。

“好啊，我们还有机会呢。”泰森太太大叫大喊地走掉了。

到了晚上，他们才知道火被扑灭了，山谷得救了。乔利斯中校和他的队员及时抢在火到之前烧出一条宽宽的隔离带，于是当野火到达那里时因为缺少可供燃烧的材料而自行熄灭了。高顶岗子成了一片黑色海洋，成堆的白灰则像涌起的浪涛。北部的烟正在消散，鳕鱼断崖高高耸起，清晰可见。

“石板瓦匠甚至可能还不知道有过一场火灾呢。”多萝西想起了独自在山洞深处干活的老矿工，不禁说道。

弗林特船长、蒂莫西、阿特金森一家、泰森一家肩扛各自的灭火扫帚，沿着高顶岗子边缘缓缓走了回来。

泰森太太直接走向那些站在“长城”上张望的勘探者们。

“哎呀，”她说，“我错了，还以为是你们把丘原烧着了呢。我应该明白，假如火是你们弄出来的话，那么首先烧着的就是树林了。不过，你们可得原谅我啊。当火灾来到脚下的时候，人是没法思考的。而如果你们没有把鸽子带过来，那么，不等别人得到信儿，我们农场也就烧光了，田里的牧草也会完蛋呢。所以，我谢谢你们，特别是谢谢你们的鸽子。呃，布莱凯特太太，欢迎他们在任何时候、任何地方安营扎寨，随便用什么方式，随便住多久，只要他们高兴就好。听着，罗宾，没什么好盯着瞧的啦。不管失火不失火，我们得去给奶牛挤奶呢。时间已经很晚了。”于是，泰森太太、罗宾和那个农场雇工朝下面的树林里走去。

“这就没事啦。”布莱凯特太太说。

“你们好像应该跟泰森太太交交朋友呢。”弗林特船长说。

“哎哟，”南希没精打采地说，“现在无所谓了。整整两个礼拜都白费了，我们也失败了——”

“失败了？”弗林特船长说，“失败了？你这是什么意思？”

“它不是金子，”南希说，“迪克说它不过是铜啊。”

“可我们一直在努力寻找的就是铜啊！”弗林特船长说。

第三十五章　结　局

于是，勘探者们终于听到了所发生的故事。弗林特船长和蒂莫西曾经一同在南美洲寻找金子，其实那里根本就没有。他们曾在一处山坡上谈起老一代采矿人虽然没有成功找到但是必定依然存在的铜矿，他们曾经谈起老采矿人从来没能采用的新型探矿方法，他们曾经拿定主意，一定要亲自看一看。“我记得在高顶岗子上看见的东西——”首先回家的是蒂莫西，他本该捎给布莱凯特太太一封信的。“我是写了那封信，”弗林特船长说，“结果等我上船一周以后才发现信还在我的口袋里。但是，我并没有担心。我已经把贝克福德的地址给了他，还叫他去找石板瓦匠鲍勃谈谈，我还另外发过电报。我根本没有想到，他太爱面子，竟然没好意思登门造访。”

即使蒂莫西的脸部晒黑了，而且还沾着烟灰，他的腼腆还是能够一目了然的。

“我本来想让他把我的房间利用起来，因为里面有地图和一些器具，嚯，另外一位勘探者反而已经把它们利用起来了——”

“我为那只坩埚感到非常抱歉。”迪克说。

“别管坩埚了。”弗林特船长说，“但是我倒想看看你们发现铜的地方呢。”

“走吧。”南希望着黑烟笼罩的高顶岗子说。

“各位上次吃东西是什么时候呀？”布莱凯特太太说。

“一百年前。”罗杰说。

“让我们为大家做晚饭吧。”苏珊说。

“我们也去。”佩吉说。

“我可以帮帮忙吧？”布莱凯特太太说。

“你们做好了就发个信号，”南希说，“我们来得及过去走走再回来。”

焦黑的地面上飘起缕缕细烟。枯草和欧洲蕨被烧的余灰在他们脚下迸溅。紫色石南被烧光了，剩下黑黑的根茎，好像遭到雷击的一棵棵幼树。

“这就像走在火山周围呢。”提提说。

他们可以远远看见乔利斯中校的一些志愿者们在鳕鱼断崖脚下走动。

“这事真不公平，”罗杰说，“他们不给火留点机会呢。”

“行啦，”约翰说，“假如我们当时没能躲进矿洞，火就不给咱们留下多少机会啦。”

“假如萨福没有全力以赴，想想吧，那会发生什么情况。”多萝西说。

“它这一次没让土著人走开，”罗杰说，“它把他们大家都鼓动起来了呢。”

弗林特船长和蒂莫西边走边谈论铜矿，在他们身后跑得跌跌撞撞的迪克则使劲领会着他们的话题。

“我发现废石还行。”“扁帽子”从高顶岗子朝着他在干城章嘉峰的山坡上画的白色印记指了指说。

“对不起，”迪克说，“‘废石’是什么？”

“分解了的矿石。”弗林特船长说，“它本身没用了，但却是下面藏有好东西的象征——”

“我发现那些废石还行——红红的，多孔的废石，跟我在任何地方看到的废石一样大有希望呢——而且，如果我一直循着那条连线下来，马上就能找到矿脉。但是废石突然中断了，就那么回事。我所见到的唯一好矿石就是我今天早上碰到的一些松动的矿石呢——”

“是我们的。”南希打断他说。

“对，”弗林特船长说，“从迪克告诉我的情况来看，我认为他们比你抢先了一步呢。”

他们来到了冲沟边上，那里的岩石比焦黑的地面显得苍白一些——它们只是沾着一些黑烟污迹。

蒂莫西掏出一张带有好多褶痕的地图。

“瞧这儿吧，吉姆，”他说，“这里是废石的线路……那些白漆是我一路跟踪下来时做的标记……我已经在地图上用红色把它标出来了……它必定会朝这个方向穿越过来，但是始终没有矿脉的迹象。”

“过来看看吧。”南希一开口说话就故态复萌了。即使它不是金子，但只要是弗林特船长想要的东西，那就够好的了，于是她的精神就像一步跨上三级台阶那样高涨起来。“过来看看它吧，”她说，“当然，已经树了采矿标桩。这场大火把我们的告示烧掉了，可标定的采矿权依然存在。”

他们从冲沟沟边奔过去，指引着进矿的通道，由于洞口的石南已经烧没了，它就不像当初那么隐藏完好了。

“这边走。”南希说着就钻进矿洞，其他人跟着进来了。

“喂，”弗林特船长在充分进到里面时直起身子说，“有人在这里干活呢。”

“我们忘了把它熄掉呢。”约翰看见挂在岩壁铁钉上还没熄灭的马灯说。

“那不是我的旧研钵吗？”

“借的。”南希说。

“矿脉在哪里？天哪，蒂莫西你看见那个了吗？咱们把灯再拿近一点吧。”他拾起一把锤子，急不可耐地凿起石英来。“矿脉，”他说，“比我所希望的还要好。”

“真是矿脉呢，”蒂莫西说，“我今天下午来过这里，即使在那个时候我都根本没有看见它。”

“你当时正在朝别处看，”南希说，“我们也是，当时火正呼啦呼啦一路烧过去呢。”

“可你们是怎么发现它的，南希？”弗林特船长说。

“是我发现的。”罗杰说。

“怎么发现的？”

“我拿锤子敲了敲，一些石头就掉下来了，它就在那儿嘛。”

“想必老矿友们在只剩一英寸的地方就早早收手了。”弗林特船长说，“唉，蒂莫西，咱们没有赶上趟啊。罗杰他们抢在咱们前头进来了，我们放弃算了吧，除非他们集资办公司并且让咱们加盟……”

每个人都在暗淡的灯光里望着南希。

她一直所期盼的难道不正是这样吗？其他人都希望她赶紧抓住这个机会。可是南希抿嘴而笑，尽量不让两眼放出炯炯的目光，而且带着怀疑朝弗林特船长打量。

“嗯……”她说。

“哦，听着呢，南希。”

“条件。”

“说出来吧。”

“暑假再也不准外出，”南希说，“到南美洲等地云游四方。”

“我们不留在家里就不能把这事儿干好，”弗林特船长说，“我回来就是为了这个呢。”

“哦，是吗？”南希说，“那我们怎么办？你可以在学期里工作，而且，当然假期也能干一点。可是，你如果长期不在船屋里，船屋有什么用呢？”

“你要我干什么呢？”

“沃克太太来了以后，我们就要两条船，而且迪克和多萝西还从来没有见过一场战役呢。”

弗林特船长转脸看看蒂莫西。

“两个对八个，”他说，“蒂莫西，我的朋友，你不知道你必将遭遇什么呢。你就等着蒙面走跳板，一脚踩空，掉进冷水喂鲨鱼吧。好吧，南希，这对他有好处。还有，提提，你能帮我再做一面旗子吗？那面旧大象旗已经有些蛀了，而且还发霉了。是不是让它跟犰狳有点联系？”

大家一阵哄笑，只有蒂莫西除外，不过，连他也礼貌地微笑着——就像人们听了自己并不理解的笑话时那样。

接着，罗杰理所当然地提醒他们，苏珊、佩吉和布莱凯特太太可能已经在等他们呢。他们于是动身往回走。

迪克刚才没怎么讲话，但他现在向南希提了个问题：“你是不是认为我在金子上的过失真的没有关系？”

“是件好事呀。”南希说，“假如我们早就知道的话，很可能早就甩手不干了呢。不管是金还是铜，假如你的拥有量足够多的话，那就完全是一回事嘛。二百四十便士就是一英镑。看看他们吧。”她指指弗林特船长和蒂莫西两人，他们走在前头，一边对比着石英块，一边热切地交谈着，“你没听见吗？他们打算把老石板瓦匠鲍勃请过来给他们帮忙呢。”

“他说他打算把石板搁在一边歇歇劲，再在金属方面试一试呢。”多萝西说。

“我们也能试一试，”南希说，“每当我们在别的事情上不太忙的时候。”

“好啊，”罗杰说，“我早就料到了呢，她果然来了。”

佩吉正在高顶岗子边缘用系在树枝上的手帕发着信号，对他们来说不需要念出超过开头两个字母就知道是表示食物的单词“GRUB”。

“快走吧，吉姆舅舅，”南希说，“每个人都饿坏了呢。”

“行啊……现在，听着，蒂莫西……这恰恰跟咱们在伯南布哥山上所猜想的一样啊。废石就象征着有好铜，那些老矿工们根本不了解这一点。他们抓住他们看得见的东西，如果看不见，他们就放弃不要了。现在就该这样，沿着废石线路升高上去，如果我们把那儿包括进来，我们就可以获得丰富的矿石，甚至超过这些丘原上已经开采过的总量呢。”

“贪婪，贪婪。”南希说。

罗杰愤愤不平地朝两边看了看。

“行啦，罗杰，”她说，“我不是在说你。”

晚饭吃完了。

就连累得筋疲力尽不想吭声的人都开始交谈起来。

提提在暮色中溜走了。

她想，虽然黑莓丛在火灾中获救了，但是，有那么多浓烟和烈火，还有到处踩踏的救火队员，小刺猬很可能已经吓死了呢。水井旁边有个东西在动。她爬近那里。它是个又小又瘦的东西，背部呈弧形——是一只黄鼠狼。它喝了水，再抬起蛇一样的小脑袋，嗅了嗅就走开了——井水再次升高了，甚至还能留一点给黄鼠狼们喝喝呢。不过，她心里想，黄鼠狼的到来会不会把刺猬吓跑呢？在她身后，透过树林可以瞥见红红的营火，她还能听见布莱凯特太太的声音——她在说她是多么心怀感激，因为每个人都安然无恙，万一有人在父母即将到来的时候被烧伤了，那该多么糟糕。她还听见了罗杰的声音：“我是得把黄油涂在手上呢。”谈话声会让刺猬躲得远远的吧？

这时，她听见干叶子突然出现了骚动，就在黑莓下面。她听见有鼻子在吸气……在哼哼……还打了个喷嚏，或许从高顶岗子吹下来的灰让它鼻孔发痒了吧？接着，她在微光中看见了它。它步子沉重，匀速向井边跑去。她注视着那团黑乎乎的东西一级一级走下井边台阶。它喝起水来，水进入了它的鼻孔，她听见一声不耐烦的小响鼻。它再次爬上台阶，跑了开去。它消失在她前面的阴影中，再也不见了。但是她已经饱览了整个过程，于是溜回到了营地。

火光把营区外的一切抛在了黑暗里。布莱凯特太太和两个小厨师正在收拾晚餐餐具，准备洗刷一番。提提到处寻找迪克，他正躺在地上注视着火焰，她走到他和南希之间停下。

“刺猬安全着哩，”她说，“它只是外出找猎物去了，我已经看见它在井边喝水了。”

“好。”迪克说。

躺在他另一侧的多萝西听见了。“飞禽走兽将永远在那里喝水。”她说，“要不是因为提提，那儿根本就不会有一口水井啊。”

“弗林特船长要不是我妈妈告诉他，”南希说，“他是不会相信你真的发现水源了呢。”

与此同时，罗杰一而再、再而三地说起他在灭火中的一份功劳，那倒不是因为他想吹嘘，而是因为他要通过重申而给自己鼓鼓劲儿。同时，事情发生得也太快了。

“起初可不是很大的火焰，”他说，“就是冒冒烟，还有沿着地面噼噼啪啪响的火星儿，后来风呼呼一刮，火就到处烧起来了。还有那气味……我们什么都看不见了……我们就把鸽子放掉，这样它就不会被火烧啦。我们根本没想到它的表现那么好，直接飞回家了……然后我们想起了提提的水井……于是我们带着水桶狂奔……嗨，你知道，是罐头呀……我们把罐头里面的食糖和饼干倒出来了……后来井水没有了……我们就用扫帚扑打……南希、约翰、苏珊、佩吉和‘扁帽子’——呵呵，你知道我指的是谁——他们从浓烟中冲出来了，苏珊差点是带哭带喊——哦，没错，你是带哭带喊的嘛，苏珊……哎呀，怎么就不是——假如树林烧着了，我们所有的帐篷烧着了，那就不得了啦……”

弗林特船长也在说话，他是在跟“扁帽子”说话。

他们正躺在营火旁边，而且还抽着烟斗呢。

“是呀，我的老朋友，”弗林特船长正在说的是，“可你为什么，为什么不直接到贝克福德去呢？我早就发过电报，让他们知道了——”

“扁帽子”似乎再次腼腆起来。

“我亲爱的吉姆，我怎么能够去呢？那地方到处会有孩子冒出来。就像是学校里搞的节庆活动——你本人也不会去的——我怎么能说你没把我丢在一所假日学校当中啊？所以，我没能接触到你的地图，而那个石板矿上的老朋友倒是很随和。我见到他的第一天，他是挺好的，可是后来，他好像有点不对劲了，他天天都沉默寡言，我……”

提提看见南希也在听。就在这时，南希突然把身体向上一翻，这样火光就再也照不见她那张乐不可支的面孔了。

“不过，什么事情让你难为情呢？”弗林特船长说。这时，他想起了一件事，突然就放声大笑起来。“难为情？嗨，他们在期盼你呢，他们甚至还为你建了一间专用寝室呢。我亲眼见过，门上写的是‘欢迎回家’，还有你的名字呢。或许，有点小，但关键是出于好意呀。”